序言

习近平总书记强调："推进乡村全面振兴是新时代新征程'三农'工作的总抓手。"按照教育部统一部署和安排，中国海洋大学作为教育部第二批参与定点帮扶工作的高校，自2020年1月起定点帮扶国家级深度贫困县云南省红河州绿春县。六年来，学校应绿春所需、尽学校所能，强化组织领导、完善工作机制，汇聚各方力量构建全方位帮扶格局，通过产业、教育、人才、消费、智力、文化六大举措，助推绿春成功打赢了脱贫攻坚战，迈向全面振兴新征程。

茶产业是绿春县的支柱产业，学校根据绿春县茶产业发展现状，量身定制"全要素投入、全过程提质、全链条指导、全方位服务"的海大方案，形成了"规划＋科技＋专家＋培训＋产业＋销售"一条龙式精准帮扶的海大经验，推进了绿春茶产业标准化、品牌化、智慧化和高质化发展。截至2024年末，绿春茶产业总产值达到了6.5亿元，比2019年翻了一番以上。

在绿春茶产业转型升级过程中，学校全国首批黄大年式教师团队负责人、国家级教学名师汪东风教授做出了重要贡献。汪教授年近70岁，先前两次车祸还给他造成了六级和九级伤残，但这些都没有阻挡他投身定点帮扶工作的热情。我校定点帮扶云南省绿春县以来，他主动请缨，克服疫情和身体状况带来的不便，从青岛奔波万里，近20次到云南，无数次深入绿春田间地头、工厂车间，调查茶业、察看茶山、走访茶农、指导茶企，提供品种保护、种植管理、精深加工、品牌打造、精准营销等技术和人脉资源，全方位指导绿春茶产业发展。他将价值近50万元的高端茶叶加工专利无偿捐赠给了绿春，并就专利技术应用推广面向全县开展集中培训和现场指导，为绿春培养了一支"带不走"的"土专家"和"田秀才"。他带领团队反复试制并进行产品分析，主持制定了《高香白茶》《富含茶多糖紧压茶》《绿春县茶园管理技术规程》《玛玉茶》四个标准并发布实施，有效促进了茶园管理和茶叶加工生产规范化。他带领团队申报实施的"绿春县茶叶精深加工技术集成创新及推广应用"项目先后入选教育部直属高校创新试验项目和推广典型项目。他帮助制定申报"东仰云海"公共区域品牌，推进茶叶品牌化，请茶界名人题词推广，助推绿春茶叶产品销售。汪东风老师的事迹感动和激励着广大中国海大师生积极投身于乡村振兴工作。

2024年3月我带队赴绿春开展定点帮扶工作时，在与汪老师交流的过程中了解到他平时有做手记的习惯。我建议他结集出版，以激励更多中国海大师生投身于乡村振兴的伟大实践。后来在学校定点帮扶工作推进会上，学校把出版汪老师定点帮扶工作手记确定为2025年定点帮扶重点工作之一。我认为，这本书不仅仅是汪老师个人深入绿春乡土的简单纪实，更是中国海大人响应国家号召、投身推进乡村全面振兴新征程的缩影。翻开书页，扑面而来的不仅是绿春哈尼族的茶香、红河梯田的云雨，更是一位老教授躬身践行乡村振兴使命的赤子之心。合上这本沾满泥土芬芳的手记，我眼前浮现的不仅是汪教授在田间地头手把手传技术的剪影、哈尼族乡亲们茶叶收益翻倍后舒展的笑颜，更是一位老知识分子用脚步丈量出的精神海拔。作为高等教育工作者，我们当以本书为镜，照见知识分子的责任与担当——既要仰望星空追问真理，更需脚踏大地躬身力行。愿这束从云南群山间采撷的光，穿透书页的藩篱，照亮更多教育者奔赴云海的路；愿这部饱含深情的叙事手记，成为新时代教育报国精神的生动注脚。

范其伟

2025 年 7 月

序言

目录

"付出能让他人有所幸福，
其实付出者也是幸福的。"

2020 年 3 月 21 日

时间过得真快，自 3 月 1 日开学报到算起，一晃春季学期已过去三周了。受新冠疫情的影响，这学期的食品化学课程只能在线上进行。

食品化学课开课已有些年头，是学校最早一批评上国家级精品课程的课程，也是最早应用在线教学平台创新教学方法的课程。这门课先后获评精品资源共享课程、精品在线开放课程和国家级（线上）一流本科课程，开展线上教学有较好的基础。在线上讨论区，学生们非常活跃，提的问题比在教室上课时还多。

上完最后一节网课，我在书房多待了一会儿，整理一下教学资料，顺便回复线上的一些提问等，杯中的绿茶腾起袅袅热气。这杯子我用了十几年了，还是带学生去皖南山区茶厂实习时买的。正要去添水时，手机在桌面上"嗡嗡"一震，屏幕上跳出学校食品科学与工程学院辛华龙书记发来的微信。

"汪教授，今天是周末，打扰您了。啥时说话方便？"

看到信息，我心想：这是周末要给我这个老教师安排任务，估计不会轻松，但肯定是重要的事。虽说心里有点打鼓，可我还是主动给书记打了电话。

辛书记嗓音浑厚，说："汪教授，得请您出山了。"

原来，学校昨天在图书馆召开了深入贯彻习近平总书记在决战决胜

中国海洋大学召开定点扶贫
绿春县工作推进会

脱贫攻坚座谈会上的重要讲话精神、落实教育部党组对决战决胜脱贫攻坚战的部署的定点扶贫工作推进会议，学校十几个相关部门的负责人参会，足见重视程度。绿春县是全国最后一批尚未脱贫的深度贫困县之一，而2020年是决胜全面建成小康社会、决战脱贫攻坚之年，中国海大承担着定点帮扶绿春县的任务。这是光荣，更是责任。田书记强调，要发挥学校人才和学科特色优势，将扶贫工作与学校工作结合起来，创造亮点和特色，为夺取脱贫攻坚战全面胜利贡献"海大力量"。

确实，近些年，党中央把脱贫攻坚作为全面建成小康社会的底线任务，把乡村振兴作为实现中华民族伟大复兴的一项重要任务，把解决好"三农"问题作为全党工作的重中之重，在国家层面上持续强化定点扶贫工作的顶层设计。习近平总书记"摘帽'四不摘'"的重要指示以及《教育部关于做好新时期直属高校定点扶贫工作的意见》，为高校参与脱贫攻坚战指明了方向。

要把帮扶绿春县脱贫的相关工作落到实处，茶叶产业这一块儿还是需要相关专家的培训指导。校领导对海洋、水产及工程领域的专家如数家珍，毕竟中国海大是以海洋学科立校的"双一流"高校。不过，要说起茶叶领域的专家，大家确实知之甚少。回想起来，辛书记对我茶业研究的印象大概源于那些午后的茶叙。每当有学生拿茶叶样品来讨教时，我们的办公室总会飘起茶香。记得上次品鉴凤凰单丛时，辛书记还饶有兴致地问起

"山韵"和"丛味"到底是什么。他虽然了解到我以前对茶叶学科有所研究，但对于我在茶叶专业方面的研发水平还真不是特别清楚。毕竟我在食品科学与工程学院主要的研究方向是海洋食品。每年年终汇报和总结的时候，我所提及的科研课题、研究成果、发表的论文等，大多围绕海洋食品展开，很少介绍茶叶方面的研究成果。

我摸着书架上那本看了又看的陈宗懋院士主编的《中国茶经》，想起了自己年轻时带学生跑茶山的日子。那时候我总是背个军绿色的帆布包，在山间茶农家一住就是半个月。也许，是时候在茶叶产业发展方面贡献一点力量了。

电话将断时，辛书记又补了一句："请给我一份能反映您茶叶领域学术水平的介绍吧，校领导对您在茶学方面的造诣了解很少。"

"什么时候给您？"我问。

"越快越好！"

领了这么重要的事儿，我得赶紧着手了。

2020 年 4 月 1 日

今天上午，我泡上一杯热茶，坐在电脑前，准备总结一下自己在茶叶研究领域的工作。由于多年没有整理，我一时间还真有些无从下手，网上一搜自己的名字，读到不少旧闻。比如：

1995 年安徽农业大学讲师汪东风等经多年潜心研究，成功地研制出国内新型茶叶面肥——催芽素；舒茶早芽是舒城九·一六茶场在安徽农业大学王镇恒教授、汪东风副教授的指导下，由县农业局、舒城职高共同开发的兰花香型新名茶，1997 年该茶荣获中国国际茶博会金奖，是皖西茶区名茶中的一枝新秀，不仅助推该镇因茶而富，还使该镇被评为全国"一村一品"示范村镇；承担安徽省"八五"攻关项目，开发的茶多糖，仍是粗老茶之宝，也诠释了粗老茶功能所在。自1988年起，先后在王镇恒、詹六九、董水根、方世辉等老师带队下，每年茶季，深入皖南山区和大别山山区进行茶叶生产指导、培训和名茶开发等。

书柜里有个铁皮盒，里头躺着1995年的催芽素报告，是当年我在安徽农业大学实验室熬通宵写的。舒茶早芽得金奖的情形，我也记得很清楚。那天，我正在茶园，听村书记扯着嗓子喊："咱的茶叶得中国国际茶博会金奖了！"锅里炒青的茶叶噼啪响，混着他的乡言土语，像在炒一锅喜炮。

我翻看着资料，不由得感慨万千。这一路走来，仿佛就在昨日。

我的茶叶专业之路要从1978年说起。1978年正是高考恢复后的第一年，我踏进了安徽劳动大学茶学专业的教室。我印象较深的是，那是一间朴素得不能再朴素的教室，墙上贴着几幅茶叶种植的示意图，黑板上写着"茶树栽培学"几个字。我还记得第一次走进茶园的场景——满眼的绿，茶树的叶子在阳光下闪着光，空气中弥漫着泥土和茶叶的清香。四年后，我顺利毕业，留校任教。1985年，我去了浙江农业大学攻读研究生，专攻茶叶生物化学。那段日子，我泡在实验室和茶园里，和各种仪器、试管、茶叶数据打交道。1990年，我随原皖南农学院并入安徽农业大学，继续在茶叶领域深耕，精心打理自己研究领域的"茶园"，一步步成长为副教授、教授。

对茶叶领域的研究，我从留校时起就从未间断。这么多年来，我在大别山茶区进行名优茶开发，在崂山茶区探索高纬度茶区茶叶高产优质技术，在研究室研究茶叶活性成分，在企业研发茶叶深加工制品等，投入了大量的精力，也取得了一些成果——主持了不少茶叶科研项目，有"恢复、研制、开发鸦山历史名花瑞草魁""茶叶中有效成分的综合提取工艺及应用研究""茶多糖化学及功能性""茶叶专用叶面肥催芽素的研制及应用""高纬度地区茶叶优质高效关键生产技术研究与集成应用"等；发表了 60 多篇相关论文，还出版了 2 部与茶叶研究相关的教材和专著；获得过中国茶叶学会科学技术一等奖和青岛市茶叶发展特别贡献奖。因为获得过多项成果，所以得到组织的信任，我还担任着青岛茶叶学会理事长、青岛茶叶协会副理事长和中国标准化协会茶叶鉴赏专业委员会副主任等职务。

我的茶叶研发成果

项目名称	完成时间	主持或参加	来源单位
恢复、研制、开发鸦山历史名花瑞草魁	1988 年 5 月	参加	安徽省科学技术委员会
罐装茶水研制	1993 年 8 月	参加	安徽省科学技术委员会
茶叶专用叶面肥催芽素的研制及应用	1994 年 4 月	主持	安徽省科学技术委员会
名优茶技术开发研究——科技进步奖三等奖	1994 年 2 月	参加	安庆市人民政府
茶叶中有效成分的综合提取工艺及应用研究	1994 年 5 月	参加	安徽省科学技术委员会
茶叶（水果）绿色食品研究	2000 年 3 月	参加	安徽省科学技术委员会
崂山青茶的研制与开发——科技进步奖三等奖	2005 年 11 月	参加	山东省人民政府
崂山绿茶安全标准及 HACCP 操作技术规范研究——科技进步奖三等奖	2006 年 8 月	参加	青岛市人民政府
茶多糖化学及功能性——科学技术一等奖	2013 年 4 月	主持	中国茶叶学会
高纬度地区茶叶优质高效关键生产技术研究与集成应用——科技进步奖三等奖	2015 年 3 月	主持	青岛市人民政府

忙了一上午，我把自己在茶叶研究方面的情况简介整理好了。键盘敲击声里，几十年前那个观察茶树抽芽的青年，好像正穿过时光与此刻书桌前的我轻轻打了个照面。回看这些，我还是挺自豪的。这人啊，一辈子非常短暂，能尽自己所

评茶

能为社会做点实事，还能被记录下来，这就值了！就像茶树，从一片片叶子到变成能给人带来健康和收益的产品，也算实现了自己的价值。这些年我做的工作也是如此！

我再次仔细检查了几遍文档，确认无误后，把邮件发给了辛书记。邮件发送成功后没多久，手机就开始震动起来。"汪教授，刚收到您的邮件！原本就知道您在茶叶研究方面非常厉害，可没想到成果这么丰富！这会成为学校制定茶叶专项扶贫决策的极大支持！"接着，辛书记兴奋地跟我说，希望我退休后能考虑在学院增设茶食品研究方向或研究室。

和辛书记一番畅聊之后，我心里热腾腾的。看来，虽然即将退休，但我在茶叶领域仍有许多可以继续做贡献的地方。

"茶叶帮扶"，我在纸上一笔一画地写下这四个字，反复思量着辛书记的提议，希望自己的思考能再系统一些，争取为学校、为茶叶行业，往大里说，为国家的脱贫攻坚事业，做点实实在在的事。

2020 年 4 月 15 日

上午，太阳暖烘烘的，阳光透过窗户斑驳地洒在办公桌上。我正沉浸于在电脑上查阅资料时，手机突然响了。原来是学校党办、校办副主任马宇虹打来的。

她说学校在对学科及绿春产业开发等进行深入分析后，决定将茶叶项目纳入脱贫攻坚工作的重点内容之一。教育部也要求，在脱贫攻坚的关键时期，必须加大技术培训、销售帮扶、资金投入等多方面的措施力度，助力贫困地区早日脱贫致富。所以，学校想请我准备一下茶叶培训资料，为马上要举办的线上培训班做充分的准备。

接到这个任务，我心情有些复杂。现在虽然信息高度发达，但对那些依然生活在贫困线以下的同胞们来说，单纯依靠传统的开会和发放资料的培训方式，尤其是在线上这种无法进行面对面交流的情况下，帮扶效果较难达到；而即便是采用开会、发资料再加上现场指导的方式，虽然能在一定程度上起到"西医式"的对症效果，解决一些表面问题，但想让贫困地区真正拥有很强的"体格"，实现稳定致富不返贫，我认为还是需要精准立项式帮扶。这是我多年前在大别山进行茶叶新技术研发应用期间的切身体会。

我告诉她，我知道学校的安排和时间的紧迫性。可是，仅靠线上培训，效果可能欠佳。那些贫困地区的茶农需要的不只是理论知识，还需要实实在在的指导。尤其是线上培训，没法面对面交流，可能解决不了多少问题。

马主任表示理解，但考虑到我的身体状况，还有青岛和绿春现在的疫情，担心我前往绿春县的话，身体会吃不消，所以只能优先考虑线上培训。

我看着窗外来来往往的师生，想着自己因为两次车祸而致六级伤残的眼睛和九级伤残的脚，一时无措，脑海中却浮现出那些大山中的茶农——他们的生活很艰难，茶叶是他们唯一的指望。我心里五味杂陈，线上培训虽然不如现场指导那么直接，但考虑到自己的身体和疫情，现在只能这样了。

我告诉马主任，我会尽快准备资料，尽量让内容更实用。虽然无法面对面与大家交流，但我会尽力让他们学到真东西。

挂断电话，我坐在桌子前，看着窗外的阳光，心里还是有一丝失落。线上培训是无奈的选择，但在疫情期间也算是帮扶工作的新尝试吧。我用笔在本子上写了几个关键词：实用、易懂、互动。线上培训期间，我要尽量通过案例分析和问答，让内容更贴近茶农们的生活实际。好好准备吧！

2020 年 4 月 16 日

今天翻台历时惊觉，再过几个月我就 64 岁了。退休的日子越来越近，手头的工作任务却一个接一个。最近这段时间，我着实忙碌，既要为年轻教师开网课提供指导和支持，又要为绿春县的脱贫培训做准备。

前几天，一位老友突然发来一则关于申报国际在线课程的通知。我心中好奇：之前怎么没听说过呢？于是，我赶忙向校教务处询问情况。结果，得到的答复是，学校并未收到相关通知。我寻思是不是因为疫情的影响，消息传递出现了延迟，或者是有其他什么状况也未可知。

问完情况，我心里直打鼓，根据教育部高等教育司关于建设高校在线教学国际平台工作的总体部署，中国大学MOOC将作为首批推荐平台。第一批推荐的线上课程要在2020年4月16日前在线申报完毕。这不就是今天吗？时间实在是太紧了，学校没发通知，更没有提出具体的要求。按常理，我要退休了，时间也不多，完全可以不考虑申报。不过，这个项目很有意义。它是在世界疫情防控形势严峻的背景下展开的，目的是与世界各国共克时艰，在疫情期间将国内最好的大学、最好的教师、最好的课程免费提供给全世界的学习者。

好在经过进一步沟通商量，申报时间可顺延一周。但可惜的是，由于要准备绿春县的培训内容，我实在没有时间准备食品化学国际在线课程了。

我看着抽屉里的两沓材料，摸出手机，给孙逊老师发去信息："孙老师，食品化学国际在线课程的申报请你来牵头吧，课件资料在我电脑的D盘里。"安排好这件事，我这心踏实了些，接下来继续准备培训资料吧。

2020年4月26日

下午四点钟的办公室里有些凉，玻璃杯里的茶已经泡淡了。青岛已连续10多天没有新增本土确诊病例，也没有新增本土无症状感染者。昆明市及绿春县的疫情防控成果更是显著，已经连续三个月保持这样的良好态势。

"去绿春"的念头，在我心里一直没放下。照此情形估计，再过几天，也许有希望成行。

我跟马宇虹副主任说，这几天资料也看得差不多了，我还是想前往绿春，全面了解当地的茶叶产业现状。首先，得弄清楚茶叶在当地到底是不是优势自然资源，以及它在增产增值方面究竟有多大潜力。这直接关系到绿春茶叶产业未来的发展方向和规模，咱们得心里有数。其次，现有茶叶企业，尤其是龙头企业的经营现状，也是我关注的重点，因为龙头企业往往在产业中起引领和示范作用。它们发展得怎样？经营模式是什么？还有什么困难？这些都得摸清楚。它们强，整个产业才有希望。再者，现有茶叶生产技术以及产品品牌情况也不容忽视。先进的生产技术是保证茶叶品质和产量的关键，而强大的产品品牌则能够提升茶叶的市场竞争力和附加值。我得了解当地在这些方面的优势和不足，以便有针对性地提供技术支持和品牌建设建议。最后，影响绿春县茶叶生产的关键技术问题、产品品牌塑造以及销售等方面存在的问题有哪些？只有准确了解这些问题，才能在提供解决方案时有的放矢。

早点去弄清楚这些问题，我心里能早点踏实。

马主任对我迫切想去绿春的想法非常理解，也认为从帮扶效果来看，确实应该去一趟，但绿春不仅是国家乡村振兴帮扶县，也是边境县，与越南莱州省孟谍县接壤，她怕我的眼睛和腿脚不方便，在去绿春的路上太辛苦。再说，到了以后调研强度也大，又赶上疫情，因此她特别担心我的身体是否吃得消。她的细心、关心、爱心让我很感动。

其实，我这身体虽然有些不便，但还没那么娇贵。再说，为了绿春的茶叶产业，这点辛苦算不了什么。遇到任何困难，带头冲在前、干在前，也是我作为一名老党员应该做的。只要组织需要，我可以尽快整理好调研计划和所需资料，随时出发。

我确实想早点儿到绿春去。到了那儿，我就可以亲眼看看漫山遍野的茶树，和茶农们坐在田间地头唠唠嗑，听听他们在种茶、做茶时的酸甜苦辣，还有他们在茶叶销售方面的具体困难。这样我们才能知道他们的真实需求，提出行之有效的精准帮扶措施。

2020 年 4 月 27 日

今天在办公室，我对学校派驻绿春的首批扶贫干部情况有了更深入的了解。

这次学校派到绿春驻点扶贫的干部一共有两位，一位是曹少鹏，一位是李文庆。曹少鹏在绿春县政府办公室担任副主任，李文庆则在牛孔镇牛孔村里当驻村第一书记。他们俩是学校从众多优秀的年轻人当中精心挑选出来的，工作特别敬业。

对口帮扶云南绿春，是学校承担的一项重要政治任务。学校积极调动各方面力量，助力绿春打赢脱贫攻坚战，像曹少鹏、李文庆这样的挂职干部在这项工作中将发挥重要作用，既是政策的执行者，也是民情的传递者，更是校地合作的推动者。

我把自己打算到绿春调研的想法，还有之前我一直琢磨着想了解清楚的几个问题跟曹主任说了说。他一听，虽然仍然很担心我的身体可能会吃不消，但看我这么坚定，他打心底里支持，说我这调研是精准扶贫的"必修课"。他还拍着胸脯请我放心，只要条件允许，一定全力配合，该提前准备的，都给我安排得妥妥当当，确保调研顺利开展。

夕阳透过玻璃窗斜斜地洒进办公室，整个房间都染上了一层暖洋洋的光。有这么好的领导、同事支持，着实幸运，我心里很是感动，我在心中轻轻说："谢谢！谢谢！谢谢！"

想去绿春县实地调研的念头，如同一簇小火苗，在我心里一直燃烧着。可现在外出得遵循严格的申报流程，首先是获得院领导的批准。学院的辛书记知道我的心愿后，一脸担忧地来找我。

辛书记见到我就一脸关切，劝我再好好想想。他和马主任、曹主任一样，都担心我的身体状况。一来，我年纪大了，身体又不算硬朗，去绿春路途遥远，山路崎岖，这一路折腾，怕我身体受不了！二来，现在是疫情防控期间，情况复杂，万一我去的地方突然出现确诊病例，那可就得隔离十天半个月了。

我听着辛书记的话，心里明白，学院领导和校办领导都是从关心、爱护教师的角度考虑的。可我实在不甘心啊，所以对辛书记认真地说："您看，我这岁数也大了，离退休没几年了。我就想在退休之前，能为绿春县的发展实实在在地做点事儿，哪怕只是帮一点点，心里也踏实。"

辛书记听我说完，沉默了片刻，眼神里多了几分动容。他说，要利用"五一"假期，陪我一起去绿春考察学习，路上有个照应，他也放心。要是万一回青岛需要隔离，我就住家里，让研究生陪着去确实有诸多不便。

就这样，我们暂定在"五一"长假期间前往绿春。

我对绿春之行充满期待。也许，这次调研会有些辛苦，但只要能做点事情，累也是值得的。毕竟，时间不等人，机会也不等人。

2020 年 5 月 3 日

五月初的青岛，海风裹着薄雾，空气中弥漫着淡淡的咸湿气息。往年这个时候，我总会早起散步，看看海，听听浪，享受那份宁静。可今年，我的心思全被绿春之行牵动着。筹备工作紧锣密鼓，任务繁重，时间紧迫。

首先要考虑的是青岛这边参与调研的人选。我在茶叶研发技术研究方面有些经验，但要说起在茶树品种资源发掘、保护和利用方面的研究，我的学生张续周教授颇有建树，毕竟他专长于此。不过，他现在是青岛职业技术学院的职工，要让他过来帮忙，就得提前沟通好。更重要的是，疫情防控期间得有特别重要的事由才能请假。经过几天的协调，今天这件事终于敲定了，我心里的这块石头总算落地。

校办的领导特意交代，去绿春调研的时候，不仅要把情况摸清楚，而且务必要对相关人员进行培训。培训不仅要有实质性的内容，还得做好记录和宣传工作。我们这些工科老师比较注重实效，对宣传工作不太在行，但这次任务明确，既要组织好培训，还要把宣传做到位。我心里盘算着，培训组织这事儿专业性强，便请学校继续教育学院院长董效臣指导帮助。董院长见我不管不顾地要去绿春，想都没想就痛快地答应下来。董院长的支持让我很是感动。这次有他帮衬，培训相关的事儿我心里也算有了底。为了确保有更好的宣传效果，我按要求把个人简介、讲课题目和时间等整理成文并发给工作人员，方便他们做好后续的资料整理和宣传工作。

"五一"期间，曹主任为了准备这次绿春之行忙前忙后，一天都没有休息。经过他的反复沟通和协调，《中国海洋大学汪东风教授一行到绿春县调研茶产业发展工作方案》终于尘埃落定。

最近为了绿春之行，各位同事没少加班加点。辛书记在电话那头的沉稳嗓音，董院长拍着胸脯应承时的爽朗笑声，还有曹主任、张续周教授在疫情期间辗转奔波的身影，都成了这份方案里的注脚。

在方案中，行程安排是这样的——

5月4日　辛华龙、董效臣和汪东风乘坐SC4965航班，于7∶30从青岛流亭机场出发，12∶35抵达昆明长水机场。大概17∶30到达红河州的蒙自，入住酒店休息。

5月5日　7∶00—7∶30吃早餐，然后前往绿春。途中调研绿春县戈奎乡森泉茶叶厂。13∶30左右入住绿春县云梯酒店。14∶30前往三猛乡林益苏丫茶叶厂调研。16∶30左右返回县城。绿春县参加人员有杨志强、卢孙全、李继明等几位同志。

5月6日　早餐过后，8∶10前往骑马坝乡玛玉茶厂调研。13∶30前往大水沟乡彤瑞茶叶有限公司；18∶00在云南绿鑫生态茶业有限公司调研；21∶00左右返回县城。

5月7日　7∶30前往牛孔镇牛巩茶叶专业合作社；9∶30开始，在牛巩茶叶专业合作社调研；10∶30左右返回县城，开始进行相关的培训。培训内容结合调研情况确定，具体时间、地点和人员到时候会有详细的培训安排。

我用笔仔细地圈出一个个茶厂的名字：绿春县戈奎乡森泉茶叶厂、三猛乡林益苏丫茶叶厂、骑马坝乡玛玉茶厂、绿鑫生态茶业有限公司、牛孔镇牛巩茶叶专业合作社……一边圈，我一边感叹，为了让这次调研更细致、更有针对性，曹主任真是花了不少心思。除了要调研的这些茶厂，他还特意收集并整理了云南省彤瑞茶叶有限公司等企业的基本情况。不仅如此，他专门根据这次调研的需要，跟相关单位的负责人交流了绿春县茶产业存在的主要困难和问题，做了大量的前期调研工作准备，给我们提供了

勇担使命：从大海之滨到大山深处

不少有价值的参考资料。这些资料条理清晰、内容翔实，一看就知道耗费了他不少心血。有这样高素质的驻点干部帮忙，真是省了不少心！

我把曹主任提供的资料打印出来，想对绿春县的相关情况有更深的了解，比如那边的茶叶产业存在哪些问题，为什么会出现这些问题以及要怎么解决这些问题。

文件上密密麻麻的数据和文字，记录着绿春县茶叶产业的现状。当看到绿春县拥有超过24万亩茶园时，我想起资料中提到，绿春县农业农村和科学技术局（简称"县农科局"，下同）100多人的团队里，竟无一人是专职的茶叶技术人员。这就好比一艘大船在茫茫大海上航行，却没有专业的舵手。这么一看，绿春茶叶生产的关键问题，很可能就出在人才这个方面。

那么，如何引进并留住茶叶产业人才，又怎样充分发挥现有的人力资源优势呢？我想起，人力资源和社会保障部、财政部、国务院扶贫办印发《关于进一步做好就业扶贫工作的通知》的要求——要围绕贫困劳动力出得去、稳得住、留得下，帮助有劳动能力和就业意愿的贫困劳动力外出务工。不过，这一政策主要针对自然资源匮乏或人口密度较大的贫困地区。绿春县的实际情况不太一样，不宜鼓励青壮年为尽快脱贫而外出打工。绿春县有自己的自然资源优势，适合发展茶叶产业，应该将青壮年培训成茶叶产业的骨干技工。这样既能让他们在家门口就业，又能推动当地茶叶产业的发展。要想脱贫不返贫，把劳动力留在绿春，实现青山变金山，任务艰巨啊！希望中国海大的帮扶能让茶叶产业在绿春的土地上生根发芽、枝繁叶茂。茶叶产业或许是一块小拼图，但每一块拼图都关乎全局。

我的笔记本上密密麻麻地写满了笔记，有国内外茶叶产业的发展现状及趋势，还有在云南省工作的安徽农业大学毕业的茶叶专业学友们的联系方式。我想着到时候多交流，说不定会对这次绿春之行有帮助。

最近几天，夫人徐莹教授一直在查看绿春那边的情况，并为我准备去绿春出差的行李。她一遍又一遍地提醒我，绿春最近温差大，早晚凉，中午又热，给我多带了几件衣服，让我记得及时增减。

行李箱拉链合拢的声音传来，夜露不知何时爬上玻璃。我的心情很复杂——有责任和期待，甚至还有一丝忐忑，但更多的是一种笃定。

绿春，我们来了。

2020 年 5 月 4 日

从青岛到云南红河哈尼族彝族自治州（简称"红河州"）的绿春县，足足 2000 多千米。若是自驾，得横穿河南、湖北、湖南、贵州四省，日夜兼程也要 30 多个小时。即便乘飞机，从青岛直飞昆明四个多小时，再转乘汽车，在崎岖的山路上颠簸六小时才能抵达绿春县城——这还是在一切顺利的情况下。

而我们这一路，从青岛飞昆明，再辗转至红河州的行政中心蒙自，已然舟车劳顿，骨头都快被颠散架了。要不是曹主任特意安排我们下午先到红河州的蒙自休整，明天再从蒙自出发去绿春，我真不知道自己这副老身子骨还能不能撑得住。

今天从昆明到红河州的蒙自，出了城，高楼大厦渐渐消失，映入眼帘的是一片片农田。驶入玉溪地界，山势渐渐陡峭起来。转过一个急弯，抚仙湖跃入眼帘。过了通海，哀牢山的余脉扑面而来，公路在峭壁间穿行，偶尔能看到哈尼族的梯田，层层叠叠地从山脚一直铺到半山腰。下午 5 点左右，我们顺利到达蒙自。

晚饭吃得很热闹。火塘旁，哈尼族的朋友们身着极具特色的民族服装，热情地端来哈尼糍粑、哈尼豆豉、蘸水鸡、炸竹虫……我一来就被请入上座，杯子里即被斟满甘美醇和的焖锅酒。他们热情豪爽，认为请客人喝杯焖锅酒能够解除旅途的疲劳，只有客人喝了酒后，才能谈正事。

　　哈尼族是中国最为古老的民族之一，这个从西北高原迁徙而来的云南独有的世居民族，因为在云南的山水间创造出的梯田奇迹而被称为"雕刻大山"的民族。我是第一次接触哈尼族人，他们招待客人的方式和传统礼仪虽然与汉族有些不同，但是举手投足间尽显真诚与友好。以后在指导茶叶生产时会有更多跟他们打交道的机会，尤其是有时候要去农户家，或晚上也要在企业中指导他们加工茶叶等。这可得好好了解清楚相关礼仪了，不然到时候不小心犯了忌讳，产生一些不必要的麻烦就不好了。要让哈尼族的茶农们相信你、尊重你，首先就得了解他们当地的风俗习惯，做到入乡随俗，真正和他们"打成一片"。所以我赶紧在网上搜索，查看哈尼族的礼仪知识。一番查找下来，我对哈尼族的待人接物礼仪、房屋建筑风格、特色服饰以及婚配习俗等方面，也算有了个大致的了解。我边看边把哈尼族的禁忌一条条记在本子上：不能踩门槛，火塘不能泼水……越看越庆幸今天没出岔子。我这心里也稍微踏实了一些，希望接下来的工作能顺顺利利，和哈尼族的朋友们好好合作，做好茶叶生产指导工作。

山水间的梯田"奇迹"

　　熄灯睡觉前，我看着云南省地图，觉得红河州的轮廓像片舒展的茶叶，绿春县恰在叶脉中央。指尖划过那些现在还不怎么熟悉的寨子名，忽然想起几十年前上大学时严洁老师时常对我说的话："茶根要扎在土壤里，茶人要扎进人心里。"

公鸡打鸣时才发现天边泛白了。我从床上坐起，浑身酸痛，望着窗外朦胧的晨光，心中感慨：到底是老了，不能睡一觉就解乏了。我简单收拾了一下，在酒店吃了早餐，8 点前就坐上了去绿春的车。

一路上山路弯弯曲曲，车开得摇摇晃晃，盘旋在滇南的褶皱里。我坐在车上，紧紧抓着扶手，眼睛时不时瞅瞅窗外连绵起伏的山峦。11 点半左右，我们终于来到了才成立一年的绿春县戈奎乡的森泉茶叶厂。茶香"唰"一下就钻进了鼻子里，我顿时精神一振。

绿春县深嵌在滇南哀牢山腹地，森林覆盖率超过 70%，气温暖和，雨量充沛，年均气温 17.1℃，在海拔从 800 米到 2400 米起伏的山间，茶田随山势攀爬出层层叠叠的绿浪。暗红色的土垄间穿插着灰白色石砾，像给漫山茶树扎了条天然排水带。司机说这叫"半山居人半山茶"，老祖宗选这海拔高的地界建寨种茶，可能看中的就是云雾可润养茶树。

沿途风景

山间建寨种茶

　　我请茶厂负责人带我去茶园看看。穿过几间厂房，我们沿着蜿蜒小径向茶园走去。我蹲下身，仔细查看茶树的生长情况：浇水施肥是不是合适？有没有按规定使用农药？茶树长得好不好？鲜叶采摘是否科学？这些细节我一个都没放过。阳光正好，采摘工人们在忙碌着，动作娴熟。我注意到他们采摘的手法有些讲究，采摘标准也较好。负责人说，这几位茶农是经过多次培训才达到现在的水平。

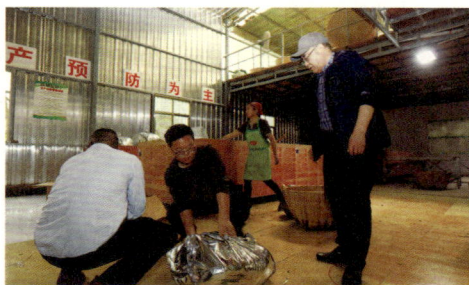

检查每道工序

　　从茶园回来，我来到加工车间。机器轰鸣声中，我检查了每道工序：鲜叶的摊凉、杀青、揉捻、干燥……工人们在每一道工序上都做得一丝不苟，但我也发现，工人们虽很认真，但其工艺主要是按当地传统原料茶来加工，需要改进完善，发挥当地优质茶叶原料价值，加工出自己的茶产品，而不仅仅是初制品。我特别关注鲜叶进厂是怎么管理的，加工机器好不好用，管理模式有没有成效，工人的技术过不过硬。所以，我和工作人员聊了很多，听他们讲工作上遇到的困难，想着后面一起想办法解决。

午饭过后，我挑选出几份样品，仔细品尝对比。最好的一款茶样，其茶汤色泽明亮，香气较高长，但外形及滋味需要改进；最差的一款茶样，其外形和内质较差，只能作为相关工业的原料茶。我和负责人分析原因：可能是采摘时间的把控问题，或是炒制火候的问题。我们还聊了茶厂以后打算怎么发展，需要什么样的技术支持。我记下了他们的需求，准备再找其他茶叶生产者和管理部门详细了解相关情况。

下午，我们马不停蹄地前往三猛乡林益苏丫茶叶厂调研。这家茶厂已注册五年，规模比较大，企业老总及员工祖祖辈辈与茶叶打交道，以前也有多位茶叶相关专家来培训和指导过。但遗憾的是，我们交流起来不如上午顺畅，虽然努力适应彼此的方言，但仍有些信息传递不到位，想了解真实情况不太容易，这让我有点小遗憾。

夕阳西下，我站在茶厂外，望着连绵起伏的茶山，心中思绪万千。这里的一切都如此真实又充满生机——茶农们粗糙的双手，茶叶的清香，还有他们谈起茶叶时的神情，都让我有一种深深的责任感。这份责任不仅是个人肩上的，更是学校和国家的使命。近年来，国家大力推动脱贫攻坚，聚焦产业帮扶，带动农民脱贫致富，为贫困县提供了政策支持和资金倾斜，我们中国海大也积极响应号召，组织专家团队深入基层，开展技术支持与培训。作为学校的一员，我深知，每一次调研、每一份报告都可能成为改变农民命运的契机。看着眼前的茶山，我暗暗下定决心：尽快取得当地茶农和茶企的信任，一定尽我所能，帮助他们解决问题。无论是技术上的指导还是资源上的对接，或者是为他们搭建一个沟通的桥梁，这些工作我都愿意去做。我不希望看到他们的努力因为一些可以解决的问题而被埋没。这片土地上的每一片茶叶，都值得被更多的人品尝；每一个茶农的故事，都值得被更多的人了解。

2020 年 5 月 7 日

　　清晨的山间还笼罩着一层雾霭，车子在山路上疾驰，车轮碾过碎石和土坑，时不时地发出沉重的"咔嗒"声。我们一大早便出发了，准备开始一天的调研。车窗外的风景如流水般向后掠去，如绿意盈盈的泼墨山水画般徐徐展开。

　　第一站是骑马坝乡的玛玉茶厂。车子停在厂门口时，厂里的老茶人卢崇兴厂长正在门口等我们。他是原国营茶厂的老工人，对茶园和茶叶感情很深。他穿着一件旧式的蓝色工装，脸上布满了岁月的痕迹，但眼睛依旧炯炯有神。他与我同岁，却看上去要比我沧桑些。

品鉴茶叶质量

　　20 世纪 80 年代，玛玉茶厂用当地的特色茶树品种生产的绿春玛玉茶，在 1980 年首届云南名茶评比中，以其独特品质，成为云南六大名茶之一，并素有"西南龙井"之誉。说到这段历史，卢厂长脸上虽有很多皱纹，但掩饰不住其幸福和自豪之情。卢厂长回忆说，玛玉茶能有这成绩，一是因为茶树品种，二是因为炒制工艺。从杀青、揉捻，到炒二青、三青，再到提毫，五道工序，一道也不能少。我听着，心想这里的茶好，可能主要与当地特色的玛玉茶树品种有关。

　　从玛玉茶厂出来，我们又匆匆赶往大水沟乡的彤瑞茶叶有限公司。彤瑞茶叶有限公司的厂房并不大，但整洁有序。我们到的时候，厂里的负责人正忙着手头的工作。她给我们讲了一个"茶叶博士"的故事。这位博士曾在这里工作了半年，还成立了绿春县白茶研发中心，想要在白茶的开发上有所突破。可惜，半年后，他被湖南的一家茶企挖走了。他待的时间虽短，但留下了一些初步研究成果。我看了他的资料，又尝了尝他们公司做的白茶。不得不说，绿春这里的气候和福建福鼎不一样，气温高、湿度大，做出来的白茶，虽然有毫香，喝着也回甘，但和正宗的福鼎白茶比，还是有差距。这白茶颜色灰暗、汤色发黄，虽然味道不错，但在市场上并不占

与绿春县李副县长一起到茶园调研

在茶园讲课

优势。我心里有些惋惜，但也明白，茶叶的滋味，终究是与那片土地息息相关的。绿春的白茶，或许暂时无法与福鼎白茶相提并论，但也确实有它的独特之处和优势，有非常好的开发前景。

接着，我们去了云南绿鑫生态茶业有限公司。几家茶厂跑下来，脚底板都磨得生疼。天色渐晚，夕阳在山头挂着，像个巨大的橘子。我们谁也没提休息的事，一直在思考着绿春的茶叶产业到底要怎么发展。

曹主任和李文庆书记在办公室里等候。一众人到齐后，便围绕绿春县茶叶发展现状讨论了一番。曹主任告诉我们，茶叶是绿春县的支柱产业，全县有 50 个茶叶加工厂，但只有五家企业通过了有机产品认证，分别是绿鑫、彤瑞、讯来、玛玉和牛巩村茶叶专业合作社。茶叶产业发展有不少

问题，因为没有统一品牌，很多企业也没有通过有机产品认证，所以很多茶叶加工厂的产品大多只能当作普洱茶的原料卖给周边县市的企业。1 千克才卖 12 块钱，价格低得让人心寒。我听着心里很不是滋味。这茶叶本应是绿春的骄傲，可现在种茶的收入成了老百姓微薄的辛苦钱。

李文庆给大家介绍了牛孔镇牛巩村茶叶专业合作社的建设及运作情况。2017 年，由牛孔镇党委、政府牵头，在红河供电局的支持下，投资 40 万元注册成立了牛巩村茶叶专业合作社。这个合作社按照统一技术培训、统一物资配送、统一茶园管理、统一茶叶收购的"四统一"标准发展。2019 年，为优化配置生产设备，邀请专家帮助村民提升茶叶加工技术，绿春供电局投入资金建了 432 平方米的茶叶加工基地和 500 平方米的茶叶晾晒场。同年，上海市长宁区出资 100 万元为牛巩茶叶专业合作社建造了 2000 平方米的新厂房。

上海市援滇干部、绿春县副县长王晓峰也提到了李文庆说的一些问题，如绿春县茶叶产业发展面临的缺厂房、缺技术、缺市场等诸多困境。这里虽然种植面积很大，但茶叶加工企业并不多。另外，茶叶以粗茶（低档茶）为主，价格卖不高，1 千克最多也就卖十几元左右，很多都是老百姓在家简单加工后，到马路边摆摊售卖。2019 年 8 月，为了进一步加强沪滇扶贫协作，加快对口地区特色农产品标准化生产经营，上海市长宁区市场监管局带队，包括上海茶叶行业协会、上海茶叶企业负责人在内的一批上海专家来调研，为这里的茶叶产业"把脉指路"。上海茶叶调研组在实地考察后认为，绿春县茶叶产业存在科技支撑不足、精深加工缺乏、品牌培育滞后等问题。对此，专家们提出了若干建议，包括在产品上要以精制茶为主，通过提高采摘工艺和制作工艺水平，走高附加值之路。专家们还指出，应以县政府为主导，把茶叶企业整合起来，制定统一标准，打造公共品牌，而不是像现在这样每家每户各自分散经营，不利于扩大品牌的影响力。

中国海洋大学－云南省绿春县 2020 年春季茶叶种植管理技术培训

当时，面对当地资金匮乏的严峻现实，上海市长宁区在 2019 年计划投入财政帮扶资金 5160 万元，基本投入到位，但并不完全用于茶叶产业发展方面。2018 年以来，大兴镇阿迪村委会利用东西部扶贫协作扶持资金 60 万元，以村集体的名义入股绿鑫生态茶业有限公司，实行"公司＋合作社＋村集体＋农户"的模式，带动村集体经济发展和农户增收。绿春县缺钱，它的产业发展需要真金白银的投入，但是如果不形成良性循环，就无法实现可持续发展。

重庆大学和云南农业大学的帮扶情况是这样的：重庆大学目前暂无针对绿春茶叶产业发展的大型项目，主要以建设学校楼宇、帮助销售农产品等形式为主；云南农业大学采取指导调研、开展茶叶技术培训、组织绿春茶叶人员外出学习的方式进行帮扶。不过，云南农业大学茶叶专家关注的重点是普洱和滇红等全国知名品牌，给绿春县茶叶产业发展的具体建议相对较少。我的眉头皱了又皱，绿春县茶叶产业发展的出路到底在哪儿？

根据前几天的调研，结合天气情况，曹主任精心安排了一次集中培训。绿春县的茶农以及农科局干部都会来县培训基地学习。他满怀期待地告诉我，县里从上到下都非常重视这次培训，他们确实想突破当前的困境。我回应他：找到问题，解决问题，我一定尽力全面深入地摸清绿春县茶叶产业发展的现状，提出更多切实可行的发展建议，争取不负所托。

夜深了，窗外的风轻轻吹过茶园，茶香依旧，只是不知道这香里，藏着多少茶农的辛酸和期盼。或许，我们中国海大的帮扶工作能为绿春茶叶找到一条新路。哪怕是一点点光，也能为黑夜带来希望。

2020 年 5 月 14 日

被荒弃的老茶园

早上，我站在茶园边缘，望着那些被杂草吞噬的茶树，想起绿春县县长李涛诚恳的话语："汪教授，真心希望您能够结合调研情况，为绿春县茶产业发展出谋划策！"

可我心里有种说不出的滋味，也盘旋着诸多疑问。

那些老茶树，自然生长，绿色有机，叶子在阳光下闪着嫩绿的光，明明是上好的茶芽，却无人采摘，就这么挂在枝头。到底为什么呢？明明只要有人去摘下来，只要有一套像样的加工设备，这些叶子就能变成实实在在的财富。可现实却是，茶农们宁愿等到叶子长老了，再用刀片割下来，用简陋的设备粗放加工，做出来的茶叶品质差得一塌糊涂，卖不出好价钱，到头来还是亏。

我想不通。那些嫩芽明明比老叶值钱得多，他们难道不想多赚点钱？可为什么没有人站出来，去做点改变？是习惯使然，还是缺乏信心？或者，只是不知道从哪里开始？

带着这些疑问，我问了不少人——县里的领导、乡镇的干部、企业的老板，甚至还有村里的几个老支书。他们的答案出奇的一致，像一根根细小的针，扎进了我心里——"干活儿的人手不够""做出的茶谁收购"；等等。

没人干活儿，这话听起来简单，却像是揭开了绿春县茶叶困境的一道口子。山里的青壮年，但凡有点力气的，都选择了出去打工。有的年轻人在广东的厂子里，每个月能寄回几千块钱，家里的日子一下子就松快了。村里的小年轻，谁不想出去闯闯？留在山里，守着茶园，风吹日晒，一年到头也挣不了几个钱。可出去打工，哪怕是在工地搬砖，也比种茶强多了。

一家只要有一个人出去打工，基本上就能脱贫了——一位乡镇的干部这么告诉我。脱贫，这是个硬指标。乡镇干部们压力很大，他们负责的村子要是不脱贫，自己就不能调动，更不能晋升。所以，他们也想尽办法，鼓动村民们出去打工。村里的小路、村委会的宣传栏上，贴的几乎都是招工广告。谁还愿意留下来种茶呢？

我看着那些被荒废的茶树，心里五味杂陈。茶叶再好，也得有人采，有人加工，有人卖。可人走了，这片茶园也就没了生机，真是可惜。我坐在老树下的石头上，与一位外出打工的农民相对而坐。他叫老李，手上布满了老茧。交谈中，我听到了他满是无奈与期盼的心声。

他对我说，一家老小要吃饭，孩子要读书，不出去打工，靠这些茶树哪能撑得住？这山里的茶叶长得再好，没人采，没人管，没人收，就这么

枯老的茶树

最简易的茶叶加工

荒了。他们也心疼，可也没法子。如果不出去打工，家里的开销根本撑不住。现在孩子数量少，可养孩子的开销却一点也不少，所以也不敢多要。孩子要到乡镇去上小学和初中，这是义务教育必须做的。为了照顾孩子，老婆或者老人就得跟着去陪读。在乡镇租房子要钱，家人的吃喝拉撒要钱，光是这些开销，就压得人喘不过气。这可是实打实的"硬指标"，一分都不能少。这儿到处都是山地，只能靠山吃山，卖点山货。要是不打工，几乎没有其他稳定的收入来源。

家人身体健康还好，若有小病小灾，要钱吧！这虽不是"硬指标"，但也要备些！最好有几千元左右的存款在银行，睡觉才安稳些。在外打工很累，遇上下雨不出工休息，应该很好吧？可此时最想家。他们打心底里盼着在本乡镇找到合适的工作，这样既能为家乡的发展出份力，又能早晚都在家，上下班还能顺便接送孩子上学和放学，这才是幸福。可看看这儿，茶叶卖不出去，就算能卖出去，价格也低；加工厂又不多，就算有，工资也少得可怜。

与当地人交流

老李的话像一把钥匙，打开了我心中的疑惑——茶园荒废，茶叶无人采摘，不是因为茶农懒惰，而是因为他们没有除了打工以外别的选择。话说回来，打工看似是一个更好的选择，打工的背后，却是离乡背井的无奈，是对家乡茶园荒芜的痛惜，是对家庭责任缺失的无可奈何。

这不仅仅是一个家庭的困境，更是整个绿春县的缩影。茶叶、土地、山货……这些原本应该是他们的财富，却因为技术、人才、市场和机制的缺失，变得一文不值。

乡亲们是这片茶园的当家人，他们的付出是茶叶产业的重要根基。如果能把茶叶产业做起来，让茶叶卖得出去，价格提得上去，那么加工厂就会多起来，甚至能吸引外面的企业来投资。到那时候，"老李们"也许就不用再出去打工了，而是在家门口就能赚到钱，还能守着家里人过日子。

是的，绿春县的茶叶产业确实面临着重重困难，但正是因为有这些困难，才更需要我们去改变。绿春县的茶叶品质其实很好，只是因为我们没有解决技术不成熟、人才留不住、产业链不完善、品牌没有打出去等问题，才导致了现在这样的局面。只要我们能把这些问题解决了，茶叶产业一定能重新焕发生机。

绿春县的茶叶产业问题不是一朝一夕形成的，也不是靠几句口号就能解决的。它需要实实在在的行动，需要从上到下的共同努力，需要结合当地资源做出可持续发展的产品。只有这样，才可能把年轻人留住。

梯田与茶树

我得草拟一份详细的茶叶产业发展建议提交给县长，从茶园改造、加工能力提升、品牌建设、市场开拓等方面入手，提出具体的措施。相信只要齐心协力，我们一定能把这事儿做好。

2020 年 5 月 18 日

与茶农交流

推开住处的门，我疲惫地倒在椅子上，脑海中却依旧盘旋着绿春县茶园的景象——茶山绿意盎然，却掩不住茶农们脸上的忧虑。我闭上眼睛，仿佛能闻到空气中弥漫的茶香，混合着泥土的芬芳，却又夹杂着一丝不易察觉的苦涩。

绿春县的茶叶，不该如此。这几天，我的心中时常涌起一股难以平复的责任感。这份责任感并非源于外界的期待，而是来自内心对这片土地上的人的同情与对茶的热爱。那些茶农，他们的汗水滴落在茶园里，却未能换来应有的回报。他们的眼神中有期待，也有无奈。

我必须做点什么。

我仔细研究了国内外茶叶发展趋势，结合在绿春县的调研成果，撰写了《云南省绿春县茶产业发展前景及对策建议》。

在建议里，我先梳理了绿春县茶产业的发展现状。截至 2019 年底，全县茶叶种植面积约 24 万亩，干毛茶总量近 1.84 万吨，产值不到 3.0 亿元，涉及茶农 20.7 万人，其中，65% 的种植户以茶叶作为第一收入来源，茶农

讲解鲜叶质量

人均年纯收入 1778 元。目前，全县拥有各类茶叶加工厂 50 个，其中，省级龙头企业 1 个，州级龙头企业 2 个，茶叶协会 1 个，注册茶叶专业合作社 94 个。茶叶产业已成为全县的骨干产业，在农户增收脱贫致富和全县脱贫攻坚中发挥重要支柱作用。这些数字背后，是无数家庭的生计与希望。

通过多年的发展，茶叶产业确实有了长足的发展。

茶园建设方面，茶叶已发展成为绿春县支柱产业。目前全县有机茶园认证面积 3700 亩（约占全省 0.8%），绿色食品茶园认证面积 8000 亩，推广无性系良种 7.8 万亩，主要推广品种为云抗 10 号、雪芽 100 号、长叶白毫以及地方优良种玛玉茶，全县良种覆盖率达 32.77% 左右（全国达 60% 以上）。

茶叶加工方面，绿春县的茶产业有了较好基础。目前全县有茶叶初（精）制加工厂 60 多家，没有年加工能力万吨以上的厂家；全县有效注册茶叶商标 22 个，主要以生产烘青毛茶、晒青毛茶、普洱茶为主，少量生产名优绿茶。茶产品包括"玛玉""春苑""玛玉古王茶""黄连山""彤瑞""蓝碧""永鲜汤色"等 54 个系列产品，其中"绿春绿茶""七子饼生茶""哈尼秀峰""哈尼龙井" 4 个茶叶品牌相继通过国家绿色食品认证。

在深入调研绿春县茶叶产业后，我发现它面临着诸多亟待解决的关键问题：人才匮乏、技术落后、品牌缺失、市场竞争力薄弱……这些难题像一座座大山，压在绿春县茶叶产业发展的前行之路上。

人才与技术的匮乏是最为突出的困境。绿春县作为民族地区、边疆地区和贫困地区三区叠加的"特殊区域"，人才吸引与留存难度较大。目前，从事茶叶技术推广的科技人员和茶叶企业精加工人员数量相对较少，其中，受过正规茶叶专业教育的人更是凤毛麟角。这直接导致茶叶生产中的一些技术问题得不到及时解决。茶树种植、茶园管理、鲜叶采摘也没有制定适应当地实际情况的技术规范。这种情况下，每亩茶鲜叶产值仅1500元左右，只有青岛崂山茶区的 1/10 ~ 1/15。

品牌建设的滞后同样不容忽视。目前，绿春虽有"绿春绿茶""七子饼生茶""哈尼秀峰""哈尼龙井"等多个茶叶品牌，甚至还有在20世纪70年代创制的于1980—1981年连续两年被评为云南省名茶之一的绿春玛玉茶。可因缺乏独特的品质特点和核心技术支撑，这些品牌未能在市场上形成有效的影响力和竞争力，品牌效应及经济效益基本上没有体现。品牌建设的缺失使得绿春茶叶在市场中难以脱颖而出，无法获得与其品质和历史相匹配的市场价值。

市场竞争力的薄弱是绿春茶叶产业的又一难题。绿春的茶叶大多由茶农自主经营，生产的茶叶多为毛茶，高档茶、名优茶的产量比较小。这种人人种茶、户户销茶的分散经营模式，不仅难以保证茶叶的质量稳定性，也使得市场销售价格偏低，平均每千克毛茶约15元，仅是青岛崂山茶区的1/15到1/25。与此同时，茶叶精加工产品稀缺，这进一步削弱了绿春茶叶在市场中的竞争能力，难以满足消费者日益多样化和高品质的需求。

此外，基础设施滞后与经营理念落后也是制约产业发展的重要因素。由于长期缺乏必要的支持，绿春县茶叶产业的基础设施建设明显滞后。品种和树龄结构调整缓慢，低产茶园面积占比较高，茶园更新速度迟缓。目前，全县树龄40年以上的老茶园达12万亩，却未能及时进行更新改造；

以无性系良种为主的茶树良种品种推广也严重滞后，无法充分发挥优良品种的优势。

在经营理念方面，茶叶经营及管理者观念较为保守，存在小富即满的思想，对茶叶产业在县域经济中的重要地位认识不足，重视程度不够。他们仅仅将茶产业定位为"赚点盐巴辣子钱"的小本生意，而没有将其当作一项具有巨大潜力的高效农业来认识和发展。这种短视的观念导致茶农对茶园的资金投入相应减少，茶树因缺乏养护而长势衰弱，部分茶农甚至直接放弃采摘，任由鲜叶荒废在茶树上。同时，绿春茶叶市场存在无序竞争的现象，大量茶叶鲜叶直接流向市场，许多茶叶加工企业虽有茶厂却无自有茶园，只能进行简单的粗加工后便直接进入市场销售，使产品质量参差不齐，经济效益低下。

从企业组织形式来看，全县70多家茶叶加工企业目前都还处于小而散、各自为阵的混乱状态。这种分散的组织形式无疑增加了企业进入市场的成本，使各个企业在市场准入方面困难重重，难以开拓更为广阔的市场。虽然全县现有省级龙头企业1个、州级龙头企业2个，但这些龙头企业规模效益低，带动作用微弱，未能形成有效的区域"龙头"带动效应，无法引领整个产业实现规模化、集约化发展。

再看品牌标准与市场开拓方面，绿春县自1980年起就成功研发了玛玉茶，并且该茶早就荣获过云南名茶称号，本应具有极大的市场潜力，然而，由于缺乏玛玉茶的加工标准及品质标准，其市场占有率及影响力始终处于较低水平。这背后的原因，一方面是茶叶企业或专业户缺乏开拓市场的勇气，在面对激烈的市场竞争时畏缩不前；另一方面则是严重缺乏品牌意识和运作技能，不懂得如何挖掘和塑造品牌价值、如何运用有效的营销策略将产品推向市场。当前，绿春茶叶的销售仍以原料或初级产品为主，商品价格低廉，无法实现优质优价。营销渠道不畅，产品价格上不去，利润空间自然狭小，这些无疑进一步限制了茶叶产业的发展壮大。

不过办法总比困难多，我也琢磨出了一些有针对性的对策建议。

先说说产业和生产优势，茶叶是世界公认的健康饮料。中国制茶、喝茶的历史悠久。对绿春县来说，茶叶更是支柱产业。发展茶产业既是产业发展需要，又能满足人们消费需求，更是绿春县实施脱贫致富的关键。在云南，茶树多是常绿小乔木，种茶树除有较大的经济效益外，还能固土保水、美化环境等，是实现绿水青山与金山银山同步发展的最佳产业。所以，绿春县大力发展茶叶产业，符合国家政策和可持续发展要求。

再看看绿春县茶叶的基础优势，茶园面积有 24 万亩，有机茶园认证了 3700 亩，绿色食品茶园认证 8000 亩。目前，春茶优质鲜叶原料市场价为 12 元 / 千克，全年毛茶（也主要销售毛茶）市场均价约 15 元 / 千克，牛孔素华茶厂生产的"龙剑"品牌能卖到 1900 元 / 千克，一般晒、烘青茶毛茶 12 元 / 千克。仅从价格分析，在绿春种植的茶叶能够在这里加工出 1900 元 / 千克的产品很少，仅有 200 千克，多数均价只是全国的销售均价（2018 年，139.3 元 / 千克）的 1/10 左右。因此，绿春茶叶的价格提升空间很大，未来发展潜力无限。

要实现精准扶贫，关键是授人以渔，建立起长效的产业发展机制。目前，农村脱贫主要措施有发展经济、政策帮扶、拨付资金、销售产品等。多地脱贫致富的经验表明，"授人以鱼，不如授人以渔"，其核心是构建区域产业发展的长效机制，以确保地区经济增长的可持续性。发展绿春茶叶产业，科技是实现精准脱贫致富的核心，像是茶保健成分应用技术、绿茶加工新技术、高香白茶创制技术，这些都要有国家发明专利，还要有特色名优红 / 绿茶定制服务。另外，一定要组建专业的茶叶科技队伍，保障科研经费专款专用，为产业发展提供源源不断的动力。

为了带动整个产业发展，应重点扶持茶叶龙头企业，用"项目 + 技术＋资金"三配套的模式，让茶叶产业的龙头企业先发展起来，再通过它们的示范作用，带动当地茶叶产业发展。还需要安排茶叶龙头企业主管到先进企业参观或驻场／厂实习，学习管理经验，掌握先进技术。同时，还应积极引进有实力的茶叶企业，以独资、合资、独办或联办等方式，创办茶叶生产基地和茶叶产品的精深加工企业。

品牌建设、做大市场也非常重要。绿春茶叶种植规模已经不小了，茶叶市场生命力很强，关键是如何提高产值。多年脱贫致富经验表明，仅仅提高大宗茶生产产量只能脱贫，做大名优茶才能致富。而打造名优茶，就得有叫得响的品牌，得到市场认可。建议以"玛玉茶"为主抓品牌，首先整合资源，不能各自为战，要形成规模效应，提升品牌影响力；其次要狠抓质量，只有品质过硬，消费者才会认可；然后要建立统一的采摘、加工和质量标准，统一包装和标识；最后是加大宣传力度，通过举办绿春县名优茶遴选、参加"中茶杯"评选、媒体宣传、举办茶节庆等活动，把绿春的茶叶品牌推向全国，使之走向世界。总而言之，形成品牌效益，使绿春的茶叶资源优势变成经济优势。

等茶叶产业做强了，茶室、茶庄这些相关产业也会跟着发展起来，茶叶深加工企业会越来越多，就业机会也会增加，还能带动绿春哈尼茶文化旅游市场的发展。到时候，绿春县就会成为真正的产茶大县。

要是这些措施都能落实到位，绿春茶叶的均价有望从现在全国均价的1/10提升到1/5，也就是从每千克20元涨到40元，全县茶叶产值能达到7亿元以上。

希望这份建议能对绿春县的茶叶产业发展有所帮助，让这片土地因为茶叶而焕发出新的生机，让茶农们不需要外出打工，而是在茶园里找到幸福生活的希望。这可能不是一朝一夕就能实现的，但是习近平总书记说了："幸福都是奋斗出来的！"

2020 年 5 月 27 日

    五月的夜，微凉中带着一丝期待。中国海大崂山校区图书馆第二会议室内，屏幕上显出千里之外绿春县干部的身影，中国海大定点扶贫项目——绿春县干部能力素质提升专题培训班线上开班仪式同步在中国海大崂山校区图书馆第二会议室和绿春县委召开。绿春县委副书记邓志毅，县委常委、组织部部长何德林，县委常委、宣传部部长李阳，中国海大党委常委、总会计师王剑敏出席开班仪式。在视频的这头，我听到王剑敏总会计师代表学校明确表态，中国海大将立足绿春所需，竭尽海大所能，继续与绿春县一道坚定信心、顽强奋斗、不断前进，巩固脱贫成果，提升发展质量，共谱全面小康美丽华章。

    从绿春返校后，相关人员需要在家工作，隔离两周。这是疫情防控期间的要求。我在家里通过视频软件连线，主讲茶叶专题培训，还联系了发展较好的茶叶企业，请企业负责人介绍其先进的管理理念或技术。我听马主任说，绿春县有超过 1000 名干部居家或在办公室通过电脑、手机参加

中国海洋大学－绿春县干部能力素质提升培训班开班仪式现场

了这次为期六天的线上培训学习。

之后，我结合在绿春的调研情况，向马主任提出一个建议——咱们学校要在绿春县的定点帮扶工作中有实质性贡献，就得采取项目式精准帮扶才行。绿春县在党中央、国务院和云南省委、省政府的亲切关怀下，经过全县广大干部群众的共同努力，虽然在 2020 年 5 月退出了贫困县序列，但全县还有约 3000 人未脱贫。帮助这些人脱贫，才是我们真正的挑战，不能掉以轻心。绿春县的脱贫，只是一个起点，后面怎么巩固提升、持续发展才是关键。我们需要通过项目式精准帮扶，帮助他们打造一个有竞争力的产业。

我在绿春调研时了解到，重庆大学从 2013 年就开始在绿春县定点帮扶，投入大量的资金和人力，确实为当地脱贫摘帽做出了较大贡献。重庆大学以"扶智扶志"为主线，全校 56 个二级单位都签订了定点扶贫工作责任书，积极动员师生及校友的力量，从教育、文化、科技、产业、医疗等多个领域对绿春县开展全面帮扶。不过，它们由于没有结合绿春县的资源和产业实际情况来进行精准式帮扶，虽然在绿春香料产品带销方面做得很好，也得到了相关部门的肯定，可都 7 年多了，也未能形成有一定产能的产业或在市场上有一定销量的新产品。

所以，我们的帮扶，不能仅仅停留在产品带销层面，而是要从根本上帮助他们实现"自我造血"。绿春县的茶叶产业是他们的优势，也是他们的未来。我们要做的是，通过精准式扶贫帮助他们从茶叶的种植、加工到销售打造一条完整的产业链。

手边，杯中茶叶的香气早已散尽，但茶汤的余味还在舌尖萦绕，仿佛提醒着：再沏一杯茶，踔厉开新局。

2020 年 6 月 10 日

今天是我住家工作第二周的开始。我打开校园网，看到了一则新闻——学校党委书记田辉带队赴云南省红河州绿春县考察调研，推进学校定点扶贫工作。绿春县戈奎乡托牛村、牛巩村茶叶合作社……看着这些田书记调研的地方，我仿佛又回到了那片土地，看到了那些熟悉的面孔。

田辉书记与红河州政协副主席、绿春县委书记李国民共同签署了中国海大定点帮扶云南省绿春县合作协议。这不仅是一纸协议，更是一份承诺——中国海大与绿春县心手相连，全力巩固帮扶绿春县脱贫攻坚成果。

在中国海大推进云南省绿春县定点扶贫工作座谈会上，田书记的讲话语重心长：学校与绿春县因脱贫攻坚结缘，志合者，不以山海为远；知己者，不以天涯为遥。做好绿春县定点帮扶工作是学校的一项重要政治任务，是学校做到"两个维护"、践行"四个服务"的必然要求。

中国海洋大学党委书记田辉带队赴云南省
红河州绿春县考察调研

作为刚去过绿春的帮扶教师，我深知这段话的分量。绿春的脱贫攻坚不是一句口号，而是一个需要集全校之力，带着感情、带着责任去完成的使命。

田书记还强调，学校要进一步强化责任担当，充分发挥学科特色和智力优势，应绿春发展所需、尽学校所能，深入推进教育帮扶、产业帮扶、消费帮扶、智力帮扶、文化帮扶等各项工作。

中国海洋大学党委书记田辉走访云南省红河州绿春县戈奎乡托牛村贫困户

教育帮扶，这是我感受最为深刻的领域。那里茶厂的负责人们、茶农们，还有学校里的孩子们，他们眼睛里都闪烁着对知识的渴望。他们是绿春的未来，而我们要做的就是为他们打开一扇通往广阔世界的窗户。

产业帮扶，以中国海大的科技力量帮助他们建设一批适合当地实际情况的特色产业，这是让绿春的特色产品走出大山的希望，能真正带动当地脱贫致富。

消费帮扶，那里的茶叶、红米线、香料等都是大自然的馈赠，但由于交通不便、信息闭塞，这些宝藏始终被埋藏在深山之中。学校通过消费帮扶，让更多人了解绿春、支持绿春，这不仅是对当地经济的扶持，更是对绿春人民信心的鼓舞。

智力帮扶，这是我们能够给予绿春最宝贵的财富。通过技术培训，留下接地气的本土专家；通过支教活动，助推中小学校提高教学质量；通过科普讲座和图书捐赠等方式教会他们用知识改变命运。

文化帮扶，则是力争让绿春的茶文化、哈尼族文化等在新时代焕发出新的光彩，推动当地发展，促进脱贫致富。

在家工作的这些天，我时常想起绿春当地人们的期待。绿春的山巍峨，绿春的水清澈，而绿春的人民，也许会用他们的双手书写一个全新的故事。这个故事中，有我们中国海大人的身影，有我们的智慧和热情，更有我们的责任与担当。

2020 年 9 月 18 日

下周秋季学期就开始了。近期事情太多，越是忙碌，时间仿佛越不留情面，匆匆而过。

原本，我计划今年暑假再去一趟绿春县。那是我调研过的地方，那里的土地、那里的人，总牵动着我的心。如今，绿春县已经宣布脱贫摘帽，我的计划似乎变得有些多余。再加上这段时间我身体有些不适，去绿春的计划就暂时搁置了。

可是，绿春县项目式精准帮扶这个想法一直萦绕在我的心头。哈尼族同胞们的生活虽然有所改善，但仍未富裕起来。尤其是那些优质的茶叶资源，由于缺乏加工技术的指导，只能作为原料茶低价出售，实在可惜。

从脱贫攻坚到乡村振兴，从"两不愁三保障"到"产业兴旺、生态宜居、乡风文明、治理有效、生活富裕"，这是习近平总书记为我们农村发展指明的方向。作为科研工作者，我们得好好琢磨这个转变。脱贫攻坚解决了基本温饱问题，乡村振兴则要让农村真正富起来、美起来、强起来。这不是简单地换个说法，而是要让农民有持续增收的产业，让村庄环境更宜居，让乡风更文明，让基层治理更有效。这些都需要我们拿出决心来，一步一个脚印地干。

我回想起自己年轻时学习茶叶技术的经历。那些年的学费和生活费，全靠党和政府的资助。没有国家的培养，我不可能掌握这些技术，更不可能有机会为绿春县的茶叶产业出一份力。每当想到这里，我就觉得自己有责任做些什么。我不是为了彰显自己多么有担当，也不是为了得到谁的认可。我只是觉得，这是我应该做的。

我虽然没有在暑假期间回到绿春，但利用这段时间写了"茶叶精深加工技术（绿春）"项目方案。前天，我把方案提交给了学校科技处，希望能得到学校的支持，为绿春县的发展出份力。

中国海洋大学专项基金

申 请 书

项目名称： 茶叶精深加工技术（绿春）
所在院系： 食品科学与工程学院
项目负责人： 汪东风
联系电话： 82031575
手　　机： 13864280948
电子邮箱： wangdf@ouc.edu.cn
填报时间： 2020 年 9 月 16 日

中国海洋大学专项基金申请书

2020 年 10 月 12 日

今天是个好日子，学校这边传来了一个振奋人心的消息。一切都在朝着好的方向发展。

在鱼山校区学术交流中心，于志刚校长会见了绿春县委副书记、县长李涛一行并进行座谈。我注意到，除了于校长，还有王剑敏总会计师参会，也有党委办公室、校长办公室、党委组织部、党委宣传部、学生工作处等 20 个部门的主要负责人。

在我看来，这次会议具有重要的意义，在绿春县实现脱贫摘帽、学校完成了阶段性帮扶任务之际，明确了下一步相关工作。首先是巩固拓展脱贫攻坚成果，其次是要逐步将工作推向助力乡村振兴的新阶段，显示出学

绿春

校对绿春县后续帮扶工作的高度重视和助力绿春长远发展的思路。

　　我得知这个消息后，心中一阵激动。我意识到，我们 5 月份在绿春县调研后，自己在暑假期间撰写并在秋季学期开学之际提交的"茶叶精深加工技术（绿春）"的精准扶贫项目方案有极大可能得到学校的批准和支持。

　　我夫人知道后，打趣地说："老教授前瞻性好！"我们还开了瓶好酒，提前庆祝这个好消息。

　　这个专项计划的主持单位是中国海大，参加单位是绿春主要的茶叶企业，包括绿春县绿鑫生态茶业有限公司、云南彤瑞茶叶有限公司、绿春县讯来茶叶有限公司、绿春县玛玉茶厂、绿春县森泉茶叶厂、云南红河黄连山大梁子茶叶有限公司 6 家公司。这些公司是试验示范单位，后期将是新产品生产单位。通过上述分散在全县各乡镇的企业的示范作用，让当地茶农看到实实在在的效益，才能更方便地推广新技术、新产品。绿春县农科局还特别设立了专家工作站，方便项目参与人员的交流和技术指导。

　　根据绿春茶叶生产现状、市场要求以及中国海大食品科学与工程学院现有的专利技术，项目涵盖多项主要技术，包括富含茶多糖系列饼茶生产技术（制备茶多糖含量比原料茶多 20% 以上的普洱茶饼和白茶茶饼）；高香白茶创制技术（在现有白茶生产基础上创新，香气比原白茶高，生产周期短）；富含茶多糖系列饼茶和高香白茶加工技术标准及质量标准制定，玛玉茶树新品种保护注册申报等。

这个项目的详细计划也已制订完成。该计划从 2020 年 7 月启动，预计于 2022 年 12 月完成验收。项目进程分为多个阶段，包括原料和产品化学成分分析、中试产品开发、市场调研、设备购置与调试、批量生产、质量检测、地方或团体标准制定、茶树新品种保护申报等。中国海大将全程指导相关企业，并提供技术支持，计划生产 100 ~ 200 吨富含茶多糖系列饼茶，10 ~ 20 吨高香白茶。按每千克饼茶或高香白茶 200 元计，年均产

计划表

总体计划：2020 年 7 月至 2022 年 12 月
1. 2020 年 8 月，相关企业应提供今后可能使用的原料及市场调研的产品，供中国海大进行相关原料和产品中化学成分分析及产品工艺研制
2. 2020 年 10 月前，中国海大应指导相关企业完成一批富含茶多糖茶饼和高香白茶的中试产品及人员培训
3. 2021 年 3 月前，相关企业对中试产品进行市场调研和专家鉴赏，与中国海大共同确定产品风味；同时，相关企业在中国海大帮助下进行设备的购置、安装、调试，相关人员培训
4. 2021 年 8 月，中国海大指导相关企业完成产品的批量生产，相关人员培训，完成相关企业的包装设计、中试产品感官及理化检测；投放市场试销
5. 2021 年 12 月前，制定地方或团体质量标准
6. 2021 年 12 月前，完成申报玛玉茶树新品种保护
7. 2022 年 6 月前，中国海大根据确定的富含茶多糖茶饼生产和高香白茶生产技术，协助相关企业正式生产；委托第三方检测相关产品的质量及卫生指标；定制批量产品
8. 2022 年 12 月 31 日前，验收

值将为 2200 万～4400 万元。同时，还要制定并发布两个地方或团体标准，申报玛玉茶树新品种保护，培训企业骨干 50 人以上，扶持茶叶龙头企业 5 家左右。两年后，这些经过培训的龙头企业将带动全县茶叶企业发展。

我笔走龙蛇，在草稿纸上写下这样一句话："为绿春县茶叶产业赋能，助力乡村振兴。"这是我的心声，也应该是未来努力的方向。

2020 年 10 月 15 日

今天想起一件旧事，是我第一次到绿春某茶厂时发生的事。

那天，县政府安排了一位副县长陪同我们考察，我们希望到茶厂后先评审本企业最好和最劣的茶叶，借此与企业技术负责人交流，了解其产量、价位、设备及工艺等具体情况，以便制定茶叶帮扶具体内容。山路崎岖，我们一行人在路上颠簸了三四个小时，好不容易到了茶厂，迎接我们的却不是企业技术负责人，而是一个刚入职三个月的年轻人。他站在那里，青涩又茫然。我们将有关茶厂茶叶的问题抛过去时，他一问三不知。我问他负责人为啥今天不来，县政府昨天就通知了啊，他说领导有事来不了。

后来，我才从旁人的只言片语中得知原因。他们觉得中国海大没有开设茶叶专业，我们这些人肯定不懂茶叶，到企业来考察不过是走走过场、拍拍照片，回去写个材料汇报交差而已。我心里像是被什么东西哽住了，既有些尴尬，又觉得好笑——他们怎么能这么轻易地下定论呢？！

返程的路上，我望着窗外连绵的山峦，思绪翻涌。我深知，若想让绿春县的茶叶同行和相关领导真正认可我们，光靠解释是远远不够的。他们需要看到真实力与专业性。常言说，"亲其师，信其道"。得让绿春县茶农及企业老总们相信咱的技术才行。而就在这时，我的脑海中突然闪过一个人影——我的学生梁名志。他如今已是云南省农业科学院茶叶研究所的副所长，研究茶叶多年。更重要的是，他在当地有较大的影响力，企业的领导和管理部门的干部们都对他敬重有加。

第二天，梁名志就应我所邀到达绿春。我向他简单地介绍了中国海大在绿春县拟开展的茶叶帮扶计划，也讲述了我们昨天的遭遇，希望他就茶叶帮扶计划提提建议，也希望他见一见相关领导和主要茶企负责人，为我站台。企业领导听说梁所长来了，很早就在茶厂门口等候。梁所长用简短的几句话便将我的专业背景介绍给了企业领导，对方眼神中的疑虑渐消，并对我肃然起敬——梁所长可是云南省茶叶产业的大咖，他的老师岂不更胜一筹！

作为一名食品科学领域的二级教授、全国"万人计划"教学名师、首批全国"黄大年式教师团队"领衔者、国家科技进步奖二等奖获得者和国务院政府特殊津贴专家，我本以为凭借专业知识，便能赢得绿春茶农们

与梁名志副所长讨论绿春县茶叶产业发展

的信任，现实却并非如此简单。茶叶是他们的生计，是他们祖辈传承的技艺，而我的到来，在他们眼中，更像是一个"外来者"的介入。

后来，我俯下身，与他们比赛做茶，同他们捧杯品茶，跟他们上山采茶，他们的态度有了很大变化。或许，信任的建立，不在于我的头衔，而在于我是否能在真正懂得他们需求的基础上帮助他们。只有让绿春的哈尼族同胞、茶业同行、种茶农民真正意识到我不仅是食品科学专业二级教授，而且精于茶学并真正懂他们，才能赢得他们的信任，今后在我指导茶叶生产时，他们才会真正信服！

2020 年 10 月 20 日

学校已经明确：对绿春县新农村建设帮扶，务必做到无缝衔接，且支持力度不减。经费批复虽然还有时间上的问题，但是我已经开始筹划第二次去绿春的行程。这次的目的更明确——试制茶叶精深加工技术专项的样品。

10 月中下旬正是绿春每年第二个最适合制茶的时节。错过它，很多工作就无法推进。所以，我在一周内接连给绿春县不少茶企打电话，跟他们说，10 月中下旬计划到绿春去试制新产品。这次时间特别紧，要是等学校把项目经费批下来再去绿春，肯定来不及。毕竟茶叶生产的季节性太强，错过了这一季，很多工作都没办法推进。思来想去，我决定使用之前科研项目结题后的剩余经费，先行一步，到绿春开展新工艺产品的试制工作。

我跟研究生们说了这事儿，他们中有人有些犹豫，觉得去绿春条件太艰苦了，而且学校还没有正式批复项目，经费也没到位。我理解他们的想法。很多人会习惯于按部就班地去完成有保障的任务，习惯了舒适的环境。他们的犹豫并非因为懒惰，而是对未知的畏惧和对付出的质疑。但有些事，不能等啊！

我跟他们讲，根据现在茶多糖产品厂家的信息和食品添加剂的要求，那种直接往茶饼里加茶多糖的生产方法肯定不行。我们高香白茶的加工技术虽在青岛做过试验，也有专利，理论上和技术上是可行的，但针对绿春县大叶种及不同的地域环境，还得通过实践去验证，进行中试放大完善，工艺技术得反复试验才行。绿春 10 月底还能制茶，这是今年最后一个机会。如果错过了，我们的中试就无法完成，样品也无法制备，明年的完善并进行生产的计划就会彻底搁浅，更别提把样品送到第三方检测机构进行检测了。

于是，我请孙逊老师和博士生范明昊进行相关准备，近期就到绿春县制备样品。

我常常跟研究生和年轻教师们讲，条件是创造出来的，时间是挤出来的，成绩是干出来的。经费虽是以前课题结题后剩余的，可自由支配，但用到绿春也算是一份贡献。年轻人可能还不太能体会：付出，会让他人感受到幸福，其实付出者也是幸福的，尤其是像我年纪这么大的人，还能为大家尤其是边疆少数民族的人民做点有益的事，确实感到很幸福。

2020 年 10 月 26 日

昨天一大早，天边才刚泛起鱼肚白，我就从床上爬起来了。简单洗漱后，我就匆匆出门往机场赶，一路上都在惦记着这次去绿春县的事儿，倒也不觉得困。到了机场，办完手续，我就等着登机了。那座县城、那片土地，仿佛有一种无形的力量在召唤我。

绿春，我们又要见面了。

中午 11 点 56 分，飞机稳稳降落在昆明机场。我刚走出机场，就看到曹少鹏副主任已经在那儿等着了。曹主任将行程安排得紧凑而有序，接上我们后，一刻都没耽误，直接开车往建水赶。窗外的山峦、田野像一幅流动的画卷，时而苍翠，时而金黄。

到了建水，曹主任直接带我们去了当地的紫陶作坊。该作坊主人徐老师身穿一件朴素的工装，手上还沾着些许陶泥，显然是刚从工作间出来。他看到我们，笑着迎上前来，眼神中带着一种匠人特有的专注与热情。

云南建水

在紫陶工艺室评茶

他领着我们走进作坊，空气中弥漫着泥土和窑火的气息。作坊里，几位工匠专注地盯着手中的陶坯，动作轻柔而熟练。徐老师一边走，一边讲解，从原料的挑选到制作的工序，每一个细节都讲得透彻而生动。他对我们说，建水紫陶的原料是当地特有的紫土，经过精心筛选后才能开始制作。这陶坯的每一个弧度、每一道纹路，都需要精准地拿捏。烧制时的火候更是关键，稍有不慎，整件作品就可能毁于一旦。捏坯、晾干、烧制，每一道工序都蕴含着匠人的心血。他拿起一个未完成的陶器，手指轻轻划过粗糙的表面，仿佛在抚摸一件艺术品。

我当时站在一旁，听得入神。饮茶陶器的制作过程让我联想到制茶的工艺。从选茶到揉捻，从发酵到烘焙，每一个环节同样需要极致的专注与耐心。怪不得建水的紫陶或紫砂制成的精美茶具名扬万里，如果将它搭配上绿春的茶叶销售，或许能开拓新的市场。茶与陶，自古就是绝配，二者相得益彰。绿春茶和建水紫陶肯定能碰撞出不一样的火花。

昨天晚上，我们在建水稍作停留，第二天一早便继续赶路。

今天中午 12 点多，汽车驶入绿春县，停在了云梯酒店门前。酒店干净整洁，给人一种宾至如归的感觉。我简单收拾了一下行李，便前往绿春县农科局，为当地的企业家们做技术讲座。

我看了看时间，离两点还有一个多小时，便赶紧吃了点东西，稍作休息。我虽然身体有些疲惫，但心里满是期待。这次讲座，绿春龙头茶叶企业老总们都到齐了，机会难得。

我们准时到达农业农村和科学技术局会议室。会议室里坐满了人，大家或低声交谈，或翻看资料，脸上都带着一种期待的神情。我扫了一眼后发现，这些企业家的年龄跨度很大，有年过半百的资深行家，也有年轻气盛的新锐创业者。

我走上讲台，清了清嗓子，刚准备开始讲课，忽然注意到后排有几位企业家正低声谈话。声音虽然并不刺耳，但在这略显安静的会议室里，还是引起了我的注意。

我并不急于打断他们。这样的场面，我早已司空见惯，给乡镇企业人员上课和给本科生、研究生上课可太不一样了。学生们见我这个老教授去上课，至少看上去还都比较专注。这些企业家大多是被当地领导安排来的，再加上平时交通不便，他们彼此之间交流讨论的机会也少，一到课堂上，碰到熟人就容易聊起来，或者被其他事情分心，所以上课纪律往往不太好。

中国海洋大学－云南省绿春县 2020 年秋季茶叶精深加工技术培训会

好在我对于这种情况有经验，上课之前我对他们说："我是一个老教授了，年纪比在座的大多数人都要大一些。但今天来到这里，我不是以一个教授的身份来'教'大家什么，而是想和大家分享一些自己的经历和思考。我研究茶叶这么多年，走遍了全国各地的茶园，见过不少企业家和茶农。我更希望，能够通过今天的交流，给大家带来一些真正有价值的东西。茶叶，对我们绿春来说，不仅仅是一门生意，更是一种文化、一种传承。今天的讲座，不仅是为了提升技术，更是为了让大家重新认识茶，重新认识脚下的这片土地。希望大家将手机调到静音状态，我们一起探讨探讨。"

我说完这番话后，会议室里就安静下来。先前窃窃私语的那几位企业家也停下了交谈，将目光重新聚焦在我身上。我从他们的眼神中看到了一丝变化——那是从漫不经心到认真倾听的转变。

接下来的两个小时，我结合自己多年的研究经验，从茶叶的栽培、制作工艺到市场推广，一一讲解。我讲得很细，也尽量用通俗易懂的语言来讲，时不时还会穿插一些有趣的小故事。渐渐地，我注意到，会议室里的气氛变得热烈起来。有人开始提问，有人低头做笔记，偶尔还会传来笑声。

夕阳的余晖染红了天际，培训完毕后农业农村和科学技术局的负责人告诉我，后面几天我们就去大梁子茶叶有限公司、彤瑞茶叶有限公司等公司考察、制作样品，最后到绿鑫生态茶业有限公司参加品鉴茶叶精深加工技术专项样品的活动。

我欣然同意，实地考察、制作样品和样品品鉴正是我此行的目的。上次来绿春，走的地方有限，这次争取在县茶叶地图上"开出"几个新地点。再利用这段时间研制茶叶精深加工技术专项样品，我希望能请各位绿春的茶叶同行品一品，看看是否有差别，是否能给大家带来一些新的启发。

窗外，夕阳的最后一抹余晖消失在山峦背后，夜色渐渐笼罩了绿春。茶园，明天见吧。

　　清晨的阳光透过薄薄的云层，洒在大地上。8：40，我们准时出发，前往云南红河黄连山大梁子茶叶有限公司进行技术指导。车里，我翻看着手中的笔记本，脑中不断回忆起昨晚整理的资料。绿春县的茶企虽多，但拥有摇青机的只有这一家，这让此次行程显得尤为重要。

　　车窗外，连绵的青山在晨雾中若隐若现。我们沿着山路盘旋而上，终于在一片厂房旁停了下来。大梁子茶叶有限公司就建在这里，它的建筑与周围的自然环境融为一体。接下来的时间里，我就高香白茶中增设摇青提香工艺进行培训，详细地给工作人员讲解每一个步骤，从摇青的时间、速度，到温度、湿度的控制，一点都不敢马虎。我一边讲解，一边示范操

讲解鲜叶萎凋要点

讲解摇青的时间和速度

示范摇青方法

勇担使命：从大海之滨到大山深处

作，确保每一个细节都能被准确完成。车间里，摇青机的齿轮缓缓转动，使茶叶在机器的温和搅动下散发出阵阵清香。

一位年轻的工人问我，如果没有摇青机怎么办？我用一些茶厂采用的水筛手工操作，反复演示用手工水筛摇青的要领。也有工人问我，如果湿度稍高一些，会有什么影响吗？我耐心解释，湿度太高会导致茶叶氧化变黑，影响外形和口感香气；而湿度太低则会让茶叶变得干涩，难以达到增香作用。所以，保持适中的湿度非常重要。

讲解结束后，我们先后在示范企业运用高香白茶和富含茶多糖茶饼的制作工艺，加工生产了一批中试产品。茶叶在机器的轰鸣声中经过一道道工序，最终变成了一片片白毫明显、香气四溢的高香白茶，或由外形粗松的晒青变成一块块表面乌褐油亮边缘整齐的茶饼。看着这些茶叶样品，我心中满是期待：这批产品如果能成功，就能为绿春茶叶产业的技术改进提供一些依据了。

2020 年 10 月 28 日

层层叠叠的茶园在朝阳下泛着新绿，转过一道道山梁，驶过一汪汪水坑，颠出 2 万步记录。经过 5 小时的艰辛路程，云南彤瑞茶叶有限公司的厂房便映入眼帘。今天，我们开展技术指导的目的地就是这里了。

这里设有绿春县白茶研发中心，原本是为了一位湖南农业大学的茶叶博士而特地设立的。只可惜，由于相关政策等原因，那位博士只在研究所工作了半年便离开了。"茶叶博士"给工作过的地方留下了相对较好的工作条件。走进研发中心，我轻微一惊，这里的环境和设施显然比大梁子茶叶有限公司要齐备些。

我们在这里开展了高香白茶和富含茶多糖茶饼的制作及培训工作，以便附近的茶场农户参加培训学习。工人们虽然对新技术还有些陌生，但他们的学习热情让我感到欣慰。

"汪教授，这块茶饼的压制定型还需要多久？"一位工人指着机器上的茶叶问道。

我凑近看了看，回答他道："再等五分钟就可以了。压制定型的时间非常关键，太短会导致茶饼松散，太长则会影响茶叶的口感和内质。"

工人们点点头，认真地调整机器的参数。我也站在一旁，仔细观察着每一个细节，确保制作过程万无一失。我虽然身体有些疲惫，但看着茶叶逐渐成型，心中有一种说不出的满足感。

在绿春县白茶研发中心研发高香白茶　　　　　　　制作富含茶多糖茶饼样品，并进行现场培训

2020 年 10 月 29 日

昨天从大水沟乡回县城的那段路，因为高速路建设，原本平坦的路面变得坑坑洼洼，车子在颠簸中行驶了四五个小时，明明不到 50 公里的路程，却仿佛走了一个世纪。车里的人都沉默不语，只能听到发动机的轰鸣

和车轮碾过坑洼的沉闷声响。那一路的颠簸和疲惫，让我直到现在仍然腰酸背痛。

尽管如此，今天的任务依旧不能耽误。根据安排，我们要前往绿春县森泉茶叶厂进行技术培训。这家厂是 2019 年底建成的，一切都还处在摸索阶段，从鲜叶采摘到茶叶加工，每一个环节都需要面对面、手把手地细致指导。

清晨的阳光透过车窗洒进来，我揉了揉有些发酸的腰，打起精神。车子驶入森泉茶叶厂的厂区。我一眼望去，厂房简陋，设备也相对简单。厂长热情地迎了上来，表达了歉意，告诉我，这里条件有限，连摇青增香的设备都没有，只能靠手工操作。

我告诉他，这其实没关系，手工操作虽然累一些，却更容易掌握技术的精髓。只要大家认真学，效果一样会很好。

在茶园，我从鲜叶采摘开始，详细讲解每一个步骤：采摘时要注意手法，尽量保持叶片的完整性，避免损伤叶片边缘，这样才能保证茶叶的品质。工人们一边听，一边动手演示，虽然动作有些生疏，但每个人都学得非常认真。我走到一位工人身旁，轻轻调整她的手势，告诉她采摘时要用手指轻轻捏住叶片，而不是用指甲掐，这

现场指导及讲解

摇青增香示范

讲解操作要点

样可以减少对茶叶的伤害。

在车间，我讲解摇青增香工艺，工人们仔细地听着，有人用笔在本子上记录，有人用手机拍下操作步骤。累了的时候，厂里的人就给我递上水果和茶水。大家围坐在一起交流时，我也能趁机给大家强调摇青增香的技术要点，看着他们的认真劲儿，我这心里头暖乎乎的。

培训结束后，厂长握紧我的手，告诉我他们受益匪浅，虽然厂里条件有限，但有我的指导，相信一定能生产出高质量的茶叶。我笑着回应她，条件是可以慢慢改善的，关键是要掌握好技术。只要大家努力，绿春茶一定能走出云南，走向更大的市场。

离开森泉茶叶厂时，夕阳的余晖洒在茶园里，映出一片金色的光芒。

围坐交流

2020 年 10 月 30 日

　　绿鑫生态茶业有限公司的大厅里，人流涌动，气氛热烈。今天要在这里品鉴的，是我们这段时间辛苦研制的茶叶精深加工技术专项样品。

　　我一开始还有些纳闷怎么来了这么多人，问了曹主任才知道，原来是大家对我们在各茶厂制备的高香白茶特别感兴趣，说汪教授做的茶怎么这么香！难道添加了香精？所以来的人特别多。我眼神扫过大厅，看到了熟悉的面孔——县委、县政府的领导以及县里相关部门的负责人。

　　人多了，问题也来了。尤其是县领导也参与其中，他们不是茶叶评审人士，所以我们担心领导的评茶喜好会影响茶叶专业人士的评审结果。

　　经过商量，品鉴活动正式开始前，我们将评审人员分为两组：一组是领导组，另一组是茶厂专家组。所有样品都在被编码后进行盲评，以确保评审的公正性和专业性。这个提议得到了大家的认可，现场的气氛也逐渐紧张起来。

　　大厅中央，两张长桌上整齐地摆放着 24 杯样品茶，每一杯都散发着

茶叶精深加工技术专项样品品鉴活动现场

特有的香气。评审开始了，现场安静下来，只有偶尔传来的轻微的品茶声。

我站在一旁，目光在各组的评审员脸上逡巡。领导们虽然对茶叶的制作工艺不甚了解，但品茶时神情非常专注。他们轻啜一口，闭目沉思，仿佛在品味这片土地的气息。而茶企的专家们则更为专业，他们的表情说明了一切，在用心品味着每一杯茶的香气、口感、回甘和余韵。

时间一分一秒地过去，评审渐渐进入尾声。最终，两组评审的结果揭晓时，现场响起了一片惊叹声——两组评审的结果竟然高度一致！这无疑是对我们努力的最大肯定。通过这次盲评，我们成功确定了高香白茶的加工工艺，以及富含茶多糖茶饼的加工工艺。我听到大家在下面纷纷讨论起来——

"这新研发的茶叶咋就这么香呢？"

"汪教授做茶的时候，说的那些内容还有示范的操作，一时半会儿还真不好懂，感觉挺神秘的。"

"你说怪不怪，同样的鲜叶原料，在同一个茶厂，企业做出来的，就是比不上汪教授亲手做的高香白茶好喝。"

"那可不，人家可是中国海大的二级教授，还亲自手把手教学呢，要是没点真本事，哪敢在咱茶区这些经验丰富的老艺人面前露这一手。"

"而且啊，云南省茶叶研究所副所长梁名志研究员可是他的学生，名师出高徒，老师做出来的茶肯定差不了。"

通过这次茶样品鉴活动中，县领导和茶企老总们认识到，绿春的茶叶原料底子很好，只要技术到了，也能制出高品质的茶叶产品。这下子，大家靠茶叶助力绿春发展的信心都大大增强了。

一位县领导总结道，今天大家不仅仅是在品鉴茶叶，更是在见证绿春茶叶产业的一次突破。多年来，绿春县一直以优质的茶叶原料闻名，但在精深加工技术上，始终未能迈出更大的步伐。今天，他亲眼看到了，也品尝到了，绿春的茶叶不仅能做得香、做得美，还能做得精、做得深！茶叶企业的老总们纷纷点头表示赞同。

大家的热情让我非常感动。绿春的茶叶产业发展有着得天独厚的自然条件，但更重要的是要靠这里的人——只有他们的执着和努力，才能推动产业发展，实现茶农致富，乡村振兴。接下来，我得继续和大家一起，深入挖掘绿春茶叶的潜力，推动技术创新，让绿春茶在品质和品牌上都迈上新的台阶。

这场品鉴活动的成功，仿佛推开了绿春茶叶产业的一扇新门。门后，是一条漫长却充满希望的路。我们让人们看到了绿春茶叶的潜力，也让大家对它的未来有了更多期待。

这是个好的开始，接下来的每一步，都得继续踏踏实实地走下去。

2020 年 10 月 31 日

从绿春踏上返程时，天还未亮透。汽车在山路上盘旋，窗外的景色一次次掠过，仿佛绿春的每一寸土地都在与我们无声地告别。我靠在车窗上，看着那片熟悉的茶园渐行渐远，心里有些不舍。

下午从昆明起飞时，天空湛蓝得刺眼，云层在脚下铺展开来，像一片无边无际的海洋。坐在飞机上，我的思绪依然停留在绿春：茶园里的晨露，车间里的机器，茶农们的笑脸，品鉴时的掌声。

抵达青岛时已是夜幕降临。城市的灯光在黑暗中闪烁，像无数双疲倦的眼睛，注视着这座沉睡中的城市。

真是累啊！尽管满身疲惫，但想到绿春之行的收获，辛苦也值得。

绿春

2020 年 11 月 27 日

我站在办公室窗前，看着那份刚刚收到的第三方专利评估报告，"价值 49.6 万元"几个黑体字在纸面上格外醒目。"富含茶多糖系列饼茶、高香白茶年均产能，据 6 家示范企业预计年产可达 200 吨，年均产值最高可达 4400 万元。"这组数字背后，是团队这些日子以来的心血，也是千里之外绿春茶农们的希望。

中国海大在绿春帮扶的核心技术是我们团队的国内外发明专利。这些专利属于农业应用范围，只要观看工艺演示、聆听关键要点介绍，并购置小型设备就可应用。从科技管理层面来讲，我能用自己的专利技术指导绿春茶叶的新产品开发，但前提是绿春县茶企应用时应获得专利所有者的许可。这是我心中早已想好的事——将这项技术无偿捐赠给绿春县。

然而，职务发明的专利知识产权归学校所有，需要作价并经学校同意才行，并不是我个人能够决定的。在我看来，不管作价多少，都是捐赠，允许其采用才是关键，没必要如此复杂。既然规定如此，我们就按规矩办吧。

再说，今年 3 月 20 日举行的学校定点扶贫绿春县工作推进会上，党委书记田辉与全校各单位代表一一签订定点扶贫责任书；4 月起，学校党委常委会每两周听取定点扶贫工作情况汇报，研究部署推进工作；4 月 13 日，于志刚校长、李国民书记出席中国海洋大学—云南省绿春县定点扶贫工作视频会；5 月 4 日至 8 日，学校专家组赴绿春县调研茶叶产业，并举行中国海洋大学—云南省绿春县 2020 年春季茶叶种植管理技术培训班；6 月 1 日到 5 日，田辉书记带队调研绿春县定点扶贫工作，并签署学校定点扶贫绿春合作协议；5 月 11 日到 15 日，王剑敏总会计师到绿春推进定点扶贫工作并签署学校和绿春教育帮扶合作协议，5 月 26 日出席学校和绿春干部能力素质提升专题培训班线上开班仪式。8 月下旬，学校协助绿春县代表团在山东四地开展产业招商工作……学校主要领导亲自讲扶贫、抓扶贫，如此重视对绿春县的帮扶工作，也一定会支持我们的。

中国海洋大学　绿春县专利捐赠协议签署仪式

于是，在博士研究生范明昊的协助下，我们邀请相关第三方对专利价值进行了评估，涵盖用于专利研究的耗材、投入的精力、文献检索、专利申请等方面。评估结果显示，这项技术价值近 50 万元。我们整理好所有资料，向学校提交了专利捐赠和举行签约仪式的申请。

如料想的一样，学校和绿春县都非常支持。第三方专利评估报告已经到位，那么签约仪式也就水到渠成。

昨天，专利捐赠云签约仪式如期举行。校党委常委、总会计师王剑敏与绿春县委副书记、县长李涛代表双方进行了线上签约。

屏幕上，绿春县委副书记、县长李涛激动地说，这项技术对他们来说意义重大，感谢中国海大的无私支持！他在发言里提到，茶叶产业是绿春县的重要经济支柱和农民重点的经济收入来源，也是"十四五"期间重点发展的"一县一业"。中国海大的教授带领团队多次跋涉千里奔赴绿春扶贫一线，走进茶叶制备车间、走上茶园田间地头，手把手教方法、面对面传经验，为当地培训了 400 余名技术人员、茶农和农村干部，现在又将价值近 50 万元的高端茶制备专利——"一种富含茶多糖茶饼的制备工艺"无偿捐赠，这将为绿春县茶叶产业发展提供强大技术支撑。

作为 2020 年教育部新增的 20 所定点扶贫直属高校之一，学校克服山海间隔、路途遥远等困难，在扎实做好疫情防控的基础上，一直"应绿春所需，尽学校所能"，建立有力的领导体制和良好的工作机制，持续深入实施产业帮扶、教育帮扶、消费扶贫、智力扶贫、文化扶贫五方面举措，扎扎实实地推进定点扶贫工作。

确实，定点扶贫绿春县以来，学校为绿春县茶产业发展提供"规划＋科技＋专家＋培训＋产业＋销售"一条龙指导与帮扶，充分激活农户、技术、资本、茶企、市场活力，助力绿春县茶叶产业实现由"被动扶"走向"主动兴"，推动脱贫攻坚与乡村振兴有效衔接。这些我都一一见证，听着王剑敏总会计师的发言，思绪飘回到第一次踏上绿春土地的那一天。我们跋山涉水地来到这片偏远的山区，看到简陋的茶园、原始的制作工艺、茶农们粗糙的双手和渴望的眼神……那一刻，我就暗下决心，一定要用自己的技术和知识改变这里的现状。作为一名科研工作者，我深知科技的力量，但更加明白科技背后的责任。我们实验室里的数据、论文里的公式，如果不能真正造福于民，那终究只是纸上的学问。

我觉得，今天我们向绿春县无偿捐赠这项专利，不仅是一项技术转

让，更是中国海大对绿春县茶叶产业全方位支持的一个侧影。这份捐赠的背后，是学校对扶贫事业的坚定信念和对绿春人民的深情厚谊。在国家的扶贫战略指引下，在学校和绿春县的共同努力下，这片土地能够发生真正的改变，让绿春的茶叶不仅是一种产品，更是一种希望，一份对美好生活的向往。

我们这些搞科研的人啊，最大的幸福莫过于看到自己的研究能真正造福人民。

绿春帮扶工作点滴

"责任之大，我深知之；

任务之艰，我深明之；

前景光明，我深盼之！"

2021 年 5 月 22 日

青岛五月的风里带着花香，风一吹，就像回到了绿春的山峦之间。

早晨，我手机里传来一条消息，是绿春县茶办的主任发来的："汪教授，您知道吗？咱们的茶样在世界饮茶日的评茶比赛中，一举拿下一等奖和二等奖！"那获奖的茶样，正是我们今年 3 月去绿春县帮扶时安排制备的。

我握着手机，眼前浮现出两个月前的场景——茶园里的空气湿润而清新，茶树舒展着芽尖；山峦起伏间，茶农们的身影在晨雾中若隐若现。那时节，正是茶鲜叶加工高香白茶的黄金时间。

绿春风景

3月中下旬，和相关茶叶企业沟通妥当后，我便带着博士研究生范明昊以及2名硕士研究生，再次踏上了前往绿春的旅程。

　　我们这次在绿春待的时间较长，足足有14天。在这14天里，我们几乎每天都在茶厂里忙碌。一是带研究生一起做些相关实验，制备样品，并与企业负责人现场评审茶样，再根据实际情况细化工艺技术，以适合绿春县大多茶厂操作，同时也为第一个世界饮茶日绿春县送样参评做好准备；二是进行技术现场指导和培训，基本上让每个企业至少有1名茶农技术员懂得相关技术；三是安排检测样品准备工作，计划在八九月份将样品送到有资质的第三方检测；四是校定点帮扶办公室、校团委、校科技处等单位要到绿春考察，我需要陪同学校相关部门领导全面考察绿春的帮扶工作。

与马宇虹副主任深入茶厂考察时合影

与绿春县常务副县长张猛等在八尺山茶叶有限公司门前合影

　　这次在绿春进行指导培训和做茶示范时，我一心扑在了技术传授上，完全没顾上自己的身体状况。没想到，我因为一个不经意的扭腰动作，触及了腰部的旧伤。那种剧痛瞬间让我直不起腰来，整个人几乎瘫倒在地上。

　　第二天一早，我连起床都变得异常困难。县领导得知情况后，特意赶来探望，连声叮嘱我好好休息，还安排了县卫生局的领导陪我去做理疗。

到医院治疗

到茶庄评鉴茶叶

范明昊开玩笑地说："汪老师，您就是不服老！这下可证明了，不服老真不行啊！"我苦笑着摇摇头，用手轻轻按了按酸痛的腰部，叹了一口气。确实，岁月不饶人，身体已经不像从前那么硬朗了。

望着窗外的山峦，我心中有些不甘。这次来绿春，我本想着亲自把每件事都做到位，却没想到被这突如其来的伤病打乱了计划，只能到附近茶庄评鉴茶叶，点评指导。

接下来主要的下乡指导任务，就得交给范明昊了。我告诉他，实践是检验真理的唯一标准，一定要把论文写在大地上。我们的技术不能只停留在实验室里，一定要将技术实实在在地应用到茶厂的生产中去，帮助绿春县的茶叶产业发展得更好。

他让我放心，表示一定会把我教的知识都传达到位。在他背起包走出门的那一刻，我忽然有些感慨。这些年，他已从一个初出茅庐的研究生，逐渐成长为一个能够独当一面的年轻人。正是因为有了像他这样能干的年轻人，我们的技术和经验才能一代代传递下去。

接下来的几天，我虽然躺在床上，但始终牵挂着到茶厂考察的事。范博士每天都会给我打电话汇报进展。我听着电话那头的声音，心里踏实了许多。从去年开始，我们中国海大人每年都来绿春县开展帮扶工作，把实验室里的技术一点点转化成茶农们手中的实际技能。虽然累，但看着这片土地上的茶叶产业逐渐焕发出新的生机，我心里挺踏实。

范博士带回了茶样。我闭目闻了闻茶香，又慢慢品了一口。茶汤入口清甜，回甘悠长。这茶的品质已经相当不错了。我让范博士根据这个茶样准备世界饮茶日的参评材料，希望他知道，技术是可以传承的，但最重要的是担起社会责任，把技术应用到实际中去。我们的科研做得再好，所获奖项再多，都不如真真正正地用于产业的发展，真真正正地为茶农们带来实在的好处。这才是我们做科研、做技术指导的最终目的。

绿春的茶在评茶比赛获得的一等奖、二等奖不仅是奖项，更是对我们工艺的肯定，也是对我们坚持科技兴农、教育助农、倾力帮扶的一份回报吧。

2021 年 6 月 28 日

中国海大党委副书记卢光志、青岛市委原副书记王伟、中国茶叶流通协会副会长匡新及相关企业的代表，将于 6 月下旬前往绿春县考察调研，推动学校对绿春县的帮扶工作。这是推动绿春县茶叶产业发展的一次重要契机，可我却犯了难。

3 月中下旬在绿春县考察调研时腰部受伤后，我的身体状况越来越差，再加上学校研究生实验和论文修改等工作堆积如山，夫人满是担忧，便建议我这次就别去绿春县了，好好在家休养，处理下手头的事务。我知道，夫人的话是有道理的。这次考察虽然是一次好机会，可我这身体状况确实不太允许长途奔波了。

可这次卢书记一行是为更好地开展定点帮扶工作，费了很大精力促成的，各项安排都已经就绪。一则，校领导会到绿春县了解情况，尤其是卢书记带队，这对在学校层面争取到更多相关支持至关重要；二则，王书记和匡会长到绿春考察，机会难得，我特意邀请匡会长就茶企管理给绿春的企业作一次报告；三则，我的关门弟子范博士年底要毕业了，他一直跟着我做茶叶方面的研究，多次陪我到绿春县指导培训工作，熟悉绿春县茶产业情况，若能留校，等我退休后，就可无缝衔接绿春县的帮扶工作，所以也想借此机会同校领导说说。

扶贫是大事，最后我还是决定去，再难也得去！

夫人既心疼也理解。她深知，我肩上扛着的不仅是科研任务，更是一份沉甸甸的责任——对学校的责任，对茶农的责任，还有对弟子的责任。我的决定从来不是一时冲动，而是深思熟虑后的坚持。

我答应夫人，等这次考察结束就好好休养一段时间，把手头的工作都理清楚，好让她稍稍放下心来。她去收拾行李时，嘴里还念叨着要多准备些药品和保暖的衣物，防止腰伤加重。

抵达绿春后，我与卢书记、王书记、匡会长以及学校出版社的杨社长等人汇合，一行人马不停蹄地开始了考察调研。第一站，我们来到了绿春彤瑞有机茶公司的茶园。沿着茶园的小路缓缓前行时，卢书记不时停下来，仔细询问茶树的种植情况以及茶农们的生活状况，王书记则从管理角度提出了许多建设性的意见。

我站在茶园中，望着眼前这片充满生机与希望的绿色海洋，心中很是感慨。绿春县的茶叶产业，曾经因为缺乏技术支持和市场渠道而举步维艰，如今在中国海大等单位的努力帮扶下，已逐渐走上了正轨。

考察期间，我特意找机会向卢书记和王书记详细汇报了绿春茶产业的现状以及未来的发展规划。卢书记神情专注地点点头。他说，在绿春的帮扶工作做得很好，学校一定会支持，这次考察回去后，会继续推动校内的资源对接，争取为绿春茶叶产业争取更多的发展机会。

听王书记说，绿春县的地理环境和气候条件非常适合有机茶的生产，下一步可以帮助茶企在品牌建设和市场推广上下功夫，让绿春茶走向更广阔的市场，我默默记下，心中一阵欣慰。随行的匡会长也对绿春茶给予了高度评价，并表示将在行业内为绿春茶搭建更多的合作平台。杨社长也向茶企承诺，将加强对绿春茶叶文化品牌的支持，打造独具特色的茶叶文化书籍和宣传资料，进一步提升绿春茶的知名度和影响力。

考察的尾声，我们一行人在绿春彤瑞有机茶公司门前站成一排。摄影师按下快门的瞬间，我们的笑容定格成了一张珍贵的照片。

众人拾柴火焰高，绿春茶叶产业发展也会迎来新的机遇。不管是政府、学校，还是行业协会以及我们每个人，都将继续承担这份帮扶责任。

在绿春彤瑞有机茶公司茶园考察

留影纪念

2021 年 6 月 29 日

夜深了，房里的灯光柔和而温暖，我坐在桌前，手中拿着刚刚打印出来的教育部发展规划司发文（教发司〔2021〕54 号），逐字逐句地研读着。文件指出，要充分发挥直属高校人才、科技等优势，加强高校服务乡村振兴的示范引领和创新带动，开展教育部直属高校服务乡村振兴创新试验工作，更好汇聚多方资源，探索形成高校服务乡村振兴的新机制、新模式、新路径，吸引更多教育力量参与乡村振兴工作。字里行间，透露出党中央、国务院及教育部对乡村振兴战略的坚定决心和殷切期望。

我们可以继续做点什么呢？受到教育部文件的启发，我心中萌生了一个想法。我们是不是可以根据这段时间在绿春的帮扶情况，结合茶叶发展趋势和绿春县茶叶产业现状，着手准备申报"绿春县茶叶精深加工技术集成创新与推广应用"项目呢？

回顾 2020 年的工作，我心里比较踏实。在校领导的关切下，中国海大帮扶团队多次前往绿春，跋山涉水，深入茶园和茶厂，了解他们的需求，调研茶叶种植和加工的现状，研究茶叶工艺，做技术培训，试制茶叶样品……这些工作都为这个项目的申报打下坚实的基础。

夫人说我是把绿春的事当成自己的事了，但我觉得这其实不是我一个人的事，而是茶农们的生计，是绿春的未来，也是中国海大，甚至是国家的责任。我们应该在为老百姓办实事的过程中实现自己的人生价值，不能辜负每一份信任。

笔记本上面密密麻麻地记录着我们的研究历程、工艺及展望等。这些内容是申报书的核心，也是我们为绿春茶叶产业量身定制的解决方案。根据笔记和资料，我反复推敲着申报书中的每一句话，力求将绿春县产业发展的需求和我们的优势表达得更加全面、有力。

在与校办以及绿春县曹主任就项目申报进行深入交流和探讨后，我们精益求精，依据各项要求，逐字逐句推敲，仔细打磨、完善，才最终完成了项目申报书的终稿。

经过审慎考量，在提交时，学校向教育部发展规划司呈上一份"cover letter"，以更全面地阐述项目的意义与价值。我们虽然在申报时已经百分之二百地认真，但明白撰写"cover letter"时要更加用心。这封信函不仅是对项目的概括，更是对教育部发展规划司的郑重承诺。其中的每一个字都可能影响项目的审批结

帮扶梦想：从绿色茶叶到金色茶业

深入田间、茶厂

果。所以，又经过多轮的字斟句酌，校定点帮扶办公室最终审定了版本后，我们才将此函连同申请书一并呈递给教育部发展规划司。

教育部发展规划司：

为深入贯彻落实习近平总书记关于教育工作、巩固拓展脱贫攻坚成果以及新发展理念等重要论述，贯彻落实党和国家关于乡村振兴工作重大战

略部署要求，发挥好高校对乡村振兴工作的排头兵作用，全面提升学校服务定点帮扶云南省绿春县乡村产业振兴工作的能力和水平，按照"应绿春所需、尽学校所能"的原则，学校根据绿春县"一县一业"茶叶示范县创建方案的切实发展需求，充分发挥自身的科技、管理、人才等资源优势，拟在前期积累基础上，继续深入开展基于乡村产业振兴的"绿春县茶叶精深加工技术集成创新与推广应用"项目，通过"政产学研"多元主体协同，打造"东仰云海"区域性公共服务品牌，在云南省绿春县建设具有显著哈尼特色的现代绿色生态茶产业综合性示范项目，充分激活农户、技术、资本、茶企、市场活力，推动绿春县茶叶产业可持续发展，助力绿春县茶叶产业实现由"被动扶"走向"主动兴"，助力绿春县构建茶企－专业合作社－茶农利益共同体，有效避免规模性返贫，有序推动脱贫攻坚与乡村振兴有效衔接。

现将培育项目——云南省绿春县茶叶精深加工技术集成创新与推广应用——呈送给你们，请批准。

中国海洋大学

2021 年 6 月 28 日

这是一封沉甸甸的信函。它凝聚着帮扶项目团队无数个日夜的努力与智慧，也承载着学校对绿春县茶叶产业发展的期望与决心。信封上印着学校的校徽，下方"教育部发展规划司"几个黑字显得格外庄重。

寄出后，我们就静候佳音吧！

今年是中国共产党成立 100 周年。学院辛书记前几天找到我说，为了弘扬脱贫攻坚精神，彰显党员的初心使命，学校要开展一系列庆祝活动，其中有一个环节是表彰在脱贫攻坚工作中表现突出的先进个人。在脱贫攻坚的道路上，有许多党员始终坚守入党初心，牢记党员使命，为帮扶地区无私奉献，面对困难吃苦耐劳。而我，就是其中之一。

"您不只是为了完成一项任务，而是真正把心扎根在了那片土地上。您的付出，大家都看在眼里。您为帮扶地区倾尽全力，做出了显著的成绩，所以经过学校党组织的讨论和研究，决定表彰您为先进个人代表，并邀请您在表彰大会上发言。"辛书记语重心长地对我说。

我对他说，我只是做了我该做的，尽我所能去帮助需要帮助的人。感谢组织的信任和支持。这真是莫大的荣誉，也是沉甸甸的责任。我一定好好准备发言，把我们的脱贫攻坚故事讲好，把这份荣誉转化为继续前行的动力。

作为一名有 36 年党龄的老教授，我回顾过往，感慨这一路上虽艰辛但光荣。

我刚大学毕业从事茶叶工作时，就踏上了扶贫的道路。那时，我用了十年多的时间，走遍了安徽省大别山区的三个县，走访了上百个村庄。2020 年，咱们中国海大的领导考虑到我接连两次遭遇车祸，身体残疾，年纪也大了，再加上到绿春县路途遥远，建议我通过在线培训的方式进行技术指导。但我心里明白，要想真正做到精准扶贫，必须亲自深入农户，了解他们的需求和困难。于是，我主动请缨前往。

拄着拐杖深入茶园

这一年多的时间里，我五次前往云南，四次深入绿春山区，一次又一次地走村串户，和当地农民一起采茶、制茶和评茶，手把手地进行技术指导。在深山老林，道路弯弯曲曲、坑坑洼洼，往返一次多在 12 个小时左右，有时要到凌晨才能回宾馆休息。每一次离开茶企时，他们那种期盼和挽留的眼神，总会让我心里涌出一股暖流。而当我拄着拐杖，拖着疲惫的身躯，依然坚持指导他们制茶的时候，他们也深受感动，对我日益重视。

我心里清楚，这就是我作为一名老党员的责任和使命。党是为人民而生，因人民而兴。为人民奉献自己，是我入党时立下的誓言，也是我一直以来坚守的初心。

我的本科和硕士研究生专业是茶学，现在担任青岛市茶叶学会理事长和国家茶叶品鉴标准委员会副理事长，也多次获科教奖项。但我知道，这些荣誉和头衔，都比不上能用自己的技术帮助贫困山区的人们脱贫致富来得更有意义。茶叶是南方贫困山区的主要经济来源，如果我能用自己多年积累的经验和技术让他们的生活变得更好，那比任何奖项、任何 SCI 论文都更有价值！

在大别山扶贫时，时任安徽农业大学党委书记王镇恒教授曾邀请我一起，针对舒城县的茶叶生产现状，进行全方位的精准攻关。1997 年，我们帮扶开发的"舒茶早芽"荣获了中国国际茶博会金奖。舒城县不仅顺利实现了脱贫致富，"舒茶早芽"的产地还成为国家"一村一品"示范村镇。

每当回想起那段日子，我的心里很是欣慰。

在帮扶云南省绿春县的过程中，我调研了全县 80% 以上的茶厂，摸清了制约当地茶叶发展的瓶颈所在。我制订了详细的创新实验实施方案，并带研究生按创新技术制备了 24 种样品，请各方代表进行盲评，严格按国家标准进行检测，确定了茶叶创新致富的新技术。

为了确保技术能够真正落地，克服资金不足的困难，我带领青年教师和研究生深入茶园，面对面地教，手把手地传，为当地培训了 400 余名技术人员、茶农和农村干部，并将价值近 50 万元的茶叶发明专利无偿捐赠给了绿春县。新技术创制的茶叶新产品深受消费者欢迎。根据示范企业的经济效益测算，当地茶叶收入有望逐年成倍增长，为绿春县的新农村振兴提供了坚实的技术保障。也因此，该县特成立了茶叶发展委员会和"东仰云海"工作组。

与此同时，我还积极利用自己的朋友和师生关系，联系青岛市的知名茶企，向他们传授企业管理经验，并邀请感兴趣的企业家到绿春县承包或租赁茶园。我委托自己的学生——一位茶叶育种专家，到绿春开展地方特色茶树品种的研究和保护工作。

为了让我继续为绿春县的茶叶振兴贡献力量，学校还特意让我延迟退休三年。对此，我深感责任重大。我告诉自己："东风啊，这是党和人民对你的信任，你不能辜负这份信任！"我将继续全身心地投入绿春县的茶叶振兴事业中，践行入党时的誓言，牢记一名党员的使命与担当。同时，按照校领导和绿春县委的要求，我也在着手培养茶业研究的接班人。茶叶产业的可持续发展，离不开年轻一代的传承和创新。我希望通过自己的努力，让绿春茶叶振兴的成果得以延续，也让学校的茶文化劳动课程发扬光大。

夜深人静时，我常常会回想起这些年走过的路，还有那些崎岖的山路，那些期盼的眼神。我知道，这条路并不容易，但每一次看到茶农们脸上绽放的笑容，看到他们的生活因为茶叶而逐渐改善，我就觉得所有的付出都是值得的。我深知，党的百年奋斗历程是一部为人民谋幸福、为民族谋复兴的奋斗史。而我，作为一名普通的党员教师，能够在这伟大的征程中贡献自己的一份力量，真心感到无比光荣和自豪。

以上就是我准备的发言主要内容，大会当日，会场座无虚席。我走上讲台，缓缓开口："明天是中国共产党成立 100 周年。作为一名有 36 年党龄的老教师，在今天这么隆重的大会上，学校安排我作为脱贫攻坚先进个人代表发言，倍感荣幸……"

2021 年 9 月 24 日

今天下午定点帮扶工作推进会准时召开，出席会议的不仅有王剑敏总会计师、卢光志副书记等领导，还有校党委办公室、校长办公室、工会、科学技术处、发展规划处、研究生院、后勤保障处、继续教育学院、校友工作办公室、教育基金会办公室、食品科学与工程学院、管理学院等部门的负责人。

会上，领导们明确指出，脱贫摘帽不是终点，而是推动减贫战略向乡村振兴转型的起点，国家这一政策的持续推进，是巩固脱贫成果、防止返贫的关键之举，我们学校作为帮扶力量，必须严格落实。绿春县的脱贫工作已经取得了阶段性胜利，但这并不意味着我们可以松懈。相反，我们要更加用心、更加努力，确保脱贫成果的可持续性，促进乡村振兴。

会议结束后，扶贫办公室的马主任特意找到我说，学校对我心系帮扶地区，利用以前横向开发课题的结余经费到绿春县培训制茶样等工作表示充分肯定。这也是学校能迅速向教育部提交"绿春县茶叶精深加工技术集成创新与推广应用项目"申报书的重要基础。听着马主任再次肯定和感谢的话语，我心里热热的，经费的筹措、项目的开展再难，也值了。

2021 年 9 月 30 日

　　我手边放着一份刚刚打印出来的检测报告。为了了解绿春茶叶新产品及当地一般产品的状况，我们选择一家有资质的检测机构——国联质检，对绿春茶叶的质量与安全方面进行了检测。我们前些日子的奔波与协调，终于有了结果。

　　每个周，我都会拨通茶企的电话，一遍又一遍地解释检测的重要性，说服他们配合制样。然而，电话那头的声音有时带着几分无奈："我们这里没有茶叶专业人才，真的不知道该怎么取样，尤其是取到有代表性的茶样。"

　　抱怨解决不了问题，行动才能带来改变。时间紧张，我就用手机的视频电话一步步指导当地企业如何取样。终于，经过大家几天的努力，8 个具有代表性的茶叶样品被小心翼翼地封装好，送往国联质检，进行全目录内容检测。

委托国联质检对所有
茶叶项目进行检测

我原以为可以松一口气了，但很快，新的问题摆在了我面前。在检测费用方面，尽管经过多次与国联质检沟通协商，对方出于帮扶的考虑给予了一定优惠，且这笔检测经费也已经从中国海大每年的帮扶经费中划拨至农科局，但资金的到位过程异常波折。这些日子，我为了经费的问题反复协调。好在最终，这笔经费顺利落实，为检测工作铺平了道路。

报告上的每一组数字都像是一把钥匙，可能打开绿春县茶叶产业的新篇章。我们的茶叶在多项指标上都表现优异，尤其是天然有机成分的含量，高于市场平均水平。这意味着，我们的茶叶不仅品质过硬，而且具备极大的市场竞争力。接下来，我们需要做的是，利用这些数据，继续打造绿春茶叶的品牌，让更多人知道我们的优势。

2021 年 10 月 22 日

10 月 8 日，清晨的青岛有几分凉意。我拖着行李，第六次踏上前往绿春县的行程。

飞机降落在昆明后，我匆匆赶往昌宁红茶书院，与田总和莫老师讨论绿春茶业的发展。田总聊到，他多次到绿春，觉得那儿的白茶和绿茶品质很好。发展 CTC 红茶出口可解决绿春鲜叶原料的问题，但担心投资后，茶叶原料质量较难保证。莫总则面带微笑，对中国海大开设中国茶文化课程赞不绝口，还兴致勃勃地表示："如有机会，真想去海大上几次课。"

从昆明到绿春的山路，漫长而崎岖。即使很辛苦，我晚上还是在云梯酒店宾馆与绿春县李副县长、县农科局李副局长讨论后面几天的日程安排，把培训、制茶的具体事项确定下来，还确定了去茶文化产业园考察的事宜。

培训的日子到了，会议室里坐满了来自全县茶厂的技术人员。我站在讲台上，讲述绿春茶叶的优势及"东仰云海"品牌下的精深加工产品的加工技术要点。忙了一天，终于可以歇歇了，我躺在大水沟乡招待所的床上却怎么也睡不着。房间里弥漫着浓重的霉味，闷热潮湿的空气让人难以入眠。我辗转反侧到下半夜，实在熬不住了，才迷迷糊糊地浅睡了约三个小时。

在彤瑞公司进行现场指导培训

第二天，我结合昨天介绍的高香白茶技术，在彤瑞茶叶有限公司利用现有设备进行现场操作演示。茶叶翻滚，香气渐渐散发出来。周围的技术人员围成一圈专注地观摩着，不时低头记录，或是用手机拍摄细节。彤瑞公司的尚总非常热情而大方，协助我把相关技术毫无保留地传授给大家。这让来学习的人都觉得受益匪浅。

培训时，很多人和我交流，说跟着我学习大有收获。县茶叶协会的陶会长告诉我，自从学习了高香白茶技术，绿春的茶叶质量有了明显提升。他还笑谈，结合这两年的培训结果，现在可以将绿春县的白茶从高到低分成高香白、低香白和月光白（多年来在绿春县一直生产的）。掌握了高香白茶技术制作的茶，就是高香白；没掌握好的，就是低香白；没有来学习的，做出来的产品就是月光白。真是贴切生动！听他这么说，我很是自豪。

与绿春县茶叶协会会长调研全县茶叶生产情况

接下来的几天，行程依然紧凑。考虑到交通情况，我们分片培训高香白茶和高香红茶的研制工艺，深入森泉茶叶厂等企业，手把手地指导操作。绿春县农科局通知全县感兴趣的茶厂派人参加。在森泉茶叶厂的车间里，我闻到一种独特的果香，那是茶叶在发酵过程中释放的芳香物质。他们的负责人告诉我，高香红茶销路很好，给他们这家公司带来了不错的效益。这家企业 2018 年开始建设，2019 年才投产，现在因为"东仰云海"品牌的产品销路好，已经在计划扩大生产规模了。

指导茶叶生产

14日上午，我结合这两年的调研和新产品开发情况，向绿春县委龙钢书记汇报东仰云海品牌产品的培训情况、各茶厂的生产情况和相关工作进展。当我提到昌宁红茶业集团有限公司田总担心的农药问题时，龙书记皱了皱眉，说："确实是个难题，但我们一定会想办法解决。"我随即分享了青岛市崂山区的做法。龙书记觉得这个做法很有借鉴意义，可以结合绿春的实际情况做一些调整。之后，我提到中国茶叶协会副会长匡新关于茶文化产业示范园建设的想法，详细地描述了示范园的规划和前景，详述了茶文化产业示范园建设、昌宁红茶业集团有限公司投资建厂、生产CTC红碎茶、怎么留住茶叶人才等方面情况，还请龙书记品鉴了彤瑞公司尚总送的高香白茶。他尝后赞叹，这茶确实不错，香气高扬，入口甘醇，回甘持久。

　　确实，我们也对这款茶很有信心，觉得如果能将它推向市场，肯定能得到消费者的青睐。我琢磨着，可以将这款茶纳入"东仰云海"的高端产品之列，同时借助绿春县的茶文化资源，继续提升它的附加值。龙书记掏心窝子地跟我说："茶叶产业是绿春的支柱产业，我们一定得抓住这次机会，把每个环节都做好。无论是茶文化产业示范园的建设，还是昌宁红茶业集团有限公司的投资建厂，或是这款高香白茶，我们都要全力以赴，把绿春茶叶的品牌和价值提升到一个新的高度。绿春县的茶叶承载着太多人的期望。我们要做的，不仅仅是把茶叶卖出去，还要让每一片茶叶都讲好绿春县的故事，传递绿春县的文化和精神。"

　　接下来的几天，我们往返于各个茶厂进行富含茶多糖茶饼制作工艺的培训和样品的检验，给相关企业和管理人员详细示范后，评审制成品，并结合样品讲解成品成因，让大家明白每一个因素对茶叶品质的影响。晚上吃饭时，我们也会围绕着工作畅聊。就说在彤瑞公司培训的那天晚上吧，我们就与曹主任就第二天的工作进行了一个多小时的讨论准备，从培训计划的调整到与各茶厂的沟通协调事项，每一个细节都不放过。随着讨论的深入，问题一个接一个地被抛出，又一个接一个地被分析解决。不知不觉间，好几个小时过去了。本想好好休息，这下更累了，但我一想到能够让绿春县的茶叶在市场上崭露头角，让更多人品尝到这来自大山深处的茶香，便觉得一切辛苦都值得。

18 日清晨，我们来到绿鑫生态茶业有限公司的车间门口，深吸一口气，茶香混着露水的清新钻入鼻腔。"东仰云海"品牌产品——富含茶多糖茶饼的现场操作培训在这里开始。车间里，设备整整齐齐地排列着，像是等待检阅的士兵。为了确保下午的培训和评审能够顺利进行，我仔细检查了每一台机器，并确认每一个操作步骤的细节。这不是第一次了，但我依旧不敢有丝毫懈怠。茶叶制作的每一步都关乎最终的品质。中国海大党委副书记张静等领导及全县茶厂负责人陆续到场。我结合茶叶样品，将这段时间在绿春县的工作进展、遇到的问题以及取得的初步成果娓娓道来。随后，我结合之前的实践经验，将富含茶多糖茶饼的制作要点、注意事项等一一拆解，试图让大家看到的不仅是技术，更是背后的逻辑。另外，我请范博士及白总就富含茶多糖茶饼进行了详细介绍，让培训内容更加丰富。

中国海洋大学－绿春县 2021 年"东仰云海"系列茶叶专题培训班培训现场

校领导了解绿春茶叶公共区域品牌、人才培训等情况

校领导了解玛玉茶茶树品种发掘、保护和利用等情况

19日是离开绿春前往昆明的日子。清晨，我和范博士简单收拾了行李，决定自己约车前往昆明，不给县里、企业添麻烦。

"有企业愿意送站，为啥不要他们送呢？"范博士在车上问我这样一个问题，语气中带着一丝不解。我对他说，绿春县的茶叶企业从一开始的不认可，到如今主动提出送我们，这说明我们的技术真的给他们带来了收益。但越是这样，我们越不能给他们添麻烦。乘网约车既方便，也省去了他们来回奔波的时间。像我这样的工科教师们，想法其实非常朴素。我们注重实际效率，觉得把一些耗费在迎来送往上的精力放在实实在在的工作上，能为当地百姓带来更多的福祉。

"不给别人添麻烦，能给他人谋幸福！"我一直以此自勉。我也希望通过自己的一言一行影响学生，让他们在未来的人生道路上，也能秉持这样的理念。

从早上9点到下午6点，我们都在去昆明的车上。长时间的车程让我疲惫不堪，浑身的骨头像散了架一样。在昆明稍作休整后，第二天上午11点，我们踏上了返回青岛的旅程。飞机起飞的那一刻，我靠在椅背上，闭上眼睛，脑海中浮现出绿春的茶园、车间，还有那些熟悉的面孔。这次绿春之行虽然辛苦，但每一步都走得踏实且有意义。茶香深处，是绿春的希望，也是我们共同的乡村振兴梦。

2021 年 10 月 27 日

10 月份从绿春回来后，我们就投入到两项重要的工作当中。

第一项工作是关于"东仰云海－高香白茶"和"富含茶多糖茶饼"的国家级团体标准的起草、完善。这是一项艰巨的任务，每一个细节都需要反复推敲、打磨。好在有范明昊，他的严谨和细致，为这个项目提供了非常重要的支撑。

为保障产品质量和促进新技术推广应用，我们在广泛征求绿春县、相关企业和主持单位等建议基础上，成立了由项目组研制人员、绿春县分管领导和 6 家生产企业、中国茶叶流通协会、青岛市茶叶学会及绿春县茶叶协会的领导等 15 人组成的标准起草组。我们与相关单位的人员围绕现行的相关工艺及品质特点和本项目的工艺及品质特点反复讨论，把申请草稿修改了无数遍，甚至连交费的细节都反复确认。功夫不负有心人，申请草稿终于完成，并获得了中国茶叶流通协会的立项批准。现在，"东仰云海－高香白茶"和"富含茶多糖茶饼"两项国家级团体标准的完稿都已提交，就等待中国茶叶流通协会专家审核和上会答辩。每次看到草稿上密密麻麻的修订痕迹，我都会感叹，每一张纸都凝结着我们的心血。

第二项工作是参照最新的国家食品安全标准和茶叶质量标准，与绿春县相关企业一道完成茶叶质量送检样品的制备、第三方检测机构的选择和样品检测项目的确定等。

最近提交的团体标准申请，虽然结果还悬着，但我们每一步都走得踏踏实实的，这就够了。茶多糖目前还没有国家标准，我们就试着自己制定，样品的制备和检测方法等必须严谨再严谨，不能有丝毫马虎。为此，我们用了近三周时间制定了茶多糖的检测方法，希望检测机构按我们的方法检测。

最近这段时间，我们也将大部分精力都放在落实检测费用上。好在东仰云海创新产品的检测快要有结果了，也算是有了盼头。

2022 年 1 月 2 日

2022 年的第一天，学校的定点帮扶工作办公室在一片期待中成立了。这一举措足以表明学校对绿春县帮扶工作的重视。马宇虹，那个办事干练的校办副主任，兼任定点帮扶工作办公室主任。

我看着学校的通知，想起了在绿春的日子。每次去，都像是一趟寻找答案的旅程。那里山峦叠翠、茶园绵延，我心心念念的是绿春县如何进行农村振兴，让农民致富？

在绿春的每一天，我都能感受到生活的烟火气。芸芸众生，每个人都在奔波忙碌，或为生活，柴米油盐酱醋茶；或为理想，家国山河志怀间。绿春县教育资源分布不均，县城孩子多上红河州读书，乡镇工作人员的子女多前往绿春县城求学，自然村的孩子多上乡镇学校读书。孩子读书一要租房，二要陪读。可这一切都要花钱。单单靠自然资源、祖辈农艺，确实很难负担家庭开销。对于这些生活在深山老林的边境山区的农民来说，除了少生育减轻负担，大多只能选择外出打工。

记得有一次，我和几位准备外出打工的村民坐在村口的老树下聊天。老树的枝丫伸展开来，在地上投下重重叠叠的影子。我对他们说，现在外出打工，如果没什么技能，就只能做苦力活儿，不仅累人，还挣不了几个钱。

　　一个蹲在树根旁的中年人重重地叹气，对我说："要是能在家门口挣到钱，谁愿意背井离乡啊！可是不出去，又能怎么办呢？卖茶叶的收成养不活一家人。出去打工虽说累，好歹还能攒下几个钱。要是下雨不出工，手头有点闲钱，又根本存不住。"他说的这些和我第一次来绿春县时碰见的老李所说的，大差不差。

　　虽然是再次听到，但这些话仍然像一把把锤子，敲打在我的心上。我明白，要想改变这一切，仅仅靠一腔热血远远不够，必须找出解决他们困境的办法并实践才行。我郑重其事地对他们说："我们这次来，就是给大家传授新的技术，教大家如何科学利用自然资源，一起发家致富。"然而，我看他们的眼神并不热切，反而带着几分疲惫和麻木。

　　果然，一个看上去还算年轻的男人告诉我，之前也来过不少专家，每次都是讲讲大道理，发发资料。他们真正能用上的技术太少。有的技术因为成本太高，他们根本负担不起；有的技术因为没人指导，他们也学不会，最后也就不了了之了。他的话像一盆冷水，泼在我的心头。是啊，茶叶产业的振兴不是一蹴而就的，资金、技术、市场、人才、政策等，每一个环节都会遇到难题。可如果不改变，他们只能继续在贫困的泥潭中挣扎。

与当地人交流

在之后的培训和演示中，我特意放慢了语速，把每一个步骤都讲解得清清楚楚，手把手地教他们操作。为了打消他们的顾虑，我告诉他们，我去年已经把自己多年研究的发明专利技术无偿捐赠给他们，而且会全程跟踪指导。

看到我这么大年纪还如此认真，不少企业和茶农的眼神渐渐有了变化。一位年轻的茶农小声说："要不……咱就试试，反正也不用额外投入，听着技术也不难掌握，就按汪老师教的做好了。"我心里燃起了一丝希望，真心期待这些新技术能给他们的生活带来改变。

回到青岛的日子，我也一直在思考每次出发前都会问自己的问题：绿春县如何进行乡村振兴，让农民致富？我翻看着走访时记录的笔记，茶叶产业、电商平台、教育资源……这些关键词在我脑海中不断闪现。我知道，绿春的振兴需要走一条综合性的路径，而这条路，必须从实际出发。其出路大概在两点：一是产业立县，当地的茶叶产业极具潜力，要是能把这特色产业做起来，使万亩茶园成为真正的"绿色银行"，把"小茶叶"做成"大产业"，就能使农村富余劳动力在家乡充分就业，靠产业繁荣实现致富梦；二是数字兴县，由于绿春县交通不便，丰富的特色农产品运不

为哈尼族同胞讲解采茶技术

出去，那么搭建数字平台，连接沿海和主要茶叶销区，打造县级及企业级电商服务平台，将绿春县的产品卖出去，也可以让老百姓的钱包鼓起来。政府有钱了，百姓有钱了，哈尼族的乡亲们不用外出谋生，在家就能打工挣钱过上好日子，多好！

我想到这里，对于那个问题，似乎有了更多的答案。我计划近期与马主任约个时间进行一次深入交流，跟她详细说说我的这些想法，也听听她的意见和建议。只要脚踏实地、用心去做，那么关于帮扶绿春的故事就一定是个好故事。

2022 年 3 月 11 日

这两年，学校对绿春帮扶工作十分重视。在学校每周工作日程表中，春季学期的前几周都安排了相关会议。今天上午 9 点，行远楼第二会议室里，一场关于定点帮扶工作的讨论热烈地展开了。出席会议的有王剑敏副校长，以及党委办公室、校长办公室、党委组织部、党委宣传部等部门的负责人。大家各抒己见，为绿春的发展出谋划策。

3 月一到，绿春县就迎来茶季了。鲜叶最嫩、品质最好的时候，偏偏赶上疫情反复，让出行受限。我们的专利新产品培训实施正处在关键阶段，原本计划好的现场指导，现在只能搁置。

有人提议远程培训。确实，虽然隔着 2000 多千米，但办法总比困难多。屏幕那头，是绿春的茶园，是等着新技术的茶农，是期待新产品的企业。

会议结束后，我就开始整理资料，反复修改讲解文档，把专业术语换成更通俗的表达。茶农们大多没读过多少书，但他们的手上有最珍贵的经验，而我要做的就是让技术和经验无缝对接。在特殊时期，我们虽然不能面对面交流，但我相信只要用心，通过微信视频同样能把技术传授到位。

窗外，校园里的玉兰已经冒出了小小的花苞。春天就是这样啊，不管遇到什么阻碍，它都会如期而至。

2022 年 6 月 10 日

桌上放着一块从绿春带回的茶饼，茶饼的纹路深浅不一，仿佛记录着这 10 多天绿春之行中走过的山路。

学校在赴云南绿春挂职干部座谈会上，公布了第二批挂职干部名单——高翔和胡博凯。这次会议结束后，我们就紧锣密鼓地筹备起绿春之行。5 月 23 日，我们一行人按照计划前往昌宁红茶书院。书院的老树下，斑驳的光影里，茶艺师斟茶的手法优雅而娴熟。此前，昌宁红茶业集团有限公司相关业务的负责人已和我们多次交流，这次他们向于志刚校长一行详细阐述了需要中国海大助力的意向，让我们对昌宁红茶业集团有限公司在绿春县的开发状况以及双方合作的前景有了更深入的理解。

中国海洋大学校长于志刚带队在云南昌宁红茶业集团有限公司调研

行程第二天，我们在于校长的带领下参观了西南联大蒙自分校旧址。这是我心驰神往的地方，但每次路过，总是因为时间仓促或旅途疲惫而未能细细参观。这次于校长主动要求去考察学习，就是想让大家通过参观，学习西南联大的精神。

在西南联大蒙自分校旧址，讲解员讲述着当年师生们在炮火中坚持上课的故事。西南联大在艰苦的环境中培养了大批国家栋梁，这是我们每个人都要学习和思考的。

"中兴业，须人杰。"这句校歌歌词让人心生感慨。对绿春的帮扶工作，何尝不是一场需要人杰的事业？我已六次深入绿春县边境村寨，四次在县城集中培训，每次都到六家以上示范企业进行现场讲解。从茶园管理到茶叶加工，从设备使用到品质控制，我倾囊相授，只盼为这片土地留下些什么。若绿春县农科局能指派一名技术员长期跟随学习，想必已成长为独当一面的专家，也能像我一样在高香白茶和富含茶多糖茶饼方面娴熟指导，这样我们便能随时在线上交流探讨，技术传承也能更加系统化。可现实是，每次来绿春，陪同人员都不同，从最初的小李到后来的小张、小王，再到如今的小杨，他们或调岗，或升迁，始终未能扎根技术一线，我心中难免遗憾。县农科局未能培养出专业人才，也就无法由技术员下乡指导了。茶农们依旧依赖外来的专家，技术推广的连续性被打断，使许多原本可以深化的项目也因此搁浅。

下午抵达绿春县时我身体不适，所以没有陪同校长一行调研，连晚饭也没吃，心中满是遗憾。好在晚上范明昊博士前来探望，给我带来了米粥和药，问我还想吃什么。他提醒我，是否需要陪同领导考察一下当地的茶市，让他们在座谈之前对这里的茶叶产业有一个感性认识。范博士想得周到，这对初次来绿春的领导们了解绿春情况很重要。我立马起床，拨通了神谷茶庄的电话。茶庄主人热情应允。

晚上 8 点半，我们一行人走进茶庄。茶香扑鼻，让人精神为之一振。我们围坐在茶室中，茶汤在杯中悠然流转，大家谈兴渐浓。我们同校、县领导一边喝茶，一边讨论绿春茶叶品质和未来发展，直到凌晨都没有结束。这样的时刻，困意似乎被茶香驱散。

25 日的行程也是满满当当。我们先是在二号桥小学和昌宁红茶业集团有限公司基地调研，详细了解当地教育发展和茶叶种植现状。紧接着，在绿鑫生态茶业有限公司举办的"海大绿春县茶叶精深加工技术集成创新与应用推广"培训会上，我围绕"东仰云海"茶叶创新项目进展、绿春茶质量检测分析、创新茶的国家团体标准解读、新技术要点及培训计划、创新茶营销推广等多个方面展开分享。结合多年的研究成果和实践经验，我为现场学员提供了系统性、实用性的指导，希望能再为绿春县培养一批专业技术人才，推动茶叶产业高质量发展。

马不停蹄，在绿春县行政中心举行的中国海洋大学－绿春县定点帮扶工作座谈会上，县长卢春剑和校长办公室主任周珊珊的详细介

培训会现场

中国海洋大学定点帮扶绿春县茶叶精深加工项目资金捐赠仪式

中国海洋大学－绿春县定点帮扶工作座谈会

绍，让我们对绿春县"一县一业"茶叶产业创建省级示范县建设的战略意义和具体任务有了更加深刻的认识。在示范富含茶多糖茶饼加工技术环节，我手持一块茶饼，细致阐释其纹理、色泽背后的工艺内涵，深入讲解压制力度、时间与茶多糖含量的科学关系。在场人员都听得津津有味。随后，我作为项目负责人详细解读了《中国海洋大学—绿春县茶叶精深加工项目捐赠资金协议》的具体条款和实施要点，以确保帮扶工作能够精准落地。傍晚时分，我们来到八尺山，与县茶叶协会常务副会长张总进行深入交流。夕阳下的茶山层峦叠翠，张总如数家珍地介绍着全县茶叶生产情况和企业发展现状。我们还共同探讨了提升茶叶品质、打造区域品牌的新思路。

接下来的几天，我们一路奔波，步履匆匆，深入绿春县多个茶区，为茶厂进行全面的培训并给予发展建议。在苏丫茶叶厂，我同县茶叶协会会长陶晓林深入交流，进行了高香白茶和富含茶多糖茶饼加工技术示范；在玛玉村委会茶叶专业合作社，结合白茶和红茶的加工工艺，进行了技术指导；在大黑山镇，全面考察了茶园管理、茶叶加工和新农村建设等，并结合现场和茶叶评审进行了工艺培训；在大水沟乡，走访农户作坊与茶叶初制所，提供生产指导，并在县城与玛玉村茶厂经销部卢总交流，获取市场

考察茶园并进行技术指导

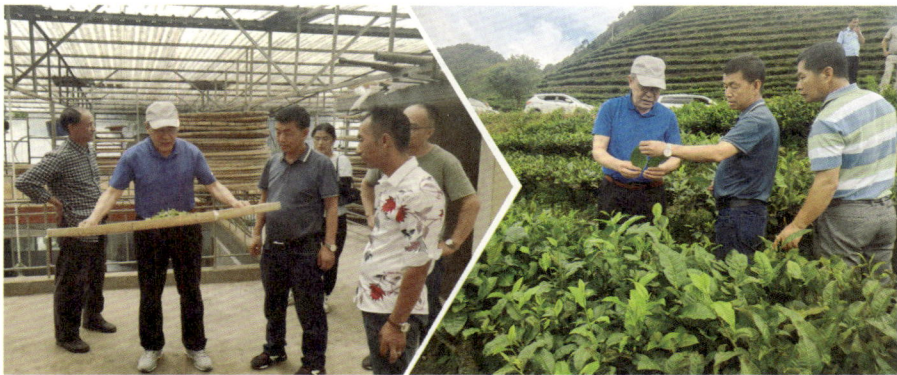
在绿春县指导茶叶生产

反馈，为后续帮扶工作提供思路；在绿春县森泉茶叶厂，从茶园管理到茶叶加工、从技术到市场，对其进行培训；在红河州蒙自市的白秀芳老总的茶庄，品鉴各类茶品，交流茶叶的香气、滋味、汤色。

6月1日清晨，我踏上了前往昆明的路。车窗外的风景如流水般匆匆掠过，而我思绪满满。下午，登上东航 MU9757 航班，我离开了云南，回到青岛。三天的隔离，像一段被迫的休止符，却也给了我足够的时间去沉淀和思考。期间，我一次次翻开笔记本，将此次行程中的点点滴滴重新梳理，准备将其整理成一份翔实的汇报，提交给绿春县政府的分管领导。

在绿春的茶园里，我踏遍了每一寸土地，嗅到了茶香，也嗅到了隐患。一些示范企业的茶叶价位虽高，尤其是高香白茶，但其品质较去年有所下降。这让我很担心，茶农们的辛勤付出是否能够得到应有的回报？更让我揪心的是，农药残留的隐患依然像一片阴云，笼罩在茶园的上空。我建议，推广大黑山镇的"五个三"做法和青岛崂山区统一免费提供农药和化肥的做法，让茶农们不再随意、无规地滥用农药，而是由镇／乡里统一发放低毒高效的农药，并严格记录用药时间、剂量和地块。每一片茶叶从采摘到加工，全程可查，最好让消费者扫一扫包装上的二维码，就能看到这杯茶的"前世今生"。让我欣喜的是，一些村的茶叶初制所开始以高于往年的价格收购鲜叶，统一加工，既保证了品质，又让茶农增收。但问题也随之而来——不少初制所建设之初缺乏科学设计，制茶技术也参差不齐。"茶是手艺活儿，不是力气活儿。"一位老茶农的话让我印象深刻。我建议县里派技术员驻村指导，从厂房设计到杀青火候，都手把手教。一句话，将茶叶质量与安全落实到位，才能保障茶叶产业的可持续发展。

在大黑山镇调研时，我听到一个名字——赵福音。1997 年从云南农业大学茶学专业毕业的他，曾在这里挂职。那几年，大黑山的茶叶产值翻了近三倍，茶农们提起他，至今仍竖起大拇指：赵技术员是真懂茶！他教茶农们修剪枝条、控制发酵湿度等。如今，赵福音已被调回县农科局工作。可惜的是，走访期间，县农科局先后派了几位副局长陪同，我却始终没见到这位茶叶科班出身的专家；更遗憾的是，很少见到跟着学习的年轻人。专业的人干不了专业的事，这是最大的浪费。绿春县要发展茶产业，不能只靠喊口号。在我看来，全县至少需要三类人才：懂市场的营销师、精通工艺的工程师、熟悉种植的农艺师。所以我建议，设置茶叶岗位，并调整分工，让赵福音这样的专家工作时带出一批从事茶叶产业发展指导的"茶二代""茶三代"，让技术真正扎根泥土，让人才留在绿春。

第三个建议是建立全县茶叶技术指导网站。绿春山高路远，许多茶农住在分散的村寨，技术员跑断腿也顾不全。我想起疫情期间的"云问诊"——为何不建个茶叶技术指导网站？县茶叶协会可以牵头，让技术干部轮流上线，开直播讲茶树病虫害防治，发视频教茶叶加工工艺，再建个"你问我答"专栏。这样一来，就可以在农药防治、茶叶加工、销售信息等方面提供快速方便的在线指导。茶农遇到难题，拍张照片上传，让专家远程诊断，就像给茶树挂了个专家号。

绿春茶业发展，要集中优势资源，走自己的突围之路。省里有"一县一业"专项经费，县里有中国海大的技术帮扶，绿春茶要打响名头，可以利用这些优势，并且聚焦几个"爆破点"：高香白茶——研发提香工艺，让其成为"滇白"的新标杆；功能普洱茶饼——加强宣传和市场开拓，为全县及周边低档晒青茶的高值化提供实用新技术；普洱茶发酵设备研发——实现普洱茶加工以及仓储过程的可控化、数字化和可追溯化，提升茶叶产业的整体竞争力。

产业振兴不像修条路、盖间房那么简单，它需要俯下身子的耐心，更需要尊重专业的诚意。或许下次再去绿春时，我能喝到赵福音指导的新茶，能扫到二维码里完整的农事记录，能看见茶农笑着算账——那也是别样的"绿春味道"。

帮扶工作任重道远，还需更加踏实才行。

绿春风景

2022 年 6 月 16 日

这几天，"高香白茶"的中国茶叶流通协会团体标准一事让我操了不少心。

我一次次打开邮箱，终于看到了中国茶叶流通协会茶叶团体标准工作委员会的回复："标准评审会改为线上会议，请于下周三上午 9 点准时登录……"

因为疫情，加上云南省绿春县路途实在遥远，原本的现场答辩会改成了在线会议。线上会议虽然省去了路途奔波，但新的问题接踵而至——必须将茶样提前寄给各位评审专家品鉴。

考虑到边境山寨可能受疫情影响，邮递速度特别慢，转寄肯定来不及。我们在让企业寄出样品时千叮咛万嘱咐，可千万不要寄给我，再让我寄给专家。这为的就是保证专家在评审前能喝到茶，真切感受到这茶的高香。这样，在标准里加上的"高香"二字才实至名归，不然就真有广告嫌疑了。

可三天过去了，茶样还没寄出。手机屏幕上是与茶厂负责人的聊天界面，最后一条消息是"正在准备"几个字。

这办事效率太低。我实在等不及了，就拨通了驻县科技副县长高翔的电话，希望他帮忙协调下茶样的事。

高县长希望我先别着急，他联系了李永祥副县长，说是已经安排专人负责了，做完会直接向我汇报。还有专家评审费的事儿，由于我负责联系专家，后面评审费会通过微信转给我，由我发给专家。

本以为这下能安心等待了，可直到现在都没有人与我联系，真是急呀！

今天我又打电话给中国茶叶流通协会。结果，协会工作人员回复我，部分专家还没收到茶样，没办法评鉴，自然也不好讨论产品标准。

一定让所有专家都品鉴到茶样再评审。高香白茶的特殊香气是其核心价值，若因评审流程问题耽搁认定，那这两年的努力就白费了。那就申请延期吧。

好事多磨啊！不过，茶样总会到的，专家也总会品鉴到绿春茶叶的好的。

2022 年 7 月 30 日

阳光透过窗玻璃洒在书桌上，电脑屏幕上闪烁着新华网发布的一则消息："教育部举办'教育这十年'系列新闻发布会，介绍党的十八大以来直属高校定点帮扶工作成效……"我滑动鼠标，逐字逐句地读着。"'十四五'期间，教育部将通过开展高校科技助力乡村振兴示范工程项目，引导各高校充分发挥科研优势、人才优势，在高效育种、智慧生产、现代化加工等农业前沿领域加快部署，加快关键技术研究与转化，帮助深挖农业农村多元功能和价值……"

从教育部 2012 年组织 44 所综合类和理工科为主的直属高校定点扶贫 44 个国家扶贫开发重点县、11 所直属高校参与滇西专项扶贫任务，到 2019 年又新增 20 所直属高校参与定点扶贫，这条高校定点帮扶路已经走过了十年！八年脱贫攻坚战，两年乡村振兴路，75 所直属高校全面投入、攻坚克难、接续前行，确实了不起，走出了一条特色鲜明、成效显著的扶贫之道。

教育部科学技术与信息化司司长雷朝滋的发言让我感触颇深："我们也将不断总结并做好典型经验的宣传推广，强化高校智库功能，辐射带动更多高校和师生投身于乡村振兴战略，积极探索乡村振兴的中国模式和路径，有效推动农业升级、农村进步、农民发展。"我心里一种强烈的共鸣感油然而生。我们在绿春一直在做的事情和坚持走的道路，点点滴滴，桩桩件件，都是为了让乡村焕新颜，让绿春的乡亲们过上好日子。这就是在为实施乡村振兴战略、推进农业农村现代化提供坚实的科技支撑、人才支撑，这不正契合国家乡村振兴的大方向吗？！

精准帮扶典型项目的准备资料就放在手边。那些连绵的山峦、蜿蜒的河流，还有那片片翠绿的茶园，在眼前鲜活起来。

回想 2020 年初，学校被教育部认定为绿春县的定点帮扶单位。可谁能想到，刚确定帮扶关系，疫情就席卷而来。推迟了又推迟，直到 5 月，我们终于踏上了绿春的土地。绿春县的自然资源真是太丰富了！记得那时，站在山坡上，望着那片片茶园，我心里就想，只要利用好这些资源，结合当地现状，进行关键技术研究与转化，实现产业帮扶的目标并非遥不可及。后来，我亲身感受着绿春振兴中的海大力量：学校领导一次又一次地带队考察，在山间地头躬身乡村振兴；派驻县及驻村干部，还有我这样的老师深入一线；建立起"应绿春所需，尽学校所能"的工作原则，倡导设立学校—绿春县"一县一业"茶叶专项，还为绿春县茶产业发展定制了"全要素投入、全过程提质、全链条指导、全方位服务"的策略，提供"规划 + 科技 + 专家 + 培训 + 产业 + 销售"一条龙指导帮扶。到今年，算下来，学校帮扶茶叶项目累计投入资金得有 200 多万元了。

现实远比想象中复杂。疫情反复，交通不便，技术转化难度大……每一步都走得不容易。但每当我看到茶农们辛勤劳作的背影，看着示范企业生产的春茶从 2018 年的 68.8 元 / 千克增至 2021 年的 164.3 元 / 千克，听到他们用不太流利的普通话说着"谢谢"，我又觉得，这一切都值得。我们不能急，乡村振兴不是一蹴而就的事，要把基础打牢，把技术做实。

就在今年 7 月 22 日，我们申报了精准帮扶典型项目。那段时间，大家都铆足了劲儿，整理材料、分析数据、撰写报告，每一页纸都在诉说着我们对绿春的期待，仿佛要把过去几年的努力凝聚在这份申报书里。这是学校和绿春共同的成果，是为国家乡村振兴迈出的坚定步伐。

这段时间，我们一直盼着好消息传来。不知道项目评选结果如何，希望我们的努力能得到认可，也希望这个项目能为绿春县的发展带来更多助力。毕竟，我们的目标不仅仅是让绿春茶叶产业发展起来，更是要探索出一条可复制、可推广的乡村振兴之路，为更多地方提供借鉴。

2022 年 8 月 9 日

今天，应绿春县帮扶驻点干部高翔副县长的要求，我在前期学校相关绿春县的帮扶工作基础上，开始着手制订下一步的工作计划。

我对照着以往工作的笔记和高县长提出的建议，一条条梳理：制定茶叶标准、统一品牌包装、扩大技术培训……窗外的海风卷着潮湿的气息灌进来，电脑边那杯泡好的绿茶早已凉透。直到下午五点，我终于整理出十项工作要点，希望这些计划能够一一落地。

制定茶叶标准。完成"高香白茶"和"富含茶多糖茶饼"国家级团体标准审批、发布。这将为绿春茶叶的品质提升和市场认可奠定坚实的基础。

打造一个茶叶品牌。成功注册"东仰云海"商标后，要统一设计不同企业、不同规格且带有中国海大专利技术元素的包装，让绿春茶叶拥有独特的品牌标识，提升市场辨识度。

开展一系列茶叶技术推广培训。继续开展线上、线下相结合的技术培训模式，不断优化培训内容，拓宽培训辐射范围，让更多茶产业的从业者受益，提升整个茶叶产业的技术水平。

建设一批茶叶精深加工产品生产基地。挂牌并签约一批"东仰云海"高香白茶和"富含茶多糖茶饼"的生产基地，通过严格的标准和管理，保障产品的高质量和优质服务。

建立一个茶叶专家工作站。充分利用绿春人才政策，创建教师与研究生茶叶专家工作站，为茶叶产业的技术研发和创新提供智力支持。

举办一场品鉴会暨品牌发布会。举办高香白茶品鉴会暨"东仰云海"产品发布会，同时结合校园已有的绿春商品展柜和示范基地茶企线上门店，搭建售卖渠道，让绿春茶叶走进更多人的视野。

讲好一个茶叶故事。通过宣讲、视频、纸媒等多种形式，讲述"一杯茶"背后的故事，深入阐释党的"绿水青山就是金山银山"的创新理论，弘扬中国海大教师服务乡村振兴的科学家精神，展现中国海大助力乡村振兴的点滴事迹。

开好一堂茶叶文化公开课。依托学校茶艺等课程的师资力量和学生社团，定期在学校指定空间开设茶文化、茶艺等公开课，邀请中国海大师生品鉴"东仰云海－高香白茶"，传播茶文化。

开展一杯茶感恩教育。设计小包装的"东仰云海－高香白茶"产品，随录取通知书赠送给每年新入学的本科生、研究生，鼓励他们向父母长辈、恩师、亲朋好友敬一杯茶，表达感恩之情，同时宣传中国海大帮扶产品。

申报一项茶叶乡村振兴示范项目。积极参与教育部等各项奖项、项目的申报，争取更多的政策支持和资源投入，推动绿春县茶叶产业的全面发展。

这份计划书"沉甸甸"的。这哪里是十项工作？分明是十把钥匙，要打开绿春乡村振兴的锁。这十项工作的推进，不仅是产业升级的蓝图，而且承载着中国海大与绿春县携手共进的情谊与决心。

茶汤入喉，回甘悠长。我知道，最好的茶，永远种在希望的田野上。

这两天青岛的中到大雨下完以后，把之前的闷热都给赶跑了，人也跟着清爽不少。

本来我正一门心思地琢磨着《食品化学》（第四版）修订目录和分工的事儿呢，昨天下午，校帮扶办公室工作人员的一条微信，一下子把我的注意力给拉走了。"汪老师，教育部决定发放部分经费支持咱们茶专项，2.5 万元。需要您填写本表格，方便的话明后天发至财务处 cwlck@ouc.edu.cn 邮箱。"后面跟着一个附件——"司局专项项目库填报表"。

我们 7 月底才申报的项目，这么快就批了？可至今没人通知我立项呀！可能立项通知与"计划任务书"同时进行吧？

不要纠结疑问了，机会稍纵即逝。表格填晚了，经费可能就没有了。

我打开电脑，就按 7 月底申报的项目开始填表。窗外风雨声渐大，键盘敲击声混着雨滴的节奏。晚上 10 点，我终于点击了发送键。

雨夜的灯光在玻璃上晕开，望着窗外模糊的夜景，我感悟：万事自己能做的先做好，机会不等你；处处做表率，才能影响人。这也算是一点启示吧。

今天，我上了四节"中国茶文化及实训"通识课！说起来可能没人相信，我一个已经延迟退休的老人，还在开新课。

帮扶梦想：从绿色茶叶到金色茶业

"功崇惟志，业广惟勤。"中华民族自古以来就是一个勤劳的民族，现在国家也特别重视劳动教育。中共中央、国务院印发了《关于全面加强新时代大中小学劳动教育的意见》，要求全面贯彻党的教育方针，坚持立德树人，把劳动教育纳入人才培养全过程，要让大学生们懂得劳动的价值，体会生活的不易，学会珍惜和奉献。德、智、体、美、劳全面发展，这五个方面缺一不可。可学文、史、哲等专业的学生，劳动课该怎么安排？总不能把他们全送去工厂搬零件、下农田干农活儿吧？能不能结合专业特色设计课程？

与学生在茶文化课实训基地前

我琢磨着，可以开设"中国茶文化及实训"通识课，通过让学生参与茶园管理、采茶制茶、备茶评茶等劳动，在寓教于劳中达到劳动育人的目的。没想到效果挺好：摘茶叶时，他们懂了"一芽一叶"的讲究；摇青时，他们体会到了"慢工出细活儿"的滋味。劳动育人的意义，不在于教会他们多少技能，而是让这些孩子懂得——生活，就像一杯好茶，需要用心去泡，用时间去品，感受其中蕴含的智慧；工作，也像一杯好茶，需要仔细去品，感受其先苦后甘。

年龄大了，我上完四节课真是累得只想在家里休息。我闭上眼睛，脑海里还回荡着今天课堂上学生们提出的各种问题。这门通识课看似轻松，实则除茶学外还涉及植物学、化学、文学等多个领域。所以，我每次备课都要耗费大量精力。

"累坏了吧？"夫人关心地说，"给你看个东西，保证能提神。"她递给我一叠打印资料，最上面一页是一张照片——翠绿的茶叶间点缀着几片形状特别的叶子，旁边标注着"糯米香茶"几个字。

这是什么？职业敏感让我暂时忘记了疲惫。她告诉我，这是云南那边一个朋友发来的，说这是景洪和临沧一带少数民族的传统茶饮。她知道我下个月要去云南，建议我顺便调研一下。

我翻阅资料，眼睛越来越亮。糯米香茶——在云南滇绿原料内掺入一种叫"糯米香"的野生草本植物叶子精制而成。它是爵床科，糯米香属的草本植物，高 0.5 ~ 1 米。枝呈四棱形，被短糙状毛，后变无毛，每株发叶不多，适宜生长在蔽光的阴湿环境中，有着别具一格的糯米特殊香味。收摘糯米香时，需要把叶片采摘下来阴干。不需要揉制加工，而是将一份糯米香与十份大叶种茶叶混合，掺拌均匀，然后密封保存，就制成了远近闻名的糯米香茶。不过，糯米香目前不是药食两用植物，只有云南省部分民族在用，如果要推向市场就还需要申请，不然不好用于茶叶中。

我建议夫人安排一名研究生，由我带其到云南相关场区开展相关项目的研发，为山区边境县开辟新的致富途径。

我忽然想起白天上课，有学生问我："老师，我们做茶饼真能帮到山里人吗？"如果开发出糯米香茶饼，也许就是另一个答案的开始。

2022 年 8 月 29 日

窗户半开着，8 月的风裹挟着花香溜进来，在我的办公桌上打了个转，又悄悄走了。学校定点帮扶工作办公室的马主任告诉我，经向王剑敏副校长请示，今天下午 5 点左右，王剑敏副校长和她会来我办公室，讨论绿春帮扶事项。

王校长要亲自过来？我有点惊讶。

电脑屏幕上还显示着学校的会议安排表——今天上午 10：30 到 12：00，王校长要主持召开定点帮扶工作推进会；周三下午还有接待来访的任务。按理说，随便安排个时间让我去汇报就行了，怎么还亲自跑一趟！

我拿起手机，给夫人发了条微信："王校长下午五点要来我办公室谈绿春帮扶的事，晚些回家。"

微信刚发出去，电话就响了。夫人感叹，学校一直强调学校各级部门要尊重教师，积极协助教职工开展教书育人、科学研究和服务社会的工作，王校长完全可以让我列席上午的定点帮扶工作推进会，或者安排在周三接待来访后听我汇报，但他选择亲自来我办公室，就是为了节省我的时间啊！是啊，这是学校对教师工作的支持，更是对我这位老教师的爱护与尊重。

下午 4：50，我就到胜利楼小会议室，准备好汇报资料后站在窗前，看着校园里来来往往的学生，忽然觉得自己像个等待重要客人到访的年轻人，而不是一个执教 30 多年的老教授。

5：05，会议室的门开了，我转过身，看见王校长和马主任站在门口。

王校长一进门就说，忘了开会地点改到了胜利楼小会议室，从崂山校区赶过来迟到了 5 分钟，实在对不起。我赶忙回应："您没迟到，学院张川秘书在 6 分钟前电话说，您到学院了。"校领导迟到这几分钟，不仅解释原因，还诚恳道歉。这看似微小的举动，实则是对教师和时间的极大尊重！

王校长在椅子上坐下后，直奔主题，问我绿春县的帮扶工作进展如何。谈话进行得热烈而高效，当夕阳的光线斜斜地照进会议室时，我已经和王校长汇报了专项经费的使用、企业引进和人才培养等事项。比如，基于创建茶叶帮扶"绿春模式"，如何通过制定两款创新产品标准、加强包装设计及宣传营销、研发普洱熟茶自动化发酵设备及功能茶饼等措施，切实有效地将中国海大茶叶专项捐赠经费投入绿春茶叶产业，促进其发展。

在汇报中，我惊讶地发现，这位分管行政工作的副校长对绿春县的情况一清二楚。王校长说，汪教授把近期绿春县的帮扶工作，尤其是引进昌宁红茶业集团有限公司和内蒙古相关商会到绿春建厂投资等工作考虑得特别细致，把对绿春县帮扶的事看得比自己的事都重，"是我们学习的楷模"。

这句话让我的心里好似燃起了一团火。这团火不是那种张扬的烈焰，而是经过岁月淬炼后依然不灭的炭火——温和却持久，足以温暖他人，也能照亮前行的路。执教40多年，我听过无数表扬，但来自校领导这样真诚的肯定为数不多。

我说："王校长，我虽然这么大岁数了，但您今天的言行，尤其是对我的肯定和表扬，让我还像年轻教师一样，如打鸡血般激动。我会在两天里，根据您的安排完善绿春县茶叶精深加工专项经费的使用（茶叶部分）预算和三方合作茶叶振兴绿春县协议。"有这样一位校领导的尊重与肯定，我有什么理由不坚持初心、继续前行呢？

2022 年 9 月 2 日

最近，我们为中国海大、绿春县人民政府和云南昌宁红茶业集团有限公司三方的"茶叶精深加工项目合作协议"着实忙了一阵子。

我与学校定点帮扶办公室马宇虹副主任、绿春县人民政府高翔副县长以及云南昌宁红茶业集团有限公司田董事长反复交流沟通，经过多轮探讨，终于形成了一份协议草稿。而这，已经是第五稿了。

刚开始，当听到这个三方合作构想时，几乎所有人都认为这是很难完成的任务——一所高校、一个县政府和一家民营企业，如何能在茶叶产业上达成共识？不仅利益诉求不同，平时交流联系很少，甚至连对"茶叶精深加工"的理解都很不同。但换个角度想，学校有着丰富的学科资源和人才优势，绿春县有着得天独厚的茶叶资源，而云南昌宁红茶业集团有限公司则在茶叶行业有着深厚的经验和影响力。三方的合作，可以像三股支流汇聚在一起，激荡出强大的茶叶帮扶力量。

如今，这份凝聚了无数心血的协议终于成形。三方按照校政企共建、共享、共赢的新模式，创新定点帮扶机制，试图通过绿春茶叶新产品研发及设备研制、绿春茶叶品牌创建、绿春茶叶精深加工技术示范基地建设等措施，打造绿春茶叶产业乡村振兴示范村，更好地服务绿春乡村振兴，期待形成可持续、可推广、可复制的定点帮扶模式。

我们学校可以依托食品科学与工程学院、医药学院、管理学院等开展高层次人才智力支持，开展面向绿春、昌宁红茶业集团有限公司等的相关培训项目，打造"高香白茶""富含茶多糖茶饼""绿·春绿"等茶叶品牌。同时，学校还负责茶叶技术研发，与昌宁红茶业集团有限公司等骨干企业开展技术合作，研发功能性普洱熟茶和普洱熟茶自动化发酵设备等，相关科研成果优先在绿春、昌宁红茶业集团有限公司等生产基地转化，为茶叶产业注入科技动力。此外，学校可以安排相关单位和技术人员配合及协助茶叶项目建设内容的有效实施，为哈尼高原生物产业尽快投产提供相关技术支持，并为昌宁红茶业集团有限公司及绿春县培养相关人才。

绿春县人民政府在此次合作中也将扮演重要角色。政府负责将茶叶项目列入绿春县事业整体发展规划，牵头争取国家、云南省、红河哈尼族彝族自治州在政策、资金等方面大力支持，给予配套政策和资金支持。同时，政府可以为中国海大派驻绿春的专家学者、干部师生提供相应的待遇保障。对于中国海大引进到绿春的相关人才，按实际需要及相关人才引进政策，为引进或短聘的高层次人才提供食宿、出行等生活保障和工作补贴等。此外，绿春县还计划成立"茶叶专班"，全力配合茶叶项目的实施，从原料组织到市场销售，每一个环节都有专人负责，确保项目顺利推进。

云南昌宁红茶业集团有限公司作为企业方，也展现出了高度的责任感和合作精神，服务绿春茶叶产业发展，携手打造绿春茶叶品牌。企业不仅承诺支持学校定点帮扶绿春工作，吸引茶叶产业项目和本土企业参与，共同建设绿春茶叶精深加工技术示范基地和绿春茶叶产业乡村振兴示范村，而且承诺搭建科技创新、技术交流、产业转移转化平台，孵化催生具有核心竞争力的新技术、新模式、新业态。此外，它会利用自身在茶叶行业领域的优势与影响力，协助学校有关茶食品学科、茶文化课程及人才培养等方面建设，合作申请茶叶领域国家级、省级科研项目，力争打造校政企一体化发展的典范。

我合上协议草稿，看见桌上放着的一些干枯的茶芽——那是春天在绿春茶山考察时采的。这些沉睡的茶叶仿佛正在苏醒，乡村振兴的故事就这样在纸页间、在茶汤里、在共同的期盼中，慢慢生长。

补记：据 2023 年 12 月 8 日的新浪财经经济新闻，云南省政协办公厅积极牵线搭桥，东西部协作项目资金投入，2023 年 3 月云南昌宁红茶业集团有限公司在绿春县成立了云南哈尼高原生物产业有限公司，不过没有签订三方合作协议。目前，该公司运营情况不详。我们将绿春茶叶情况介绍给企业，让企业能落户绿春，促进其茶产业发展。这就是我的目的了。正所谓"功成不必在我，功成必定有我"，只要绿春茶叶产业能够发展起来，付出的一切努力都不会白费。

2022 年 9 月 10 日

"教师佳节逢中秋，丹桂飘香情意浓。衷心感谢您长期以来扎根教育一线的辛勤耕耘，感谢您对教育人才工作的大力支持和关心。值此双节来临之际，谨向您和家人致以最诚挚的问候和祝福！祝您在今后的教学科研工作中桃李满园、硕果累累。愿我们共同携手，推进新时代教育人才工作再创佳绩。"今天是第 38 个教师节，又收到了教育部人事司的节日问候，我挺感动的。

庆祝 2022 年教师节大会现场

现场接受采访

这么多年过去了，每到教师节都能收到他们的问候，对我来说，这不仅是一份关怀，更是一种激励，时刻提醒我要在教育这条路上踏踏实实地走下去，做出更好的成绩。

昨天，学校以"迎接党的二十大 培根铸魂育新人"为主题举行了隆重的庆祝大会。我特别荣幸，作为受表彰教职工代表上台领奖，还接受了主持人的现场采访。

我站在领奖台上，手里沉甸甸的奖状折射着礼堂的灯光。"请分享一下您 40 多年来的教学心得。"主持人的声音在礼堂回响。

回想 40 多年来的教学生涯，我真是感慨万千。我刚站上教室讲台的时候，心里只有一个念头：把课讲好。我主讲的课程，在学生口中有着"DFW"的诨号，这可不是美国大学里的"Drop，Fail，Withdraw"，而是我名字的缩写"Dongfeng Wang"。那时候的我年轻气盛，对课程要求极高，学生们都说我的课"又严又难"。我从不敢有丝毫懈怠，因为我知道，这三尺讲台就是我的整个教学世界。

我讲起那些挑灯夜战、准备教案的日子，为了让枯燥的知识变得生动有趣，我尝试过各种方法。一开始，我总想着靠严格的要求和扎实的内容让学生心生敬畏。可随着时间的推移，我逐渐明白，真正的教育不是靠强硬的手段，而是要依靠教学的艺术和教师的人格魅力。我开始注重提升学生的学习能力，不断鼓励他们去发现学习的乐趣。在教学的过程中，我也在不断地学习和成长。看着一批又一批的学生从我的课堂上带着收获走向远方，我感到无比欣慰。如今，自我评价一下，我应该不再是那个只会严厉要求学生的"DFW"老师，而是一个懂得用爱与智慧去引导学生的教育者。

前两天，在青岛晓阳春有机茶有限公司评审"崂山龙须"等 12 项团体标准时，中国农业科学院茶叶研究所原副所长、国家茶产业科技创新战略联盟理事长鲁成银研究员的话让我心头一颤。他提醒我，因为农户制茶水平有限，所以千万不能否定他们，在云南绿春指导茶叶工作的时候，得先鼓励，再指出问题。是啊，那里的茶农们都特别朴实，对茶叶充满热情，但是缺乏专业的技术和知识。我得多用鼓励的方式，帮他们提升制茶水平。

这与我从教学中领悟到的道理不谋而合，无论是在课堂上还是在田间地头，鼓励和引导都是激发人们潜力的关键。

年轻时，我总以为教育就是一场严格的考核，要用分数丈量每一个学生的价值。如今明白，教育更像是一场漫长的等待，在我们的引导下等待每一颗种子在土壤中破土而出，等待每一片嫩芽在阳光下舒展身姿。就像绿春的茶农们，他们并不精通复杂的化学方程式，却可以通过我们的鼓励、指导以及自己的努力，绿叶生金，托起振兴梦。

2022 年 9 月 12 日

我从噩梦中惊醒，浑身的冷汗浸透了睡衣。梦里那架颠簸的飞机仿佛还在耳边轰鸣，安全带勒进胸口的窒息感挥之不去。"安安！救救我！"

妻子用温暖的手掌轻轻拍醒我，问道："为啥惊恐大叫？还一身汗。"

我猛地坐起身，大口喘着气。卧室的窗帘缝隙透进一丝月光，在地板上投下一道惨白的光痕。"我要被甩出飞机了……"我说话时声音嘶哑，喉咙干得发疼。

妻子拧开床头灯，暖黄的光线下，她担忧的眉眼格外清晰。她跟我说，我是为了去绿春的事儿，最近压力太大了。日有所思，夜有所梦。

这一醒就再也睡不着了。我看了眼手机，4：38 的荧光数字在黑暗中格外刺眼。既然睡不着，那就起床吧。5：30 的时候我电话提醒汪明明老师，让他别忘了到广饶路地铁1号线入口汇合。

上午 8：55，我准时从青岛胶东国际机场乘坐 MU5685 航班，于 12：10 到达长水国际机场。谢谢汪明明老师，他细心地安排好多人的行程，还选好前往绿春县的商务车，让我们能相对轻松地到达绿春。

晚上，我们抵达绿春的云梯酒店。来这么多次了，前台的小姑娘马上认出了我，笑着递来房卡，说："欢迎您再次莅临！"我道了谢，转身时，手机又震动起来，是研究生的消息："汪教授，请您在绿春做的试验茶样计划已发您邮箱，请查收。"

这次原计划是王剑敏副校长带队来绿春开展帮扶工作，并签订多项帮扶协议。然而，疫情形势严峻，学校可能要安排副校长们到各校区带班防控，所以建议我们推迟一星期，

中国海洋大学校领导在一号桥特色产业园区考察

观察情况后再做决定。但这次机会实在难得，我们好不容易约好了内蒙古哈默信息咨询有限公司、内蒙古丰晟房地产有限公司董事长、内蒙古品牌协会副会长蔺剑文等企业"大咖"到绿春，就茶文化产业示范园投资建设进行考察，商讨投资事宜。绿春县的企业也多次催问我什么时间到，而且9月中旬正是一年中最后一个茶季开始的时候，我也早已与绿春县相关科局联系妥当。权衡之下，我没有按照学校"尽量不要离校出差"的要求行动，而是执行了严格报批程序后，还是来到了绿春县。但这也带来了一系列问题，比如按照学校规定，回青岛后需要隔离才能进校园。我作为老师还能居家隔离，可那些原计划随队来绿春县开展相关茶叶研究的几个研究生就没办法全来了。他们的实验准备也得随之变动，这无疑增加了不少工作量。看着学生们因为疫情而受阻的研究计划，我心里满是遗憾。我只能通过线上指导，尽力帮助他们调整研究方案，减少疫情带来的影响。

希望后续能尽量弥补这些遗憾吧。

2022 年 9 月 13 日

晨光熹微，我睁开眼睛，有些恍惚地看着天花板，手机屏幕上显示着 8：10。这是这些日子以来，我第一次过了 8：00 才自然醒。平时，我的睡眠很浅，稍有动静就会醒来，可这一路奔波，实在太累了，身体似乎在无声地抗议。

我慢悠悠地起身，伸了个懒腰，感觉全身的关节都在发出轻微的"咔嚓"声。早餐时间是 8：30，我还有足够的时间"收拾"自己。下楼去餐厅的路上，我碰到了蔺总和匡总。蔺总笑道："汪老师，您昨天一路深睡，还不时有小呼噜，早上又是自然醒，真幸福！"他的笑容里带着一丝调侃，可我也能听出他话语里的关心。

我不好意思地笑了笑，心里清楚，这看似幸福的熟睡，实则是疲惫的证明。我轻声回应他："是啊，这一路奔波，累得不行。"

匡总也在一旁搭话，他的话里带着一丝感慨："我同汪教授是 20 多年的朋友了，他能睡得这么香，甚至在车上也能睡得好，就是一个累字所致。有失眠的人，在车上颠簸几小时就治好了。"

我微微一笑，点了点头。这些年，为了绿春县的帮扶工作，我四处奔走，确实很少有时间好好休息。每一次来绿春，我都带着任务，从技术研发到产品推广，从标准制定到品牌建设，都需要操心。虽然疲惫，但一想到能为这片土地带来改变，能帮助当地百姓过上更好的生活，我心里满是欣慰。

简单吃过早饭，我们陪同蔺总等企业老总和学校研究生院等单位的领导，对绿春县森林康养旅游基础设施建设项目、绿春博物馆和文旅融合、产城融合等相关项目进行了考察。

第一站，我们来到了绿春县森林康养旅游基础设施建设项目现场。汪明明博士详细地介绍了项目的规划和进展，蔺总和其他领导不时

在绿春考察

点头，脸上露出满意的神情。接着，我们前往绿春博物馆，了解当地的文旅融合和产城融合项目。博物馆内，一件件文物诉说着绿春的历史，一幅幅图片展示着绿春的未来，相信未来这些项目能够提升绿春的旅游吸引力，带动当地经济的发展。

午餐后，我们驱车前往苦么山，对相关公司进行考察。车间里，茶香弥漫，工人们熟练地操作着机器。一片片鲜嫩的茶叶在传送带上流转，最终变成色泽温润的成品。蔺总拿起一把干茶，轻轻捻了捻，又凑近闻了闻，满意地点了点头。

最后一站是绿鑫生态茶业有限公司。在这里，我们就玛玉茶标准、功能性普洱茶生产以及茶叶精深加工产品定点生产基地挂牌等与企业负责人充分交流。企业负责人拿出一款新普洱茶，邀请大家品尝。茶汤入口，醇厚中带着一丝清甜。大家都觉得，这个口感的市场接受度应该不错。

夜幕降临，繁星初上。绿春县县长卢剑春特地赶来，与我们一行人共进工作晚餐，讨论政策支持、资源协调，并安排好了后续工作。

窗外，山影如墨，灯火如星。这一天的奔波与交流，仿佛在这片土地上播下了一颗希望的种子。我们啊，都是耕耘者，也是见证者。

2022 年 9 月 16 日

前天，在风情园广场做完核酸检测后，我们就来到戈奎乡森泉茶叶厂。阳光下，远山近林，从浅绿到墨绿，似丹青妙手晕染而成。

在茶厂，我与学校茶文化兼职教授匡新、内蒙古商贸职业学院国家一级茶艺技师李晓霞等专家，还有学院领导和企业人员，就高香白茶等工艺和品质进行评鉴、交流，随后来到田间地头和车间，进行现场指导。走进车间，机器的轰鸣声中，我针对茶叶加工过程中的一些关键环节给出了自己的指导意见，并手把手地教会他们，希望能帮助企业提升茶叶的品质。在和该企业负责人交流时，我们着重讨论了茶叶精深加工产品定点生产基地挂牌的事宜，还签订了产品品质及供货承诺书。经过充分沟通，双方达成了共识。这是对企业生产能力和产品质量的认可，也是我们携手推动绿春茶叶产业发展的一步。

昨天送别企业家一行后，我们前往云南林益苏丫茶业有限公司。在那里，我们先是制作富含茶多糖茶饼样品，详细讲解相关标准，进行技术培

与邀请的企业负责人到森泉茶叶厂

训，又深入茶园指导管理工作，针对茶叶精深加工环节给出专业建议，同样就茶叶精深加工产品定点生产基地挂牌等与企业负责人进行了充分交流，并签订了品质保障承诺书。

绿春玛玉茶是 20 世纪 80 年代云南省六大名茶之一，可如今因为没有工艺加持及产品标准，在市场上该茶鱼龙混杂。为了让这曾经的名茶在新农村振兴中发挥作用，也为了减少后续路程奔波，提高工作效率，我们决定连夜前往骑马坝乡玛玉茶厂。没想到，一路上路况极差。晚上 8：30 左右，我们终于抵达玛玉茶厂。

夜幕如巨大的黑色绸缎般压在茶厂上。车间里虽然有电，可没有 Wi-Fi 信号，我们根本无法与外界联系。夜晚，窗户不能开，因为山里的蚊虫多得吓人。本以为忙碌了一天，又在崎岖的山路上颠簸了约六个小时，我能好好睡一觉，可天公不作美，凌晨两点左右，突然下起倾盆大雨。雨滴打在房子的铁棚上，声音噼里啪啦，像放鞭炮一样，吵得我整夜无眠。

躺在简陋的床上，听着这雨声，我心里却在想着第二天的工作，想着怎么能把玛玉茶的工艺再优化，怎么帮茶厂提高产量和质量。这些问题在脑海里不断盘旋，与嘈杂的雨声交织在一起。这个夜晚真是漫长。

今天上午，我同玛玉茶厂的卢崇兴老厂长及工人们聚在一起，开始为他们讲解高香白茶标准。我们围绕标准展开讨论，讨论得还挺热烈。随后，我对茶园管理的要点进行了强调，并在高香白茶技术培训及现场指导环节，亲自示范茶叶的采摘手法和加工步骤，让大家能更直观地学习。同时，我还和卢厂长探讨了玛玉茶树品种申报的相关事宜。

茶叶精深加工产品定点生产基地挂牌、品质承诺书签订，玛玉茶厂已经不是第一家了，但我看着那崭新的牌子挂在茶厂门口，心里仍很有成就感。这意味着我们对品质的坚守又迈出了坚实的一步。

下午得知，由于洪水引发山体滑坡，道路被阻断，我们被困在了玛玉茶厂。一想到昨晚雨点打在房子铁棚上如鞭炮声般的嘈杂，我心里就隐隐担忧——这种糟糕的睡眠体验可能又要重演。果不其然，凌晨三点左右，暴雨再次来袭，熟悉的"鞭炮声"在耳边炸响。天快亮的时候，雨势小了一些。

今年绿春的暴雨实在太多了。

与卢崇兴厂长

洪水引发山体滑坡道路被阻断

2022 年 9 月 18 日

卢厂长说，乡里刚来电话，说中午前路就能通，我心里的一块大石头总算是落了地。之前因为洪水导致山体滑坡被困在玛玉茶厂，我们每天都盼着道路能早日畅通。这下终于能继续我们的行程了。

午餐时分，饭桌上飘来久违的肉香。卢厂长亲自端上一盘红烧肉，色泽红亮，香气扑鼻。我招呼学生过来一起吃，但他们对视一眼，只是笑笑，终究没动肉。

后来我才知道这盘肉的来历。卢厂长看我这两天食欲不好，又因为山体塌方没法到乡上买肉，竟然把自家的小狗杀了，就为了给我们改善伙食。两个学生目睹小狗被宰，心里不忍，所以才不吃。

卢厂长一直念叨，说汪教授这么大年纪，还颠簸六个多小时来到这深山里，在茶叶制备车间忙碌，还到茶园田间地头，手把手教技术、面对面传经验，所以一定要好好招待我。其实我是因为这几天没睡好才精神不振，并非饭菜不合口味。哈尼族同胞的热情，实在让我感动。

雨停了，阳光穿透云层，照在湿漉漉的茶树上。离别之际，我用力握住卢厂长粗糙的手，感谢他的照顾。车子驶离茶厂时，我从后视镜看到他一直站在路边挥手，直到转弯处才消失不见。被困的这两天虽艰苦，但当地百姓的淳朴和热情让我这心里头热乎乎的。

为了避免后续可能再次出现的洪水影响，我们一行人不敢有丝毫耽搁，立即前往云南彤瑞茶叶有限公司。在这里，我们与企业负责人和技术员就高香白茶标准和样品制作、玛玉茶标准、茶园管理、高香白茶技术等进行现场指导和培训。我在车间里亲自示范，告诉他们，"这个发酵温度还要再降低 2 度"，"时间控制一下，口感也会更醇厚"……企业负责人及工人们连连点头，认真记录。

培训持续到傍晚。同样，我们还就玛玉茶树品种申报、基地挂牌等进行了沟通交流。一番畅聊后，绿春县又多了一个茶叶精深加工产品定点生产基地。

结束一天的工作时，天色已晚。为了不耽误明天的工作，我们当天入住了大水沟乡接待所。第二天清晨，雾气笼罩着山路。考虑到路况不明，还有诸多难以预见的状况，我们临时改变计划，就不去大水沟乡调研村办茶叶加工所和汽油桶加工情况了，而是直接从大水沟乡政府前往牛孔镇的云南神鼓茶业有限公司。

这家公司是新注册的，刚刚起步。企业负责人热情地接待了我们，但言谈中透露出迷茫。他们刚刚建厂，但想做高端茶，不知下一步该如何发展。我们实地考察之后，给出了详细的建议：在建设方面，合理规划厂房布局，确保茶叶从采摘到加工的各个环节能够高效衔接；在茶园建设方面，要选择适宜本地生长的茶树品种，科学规划茶树种植间距，以提升茶叶的产量和品质；品牌建设上，要挖掘公司的独特卖点，可以结合绿春的茶文化和地域特色，打造出具有辨识度的品牌形象。一番交流下来，大家都收获颇丰。下午，结束考察返回县城，我放下行李后就翻开笔记本，梳理这些天的考察内容，提炼有价值的信息，希望能在明天的会议上更好地推动各项工作的进展。

<hr>

2022 年 9 月 19 日

我坐在绿春县农科局的办公室，望着院子里的几棵老树出神。一场关于"茶叶精深加工技术"项目的第四季度工作会议在这里召开，参会人员有我、汪博士，还有农科局局长李剧成、茶技推广站站长陆丽萍、"一县一业"办公室主任李雨霖和高级农艺师李永德等。

人到齐后，我先给大家总结了近期下乡指导培训情况，然后介绍了"茶叶精深加工技术"项目 2022 年第四季度拟开展的工作计划。

接下来，我们就工作计划进行了逐条讨论。每一个环节、每一项任务，我都尽可能地细化，让大家能够清晰地了解工作的重点和方向。之后，我们确定了中国海大茶叶专项捐赠经费报销的流程和项目联系人。这会为项目的资金使用和管理提供保障，确保每一笔经费都能合理、合规地使用。会议的最后，李局长就县政府关心的农药残留及有机茶发展问题进行了深入的询问。

会议接近尾声时，李局长总结道，汪教授为大家提出了近期的一系列工作安排：首先是两款创新产品的标准制定、包装设计及宣传营销；其次是普洱熟茶自动化发酵设备研发（需要持续两年）；再次是保健功能茶饼研发；最后是创新产品推广、配套设备购置安装、培训等。这个项目关系到绿春茶产业的未来。我们不仅要做出好产品，还要让茶农真正受益。时间紧，任务重，大家辛苦了。

散会后，我来到农科局院里的老树前。看着夕阳的余晖洒在叶片上，泛着金色的光，我想起自己年轻时在茶厂做研究的日子，那时制茶全靠手工，茶农炒茶多了，手上满是茧子。如今技术日新月异，但制茶的魂不能丢。工作安排满满当当，接下来的日子，要继续全力以赴地推进才行。

2022 年 9 月 20 日

一早，我与汪博士再次驱车来到县农科局。车轮碾过湿漉漉的石板路，发出轻微的嘎吱声。

在办公楼一楼农产品展示中心，我们要参加一场关于绿春茶叶产业发展的会议。会议由陈钰影副局长主持。除我和汪博士外，参会人员还有绿春县副县长张云和高翔，县茶叶协会秘书长白冰，以及会上见到的"一县一业"办公室主任李雨霖和县农科局高级农艺师李永德，彤瑞茶叶有限公司、森泉茶叶厂、玛玉茶厂等茶叶企业的代表。

会议室内，与会人员陆续落座。陈局长清了清嗓子，宣布会议正式开始。

张云副县长的发言简短有力。为深入推进实施乡村振兴战略，加快打

参加关于绿春茶叶产业发展的会议

造世界一流"绿色食品牌"，提高全省农业产业组织化、规模化、市场化程度，推动云南高原特色现代农业高质量发展，云南省政府就创建"一县一业"示范县提出了具体的指导意见。我们深感责任重大。绿春县如何做好"一县一业"示范县的工作？绿春县政府在调动一切积极因素，借茶叶产业之力，带动茶农增收致富，推动新农村建设稳步前行。在中国海大帮扶团队的指导下，近期工作紧紧围绕茶叶标准制定展开，涵盖种植标准、品种注册、产品标准、初制所标准等，全力打造"东仰云海"这一核心品牌。

听到张云副县长对我昨日在农科局所提到的功能普洱、自动化渥堆设备以及宣传报道等工作的认可，我深感欣慰。我多年投身茶叶领域的经验与见解，能得到重视与肯定，实属幸事。随后，会议还确定茶叶专项经费由陈钰影和李雨霖负责核报，为后续工作的资金流转与管理提供了保障。

午后的八尺山茶厂，阳光正好。我们与高翔副县长、陈钰影副局长、县茶协会会长、秘书长，相关企业代表等在这里就玛玉茶标准、云南大叶种茶园生产管理、功能性普洱熟茶、普洱熟茶自动化设备项目等进行了深入讨论并分工，还就茶叶精深加工产品定点生产基地挂牌、产品质量等与八尺山茶厂的负责人进行交流。茶香氤氲中，每个人的茶杯里都续了三四回水，笔记本上记满了要点。

绿春县茶业同人获悉我们明天一早便要前往昆明，纷纷赶来设宴饯行，把酒言欢，以表谢意，秘书长白冰更是盛情要求开车送我们去昆明。

从绿春到昆明，山路蜿蜒，往返至少要两天时间。我们实在不愿给他添麻烦，本打算乘坐网约车前往，可白总坚称自己正好有事要去昆明，并非专程相送。我们心里明白，这不过是他为了让我们安心接受帮助而找的借口罢了。

宴席散时，月光已经爬上了茶山。在回云梯酒店的路边，一株株老树在夜风中轻轻摇曳，仿佛也在为我们送行。

2022 年 9 月 23 日

昨天，我们从绿春县乘车前往昆明。盘山公路两侧的茶树蒙着薄雾，采茶人的斗笠在梯田间时隐时现。下午，我们来到昆明理工大学食品科学与工程学院考察，与学院副院长庄永亮、食品质量与安全专业任教授等进行了交流，为这次的云南之行画下了圆满的句号。

绿春的繁忙行程落下帷幕、昆明的考察顺利结束后，我回到了青岛。飞机刚落地，打开手机，那些熟悉的工作消息便如潮水般涌来。忙碌中的疏忽在所难免。我出了地铁 8 号线，一眼瞥见对面的地铁即将启程，情急之下，我竟误乘了 3 号线。原本预计晚上 7:00 到家的我，直到 8:20 才踏入家门。

今天清晨，我勉强撑着疲惫的身体起床。夫人温柔地劝我，今天就好好躺下休息吧。

说实话，累时真想睡上两天，啥事儿都不用操心，可真要让我休息几天，那句"留给中国足球队的时间不多了"的话不知怎的就在我脑海里又冒了出来，一种无形的紧迫感驱使我紧张又忙碌。就像今天，下班前，我就完成了"玛玉茶"中国茶叶学会团体标准的三个文件，并将它们提交至学校帮扶工作办公室及绿春县农科局办公室，期盼着能早日得到审核回复。

有人说我是执着，有人说我固执，可我自己知道，这份坚持早已超越了职业本身。我之所以这么忘我地工作，是因为早已把自己所从事的工作当成了事业。当你能把一份工作当作事业时，它就不再是简单的谋生手段，而是成为生命的一部分。工作的性质也会发生转变——从被动地被强制要求做事，变成主动朝着明确目标奋进。通俗一点说，这就好比把原本"每天吃喝为了活着"的状态转变成"每天吃喝为了工作"。

年轻的时候，我也曾迷茫过。学这个专业，究竟是为了什么？找一份体面的工作，还是追求更高的职位？直到后来才明白，真正的成就感，不在于你取得了多少成就，而在于你是否找到了那份值得为之奋斗的事业。

专业、职业和事业三者之间究竟是什么关系？如何学好专业？怎样才能学好专业，并将职业成功上升为事业呢？基于自己多年的感悟和体会，我曾给中国海大的研究生们开展过这方面的讲座，没想到效果还挺好。据统计，当时有 3000 多人在线观看。

记得给研究生们讲课时，我曾说过："专业是基石，职业是桥梁，但事业才是归宿。学好专业，是为了打好基础；做好职业，是为了施展才华；而成就事业，是为了找到人生的意义。"

那些年轻的面孔，有的疑惑，有的若有所思。我不知道他们是否真正理解了我的话，但我希望，未来的某一天，当他们也站在人生的十字路口时，能想起这番话，并找到属于自己的方向。

夜深了，窗外的风轻轻拂过，带着一丝凉意。我揉了揉太阳穴，想起绿春的茶山，想起那些为绿春的茶叶产业奔波的日子，心中宁静且充实。是的，累是真的累，但满足也是真的满足。或许，这就是事业的力量吧。它让你在疲惫时仍能坚持，在迷茫时仍能前行。

　　9 月的阳光清朗而明亮，像金色的绸缎洒在校园的每一个角落。昨天，一个好消息传来，让我满心感动。学院教工第二党支部的吴佩伦老师将我在绿春县帮扶的工作，以"一枝一叶总关情"为题制作成微党课作品，在学校 2022 年度微党课大赛中荣获一等奖。

　　8 月份的时候，我们便有了计划，要在本年度讲好一个关于绿春帮扶的故事。这绝非只是单纯的工作安排，而是带着一份使命。我们深知，绿春这片土地上有着太多值得被关注、被铭记的故事。那里的人们，眼神里藏着对美好生活的渴望；那里的山水，承载着帮扶工作的艰辛与希望。我们希望能让更多人了解绿春、关注帮扶工作，让那些默默付出的努力被看见，让那些亟待改变的现状被重视。

　　有一次，我与吴佩伦老师在办公室里讨论了很久。他是个年轻而充满热情的老师，眼神里透着一股子认真劲儿。他不仅深入研究每一个素材，而且与曾经在绿春帮扶的同事们交流，了解每一个细节背后的故事。他拿到我们的素材时告诉我："汪老师，这些帮扶故事非常动人。我会尽全力做好这个作品！"

　　那些日子里，我常看到吴佩伦老师在办公室里忙碌到深夜。我知道，他正在为这个作品付出全部的努力。他告诉我，他会反复斟酌、推敲每一个画面的选取、每一句话的表述，想让这部作品在讲述故事的同时，让观众感受到帮扶工作的温度和力量。

　　终于，这部制作精良、内容丰富的作品呈现在众人眼前。一个个帮扶故事仿佛带着绿春的泥土气息，直抵人心。作品发布后，反响热烈。

许多同事和学生都被打动，来询问我更多关于绿春的故事。那一刻，我知道，我们的努力没有白费。这部作品的获奖，无疑是对学校、学院和团队多年来帮扶工作的肯定。我们那些在绿春度过的日日夜夜，在这一刻得到了回应。

我们所做的一切，都是为了让绿春变得更好，让那里的人过上幸福的生活。而这部作品像一座桥梁，将我们的初心与更多人的心灵相连。希望这部作品所蕴含的教育意义和力量能触动更多人的心灵。

一等奖实至名归，谢谢吴佩伦老师！

2022 年 10 月 4 日

访谈间里，灯光柔和而温暖，照在每个人的脸上。这里是"中国海大文化小客厅"。我作为访谈嘉宾之一，参加了"我是共产党员·我在中国海大这十年"访谈。文学与新闻传播学院研究生胡永春是今天的主持人。

坐在"小客厅"里，我回溯自己过去在脱贫攻坚与乡村振兴路上的点点滴滴，每一个画面都如同电影般在脑海中放映。从初到绿春时的艰辛，到如今看到当地茶业发展的欣慰，这一路的酸甜苦辣，亲身经历过才能体会。来自学校和学院领导的关怀与支持，与同事并肩奋斗的日子，在这条充满挑战的道路上，给予我无尽的温暖和力量。

我把访谈整理成文字，以回望这段历程。

胡永春：汪老师您好！2013 年 11 月 3 日，习近平总书记到湖南省湘西州花垣县十八洞村考察，在这里他首次提出"精准扶贫"。2021 年 2 月，历经八年的脱贫攻坚战取得全面胜利。咱们中国海大 2020 年初加入教育部直属高校定点扶贫工作，定点帮扶云南省绿春县。

我们知道汪老师一直倾心扶贫和乡村振兴事业，也参与了学校定点帮扶绿春县工作，捐赠专利，并帮助绿春县开发推广了"东仰云海"系列高香白茶。从脱贫攻坚到乡村振兴，想请您先谈谈工作感受，并分享一下在这过程中印象深刻的故事。

汪东风：谢谢"中国海大文化小客厅"给我这个机会，也感谢主持人小胡同学把大家想了解的我在绿春三年脱贫帮扶的情况用这种方式提供给大家。2020年4月15日，我校"两办"副主任马宇虹请我进行茶叶生产培训资料和线上培训班讲课准备。在信息这么发达的今天，如果还单纯靠开会和发资料培训贫困地区的同胞，而且还是线上，不能面对面交流，那么其帮扶效果较难达到。我根据多年前在大别山进行茶叶专项脱贫的切身体会，认为需要精准立项式帮扶。那时，学校"两办"周珊珊主任、驻绿春县干部曹主任都担心我：其一，汪老师年岁大，又经历过两次车祸，眼残六级，脚残九级；其二，当时青岛市新冠疫情防控形势也不适合出差。但我认为教育部指定咱中国海大定点帮扶绿春县，就要精准帮扶，做出实

中国海大文化小客厅

绩。所以，我还是坚持在新冠疫情控制形势好转后，利用 5 月 2 日假期去云南考察。学院辛书记不放心我一人去，亲自陪我深入绿春县山区，实地考察茶园管理、车间加工、茶叶品质和营销收入等情况。当初对绿春的茶业现状了解不多，路途又远，很是辛苦，更重要的是到企业考察时，人家还不待见咱，毕竟之前去考察指导的专家肯定不少，但真正解决问题的不多。他们还处在贫困中，对我们不感兴趣。再加上，中国海大无茶叶专业，不少人认为，中国海大的专家也就是理论家。我只好请我在云南省茶叶研究所当领导的茶叶专家学生来"站台"，在茶厂，我亲手做出样品，与他们做的比较之后，他们才知道汪教授是有水平的，是想来帮助指导的。这才让我了解了一些情况。过去三年的实践证明，当初确定的精准帮扶项目完全正确。现在，企业对我们的态度大转变，都争着到昆明接送机，来回要两天，他们也不在乎。这说明茶农最实在，欢迎能真正解决问题的实用技术。

在帮扶的三年中，我感受最深的是：在中国海大能下基层亲自指导茶叶生产、解决实际问题的可能就我一人，但身后有无数人在支持我、鼓励我。因为年龄和身体原因，加之边境山区信号不好，交通也不方便，校领导以及县领导时刻都关心着我的身体状况。由于脱贫帮扶工作就是将现有技术结合当地实际进行应用，发不了 SCI 论文，也申请不了国家基金，所以研究生和年轻教师积极性不高。为此，王剑敏副校长授权我，"你可以告诉他们，凡参与帮扶工作的老师和研究生，可根据帮扶业绩给予倾斜"。这次我们到绿春山区帮扶，就请了食品学院的汪明明老师帮忙，好在有他的帮助，否则很难进行，因为当时正赶上洪水、泥石流、滑坡频发，还上了新闻。我们被困在深山中，信号又不好，王剑敏副校长等校领导及县领导都十分关心，多次询问我们的安全情况、生活情况。这让我真切感受到，有强大的单位和热心的领导支持、关心我们，真好！

帮扶工作感受很多，由于时间关系，就不在此介绍了。如果大家想知道脱贫及帮扶过程的详细情况，我正在整理我的"帮扶日记"，感兴趣的可后期继续了解。

胡永春：汪老师，您 2001 年来到中国海大，到现在已经 20 多年了。在许多新闻报道中，您的故事和精神深深感动和影响着我。最近这十年，您对取得的诸多成就有何感受？与我们分享分享呗！

汪东风：2009 年，学院有两个项目获得省教学成果三等奖。2014 年，我们将近五年的成果进行了整合，集体申报，结果获一项省级一等奖和一项国家级二等奖。2018 年，我又牵头整合食品科学与工程教师团队业绩，获首届黄大年式教师团队荣誉。不管是教学成果，还是黄大年式教师团队，都是集体荣誉，也是大家合作教学和科研的结果，我只是牵头总结，但领导、同事们给予我很多鼓励和荣誉。

从这些经历中，我有很多感触，简单用三个"时刻"来总结吧！

"时刻清楚"——单位就像一艘航船，是大家到胜利彼岸的依托。我们必须齐心协力让它稳定前进。单位也是大家展示才华的舞台。为单位争荣誉，就是为自己争利益。

"时刻不忘"——如果不能为单位添光彩，也一定不能给单位抹黑。

"时刻想到"——单位能为大家的成功提供基础和保障，也是大家实现价值、干出一番事业的舞台。

胡永春：我还记得，2021 年 2 月 25 日，习近平总书记在全国脱贫攻坚总结表彰大会上宣布：中国脱贫攻坚战取得了全面胜利。当时我内心一股自豪感油然而生。我也曾下乡支教，知道这对于很多老百姓来说意味着什么。我特别想问一下汪老师，您从 20 世纪 80 年代便开始在大别山指导茶叶生产加工、成果转化，到新时代参与国家脱贫攻坚、乡村振兴事业，时代变化对您的科教事业最直接的影响是什么？时代变化让您对个人或学校有何期待？

汪东风：时代的变化对我们科教事业的发展来说，既是机遇也是挑战。面临着时代的变化，就个人来说，一要坚持勤奋，二要保持创新，也就是要"不忘初心、砥砺前行"。对单位来说，面对日益激烈的时代竞争，一方面要调动全员的积极性，另一方面要集中优势资源解决行业前瞻性难题。作为一名老教师，我希望保持并不断发扬光大"中国海大人上下齐心、团结一致的团队精神"，做强、做大中国海大。

2022 年 11 月 11 日

今天，终于长舒一口气，我把"富含茶多糖紧压茶"国家级团体标准在各专家的建议基础上进行了完善，发给安徽农业大学王同和教授做最后的确认。

这些日子，每天都被忙碌和期待填满。为了国家级团体标准的确定，我分别与绿春县的工作人员、安徽农业大学王同和教授、国家茶叶流通协会秘书张瑜老师等联系。隔着屏幕，我反复筛选绿春县产的代表性茶饼，并与王教授及中国茶叶流通协会的领导沟通，最后总算把"富含茶多糖茶饼"国家级团体标准的终稿确定下来。

如果这个标准能顺利发布，明年就要推广实施"富含茶多糖茶饼"和"高香白茶"这两个标准了。作为茶叶精准帮扶专项负责人，我的初心和希望是，以绿春县的"高香白茶"和"富含茶多糖茶饼"开发为突破口，大量生产，让它们成为拉起绿春县及红河州这艘"船"的风帆，让乡亲们向着致富奔小康的大海航行。

邮件发送成功的提示音响起，我长舒一口气，有一丝疲惫，更多的是释然。

看着手边的晓阳春茶叶盒，我的思绪飘回到上个月。原本，我要前往合肥工业大学，为食品与生物工程学院完善本科生教学成果奖的申报材料，还要给青年教师们作一场关于"四有"好教师的讲座。那是我一直期待的行程，准备了许久的资料，然而，疫情形势的突然严峻，让一切计划戛然而止。我赶紧把行程改到了青岛晓阳春有机茶有限公司，和中国茶叶流通协会副会长匡新约好了时间，想着就绿春县"高香白茶"和"富含茶多糖茶饼"国家级团体标准再好好聊一下。

匡会长是个风趣的人，见面就打趣我，说我心里可真是装着绿春的茶叶啊！我这从不轻易求人的大教授，都已经第 N 次请他向王庆会长推荐了。

匡会长了解我，这可不是为了我个人，这是为了绿春的茶叶，为了那里的茶农。这两个标准，虽然有点广告推荐的意思，但真的对绿春茶叶产业意义重大。我确实希望王庆主委能本着帮扶和鼓励的目的，尽快审核批准这两个标准。

不过匡会长提醒我，现在最大的问题还是因为疫情防控，专家没办法到现场考察评审茶叶品质。如果不修改标准的名字，删除"高香"和"富含"，想要通过审核，真的不容易。

匡会长说得对，我心里也发愁，但不甘心放弃。我退休了本可以享享清福，可一想到绿春的茶叶，一想到身上的责任，就坐不住。我想为绿春制定高标准，让茶农们按照高标准生产茶叶，把真正的好茶分享给全国的饮茶消费者。

"老教授为了绿春茶叶发展，求人就求人吧！"我在心里默默地说。

绿春，这片被群山环抱的土地，有着得天独厚的自然条件，孕育出了优质的茶叶。然而，它地处偏远，交通不便，信息闭塞。这些都成了横亘在它面前的重重阻碍。疫情的暴发更是雪上加霜，让原本就艰难的沟通变得更加困难。而且，绿春当地没有专业的茶叶技术员，技术难推广实施，制备茶叶样品也变得特别棘手；干部又多是到贫困地区锻炼的，人员不稳定，工作开展起来难上加难。每当想到这些，我会深深地叹气，但从未想过放弃，就像一本书中写的："责任之大，我深知之；任务之艰，我深明之；前景光明，我深盼之！"哪怕前路荆棘密布，我也要披荆斩棘，一步一个脚印地前行。

我是农村出来的，和爱人现在都是教授、博导，在青岛工作顺心，每天想吃什么都能买到。可我每次到绿春，看到那些生活在大山深处的农民，感触就很深。他们有的一辈子甚至连大山都没走出去过，对外面的世界，既有些恐惧，又满怀希冀。他们也知道一辈子待在山里永远都没出路，但年纪大了，没有勇气出去闯荡了，所以希望下一代能走出大山，于是他们就将孩子送出去读书，住在山村的争取送到乡里，住在乡镇的争取送到县里，希望孩子能够读书，将来走出大山。这是他们最大的愿望。可要实现他们的希望就需要钱！

一名教授的社会担当和责任到底是什么？我的成长得益于党和政府的关爱。人不能忘本，得牢记使命，肩负起自己的担当，让社会的恩惠和个人的担当代代传递，社会肯定会越来越好，家园也会越来越美，每个人自然也能越过越幸福。这是个宏大的问题，做起来也特别难，但我觉得，不如做些力所能及的事。教育部确定我校帮扶绿春县，我们目标是五年内，实现绿春县茶产业标准化、品牌化和高值化，茶叶产值由帮扶前的约 3.0 亿元增长到约 7 亿元，综合产值约达 25 亿元的计划。要完成这些并不简单，背后是绿春茶农的希望，也是我们努力的目标。虽然还有很长的路要走，但只要接着加油干，肯定能把帮扶工作做得更出色，让绿春的茶叶产业越发展越好。这样一来，就可以让这个边疆少数民族县的乡亲们过上小康生活了，让祖祖辈辈居住在山区的农民进出大山不再困难。

在绿春

　　我深知，想要实现产业精准帮扶，就得攻克产品标准、品牌引领、技术保证和人才保障这些核心难点。

　　产品标准，这是茶叶走向市场的第一道门槛。没有统一的标准，茶叶的质量参差不齐，怎么可能在市场上立足？

　　品牌引领，这是茶叶走向全国的关键一步。没有响亮的品牌，再好的茶叶也只能"困在深山无人识"。

　　技术保证，这是茶叶品质的核心支撑。没有专业的技术指导，茶农们只能凭借经验种植和加工，怎么可能保证茶叶的品质？

　　人才保障，这是茶叶产业可持续发展的根本。没有专业的人才，再好的产业也只能是一时的繁荣。只有把这些难点一一解决，帮实做实，才能真正实现乡村振兴。

　　我有一个乡村振兴梦。这个乡村振兴梦，就是让农业成为有奔头的产业，让务农成为有吸引力的职业，让农村成为安居乐业的乐园，吸引那些外出打工的创业者返乡，过上更好的生活。每次想到这里，我的心里就像被什么点燃了，满是希望和力量。还记得 2021 年 10 月在学校的帮扶工作会议上，我曾承诺，要通过产业帮扶实现乡村振兴梦，得到领导的肯定和农民的点赞，是我一直以来坚守的动力。

言必行，诺必践，行必果。

2022 年 11 月 26 日

前天，我们去看了位于青岛西海岸新区的新房子。其中有一套 140 多平方米的房子，宽敞的空间和明亮的采光让人一见倾心。站在窗前，看着窗外的蓝天白云，我有了一个奇妙的想法：如果把这房子改成云南省红河农特产体验馆，会是怎样一番景象呢？特制的展示架上，可以放些绿春茶叶、红河米线、竹编工艺品、菌菇……顾客不仅能直观地看到这些产品，还能现场品尝，感受红河州大地的独特魅力。他们选好心仪的商品后，只需要点击几下，就能在网上下单。这样的体验馆，不仅能让更多人了解红河州的好特产，还能为贫困山区的脱贫攻坚事业添砖加瓦，尤其是交通闭塞的绿春县。

今天，我们来到西海岸校区教师公寓选房，最后选了 8 号楼西户 102 室，138 平方米，还是一楼。选一楼是想着以后用处多点，比如开个茶叶工作室，或者弄个茶室。把房子定下来，我又有了新想法，拨通窦世强教授的电话后，我说出了自己的请求："窦教授，我想请您创作一幅画，画面是我辅导研究生的场景，再配上'人在草木间，身倚大珠山''无我无求，有我有茶'这两句话。"窦教授觉得我这想法妙哉妙哉，回复我择时间到学校尽力完成。

但很快，我又觉得哪儿不对。图与文的搭配，似乎少了几分浑然天成。我又约云南的书法家操明先生写了两幅字——"以茶培德　立德育

请昆明书法家操明先生赐墨宝两幅以光茶室

人"和"飘香"。前者表达以茶德明心志，立师德育人才；后者则寓意着在绿春研发的高香白茶香飘四海。

以后在茶室里挂上这幅字画，于袅袅茶香中静赏，那日子，一定惬意得很。想起窦教授那句"妙哉妙哉"，我的嘴角不禁露出微笑。是啊，人生不就是这样吗？在平凡的日子里，寻找一份属于自己的"妙"，在忙碌与奔波中，不忘一份初心与热爱。想来，无论是红河农特产体验馆，还是这个小小的茶室，都是我践行初心的承载。

2022 年 12 月 30 日

今天，阳光格外明媚，像是为一个值得纪念的时刻而欢呼。中国茶叶流通协会正式发布了"富含茶多糖紧压茶"团体标准（T/CTMA 054—2022）！这个标准连同"高香白茶"团体标准（T/CTMA 048—2022），从立项、起草，再到征求意见和技术审查，前前后后历经了一年半多，真是不易！

富含茶多糖紧压茶团体标准

这两个标准里，"高香"和"富含"是带有宣传性质的字眼，在专家技术审查时争议较大。有些专家特别严谨，要求必须有茶叶样品感官评审统计证据才行。可那时候正赶上疫情，我们没有办法赶到绿春县。我只能把平时请相关专家对绿春县茶叶的评价微信截图整理出来，再让绿春县相关茶企寄送样品，请相关技术专家品鉴。

说到这儿还有个小插曲。我请绿春县茶叶办公室先把要提供的茶叶评审一下，选出好的寄给专家。谁知道，办公室领导可能不太清楚哪家的茶叶好，直接把五家企业的茶叶全寄出去了。专家们收到茶样后有点惊讶，纷纷问我，这是要评比五家茶叶呢，还是单纯说明标准术语与样品描述情况呢？专家们甚至还让我评审后选一家出来。我只能跟他们解释，我压根就没收到茶样。可专家们还不太相信，毕竟在他们看来，这事儿有点不合常理。不过，这确实是真的。我一直都坚持原则，从不要求企业寄茶叶给我。要是企业非要寄茶给我喝，也得先收下我的微信转账之后才肯让他们寄。

现在中国茶叶流通协会团体标准终于发布了，压在心头的一块大石头落了地。这是绿春茶叶产业发展的一个新起点，后面还有更多的工作去做，要让这些标准真正在绿春落地生根才行。

夜色渐深，书房里的台灯在案头投下温暖的光晕。灯光下，绿春县农科局的新局长简红发来的两个"东仰云海"LOGO 设计方案格外醒目。

绿春县农科局又换局长了。仔细回想，这好像是四年来，第一次有新局长在到任后主动联系我。

从 2020 年到现在，我已经经历了五任局长。有一位局长同我去乡镇调研过一次茶叶，也有一位局长在他办公室就帮扶经费购置相关设备开过一次会，讨论得热热闹闹，虽说落地效果还需要时间来验证，好在最后形成了决议，有指导未来工作的作用。

我们不远千里来绿春，就是为了这片土地上茶产业的可持续发展，真希望能真正做到坐下来和我们好好聊聊茶叶发展的领导越来越多。

现实情况是，在不少地方，一些到偏远及相对贫困县任职的领导似乎只是把那里当作一个过渡和锻炼的地方。刚到任时，各项规划制订得相当有吸引力，但很多规划只停留在纸面上。他们往往干一两年就被调走了。这也难怪呀！毕竟这些领导的家大多在州上或其他市县，而这个年龄的人，上有老、下有小，长期在异地工作，确实难以兼顾。但是，乡村振兴是一项长期而艰巨的任务，需要稳定的领导班子和持续的政策推动。习近平总书记在今年中央农村工作会议上指出，要坚持党领导"三农"工作原则不动摇，健全领导体制和工作机制，为加快建设农业强国提供坚强保证。希望以后能有更完善的机制吧，既能让领导干部安心在贫困地区工作，施展拳脚，又能保障他们的家庭需求，让乡村振兴的各项政策能够得到有效执行，让贫困地区真正实现发展，让老百姓过上好日子。

我收到简局长的消息后，我心里燃起了新的希望，赶紧回了信：

简局长：您好！

我向您报到了。我的手机号是 138××××××××。您随时可以电话联系。关于"东仰云海"LOGO 有两点建议：其一是英文不对。建议或不要，或拼音。其二是后一 LOGO 下部分的叶子不像茶树鲜叶，在图中比重也较大，建议完善之，或选择第一个（左图）。

下月在绿春见。

乡村振兴就像一杯好茶，急不得，也慢不得，要的就是恰到好处的火候与耐心。相信，这份耐心终究会等到回甘的时刻。

东仰云海 LOGO

"我对同学们说，套用中国足球解说员常说那句'留给中国队的时间不多了'，留给老汪的能到绿春县帮扶的日子也不多了。"

2023 年 2 月 25 日

昨日午后两点整，2023 年度学校定点帮扶工作会议准时召开，王剑敏副校长主持会议。

会议室内，校办公室、党委组织部、党委宣传部、工会、后勤保障处等单位的同志们陆续落座，大家的眼神中既有责任，也有期待。按照惯例，中国海大每年召开两次帮扶工作会议，一次在新年伊始，一次在岁末。这次会议正是新年伊始的这一次。

2023 年是全面贯彻落实党的二十大精神的开局之年，也是巩固拓展脱贫攻坚成果同乡村振兴有效衔接的关键之年。王校长强调了今年帮扶计划的重点，要求做到"应绿春所需、尽学校所能"，围绕推进绿春县"一县一业"发展，持续推进茶专项建设工作。他微笑着示意我发言，我将近期在绿春的工作情况——汇报，除汇报了去年的帮扶工作情况外，还提到了茶园的发展、茶农的期盼，也提到部分茶园存在农药残留的隐患和技术人才的匮乏。发言结束后，王校长轻轻点头，对我说后面的会议内容与我关系不大，我的时间宝贵，可以先离场，不必耽搁。他知道我们这些老教授的情况，时间上能省一点是一点。校领导如此体谅和关心老师，真是让我深深感动、无比感激！

校长平日里总是忙得连轴转，却能在这细微之处为我这样的老同志着想，这份体恤与关怀像一杯温热的茶，暖了人心，也让我对学校的帮扶工作更多了一份使命感。领导如此关怀，我们还有什么理由不尽力呢？我心中默念着，脚步不自觉地加快了几分。回到办公室，我翻开笔记本，绿春的茶园、茶农的笑脸再次浮现在眼前。得抓紧把今年的帮扶计划写出来，农药残留无死角检测的事要落实，技术培训也得继续安排上……

2023 年 3 月 2 日

　　飞机掠过秦岭，舷窗外的山峦如黛。我们昨天到达西安咸阳国际机场时，夕阳正好，橘红色的光铺满了半边天。我和马主任的这次出差是应校定点帮扶办公室主任的安排，前往西安参加教育部直属高校服务乡村振兴培训班。

　　去年是高校定点帮扶路走过的第十年。今年教育部直属高校服务乡村振兴培训班的举办，目的就在于贯彻落实党中央、国务院关于全面推进乡村振兴战略的决策部署，总结、交流、推广 75 所教育部直属高校服务乡村振兴的工作成效、创新经验和成功范例，真是"春华秋实正当时"！每一所学校都在集聚特色学科优势、科技优势，与定点帮扶县发展需求紧密结合，携手推动帮扶县实现乡村振兴。我们有幸参会，不仅可以带着中国海大的经验和兄弟高校分享，也正好可以学习和借鉴兄弟高校的案例和模式，看看有没有可能在原有帮扶模式的基础上拓展新领域。

　　西北大学食品科学与工程学院一直邀请我就课程教材一体化建设谈谈建议，所以我昨天专程到西北大学去作报告。原想一上午就能返回培训班会场，但没想到下午不仅有交流活动，还有实地考察，就这样，我在西北大学多待了半天。好在，马主任一直参会，不会耽误与兄弟高校的交流。

　　西北大学食品科学与工程学院仅成立七年，处处透着朝气。在学校支持下，院长岳田利教授通过校内人员调动、校外人才引进，使学院教师队伍发展很快。我听后心里也替他高兴——领导有干劲儿，学院才有希望。我去学校时，岳院长在学院门口迎接，他笑声爽朗，说："汪教授您终于来了！我们学院成立时间短，特别需要您这样的专家指导。""岳院长太客气了，"我对他说，"能来交流是我的荣幸。"他带我们参观实验室时，如数家珍地介绍着每台设备的来历，说到人才引进时的艰难与突破，语气里满是自豪。他十分热情，邀请我在学院多待些时间。可是第二天的培训班我还有发言任务，所以我们相约下一次一定多留些时间交流。

今天上午，马主任和我一起反复打磨、完善 PPT。她提醒我，本次会议会严格控制发言时间，请我注意一下时间问题；再就是，建议字体不要设置得太小，后排的参会者可能会看得比较吃力。她又建议我在第二页加上学术履历，这样能让参会者更了解我的研究背景。我笑着摇头，向马主任解释道："我不愿意在 PPT 中加入个人简介，是因为我更希望大家关注的是我分享的内容，而不是我个人的成就。"不过，最后我采纳了

与马主任参加教育部直属高校服务乡村培训班

在培训班上评介绿春县茶叶产业帮扶专项工作进展

马主任的另一个建议——在结束页加上了电话。万一有人想交流一下，也好联系。

终于到了我发言的时候，会议室里坐满了参会人员。我站在讲台上，深吸一口气，有条不紊地开始了我的汇报。当汇报接近尾声时，我真诚地说道："如果大家有白茶技术方面的需求，或者想品鉴高香白茶，都可以给我打电话。"话音刚落，台下的掌声如潮水般涌起，热烈而持久。

我没有急着离开讲台，而是鞠了一躬，动作虽慢，却严肃而庄重。

2023 年 3 月 4 日

下午三时，绿春县政府会议室。

绿春县"一县一业"茶产业发展座谈会举行。何阳书记坐在会议桌主位，县四大班子的主要领导整齐落座。作为长期关注并投身绿春茶叶产业发展的一员，我在会议上说了一些心里话。

过去四年，我九次来到绿春，对这片土地怀有深厚的感情，早已将绿春茶业发展视为自己的事业。这里茶树生长环境得天独厚，近 16 万人指望靠茶致富，但目前茶叶产业发展滞后、收益低，让我非常着急。有人说我平常说话直、做事急，若之前言语有"冒犯"之处，借此机会向大家说一声"对不起"。我想就绿春茶业发展谈谈看法。先看茶叶产业发展前景，这里的茶业发展前景其实是非常光明的，茶农靠茶致富指日可待。咱县大黑山乡茶叶每亩产值达 5000 元以上，如果全县能学习并落实大黑山乡的成功经验，实现同等亩产值，那么全县茶叶的直接收益就可达 12 亿元，综合效益能突破 30 亿元。再看咱县六家示范企业的高香白茶，2022 年春茶增值 25% ~ 40%，均价 160 元 / 千克。若在全县推广 1/4，那么全县茶叶直接收益可达 10 亿元。

那如何才能推动茶叶产业发展，实现可持续性增值呢？我在会上提出了六点建议。

第一，当下要扎实落实三个新产品质量标准和一个茶园管理标准，同时抓紧开展技术培训。只有严格按照标准种植、加工，提升茶叶品质，绿春茶叶才能在市场上站稳脚跟。

第二，大力开展茶叶精深加工，建设压饼精制厂，结束各企业去昆明加工费时费力的现状。以公共区域品牌为全县代加工，降低成本，提高效率，还能统一品质标准。

第三，积极开展紧压茶功能研究，申报保健食品。这既能提升产品附加值，也能开拓新的消费市场。

第四，当前绿春茶叶品牌分散，难以形成合力。应整合品牌资源，集中力量打造公共区域品牌，提升绿春茶叶的整体知名度和市场竞争力。

第五，建设茶叶体验馆，让消费者沉浸式感受绿春茶叶的魅力；利用互联网平台发展线上销售，拓宽销售渠道。

第六，我多次提议设立茶叶产业发展特聘岗位，可目前 25 万亩茶园竟无一名茶叶产业发展专门干部。这太不正常了！希望领导深入分析人才留不住的原因，有针对性地设置岗位。我去年就建议县里派一位农科局技术干部跟我学习。算起来，我每年都会多次到企业指导，那么多次的讲解和演示足够培养出专业人才了。

会后，县委何书记亲自将农科局职工裴鑫介绍给我："这是裴鑫，浙大硕士，以后就跟着您好好学！"书记的话语里满是信任与托付。裴鑫的眼神很干净，带着年轻人特有的那种热忱，让我想起自己刚毕业时的模样。握手时，我能感觉到他手心微微发潮，想必是有些紧张。我特意放慢了语速，说些欢迎的话，想让他放松些。

晚上我就加上了小裴的微信，还在电话里向他交代了跟我到企业的前期准备工作及相关要求。挂断电话后，我站在窗前，望着绿春县城的万家灯火。茶农们期盼的眼神、何书记郑重的嘱托、裴鑫青涩的面容在脑海中闪过，我思索着，什么是真正的意义——应该不仅仅是知识与技术的传授，也是与这片土地、这些人共同成长的过程吧。

2023 年 3 月 5 日

晨起时，哀牢山的雾气还未散尽。一推开窗，湿润的茶香混着泥土气息扑面而来。这是绿春特有的味道。

今天上午，我同汪明明博士会就富含茶多糖普洱茶的香气提高问题，与哀牢山茶叶公司的相关人员探讨。我们跟着国家级黑茶"制茶能手"张总走进厂房。宽敞的车间里，工人们正在忙碌地处理着刚采摘下来的茶叶。我随手抓起一把茶叶，放在鼻尖轻嗅，眉头微微皱起。茶多糖提取工艺的稳定性问题，看来还得再琢磨一下。走进实验室，我卷起袖子，检查茶叶样品和设备等，不时给出专业而具体的建议。

纪念茶样的制备，也是我特别想跟张总商量的。言谈间，我拜托他按照青岛山海志合文化艺术产业有限公司设计公司老总李桂荣的设计需要，亲自加工纪念茶样或亲自指导纪念茶样的制备，毕竟此次纪念茶样意义非凡。

在我的设计中，廿年金瓜茶，净重 20 斤，因"斤"与"金"同音，又与"庆"谐音，正好以此祝贺中国海大食品科学与工程学院廿年院庆。这茶一定要选用云南哀牢山优质晒青原料，依据我发明的"富含茶多糖紧压茶"专利技术和中国茶叶流通协会团体标准（T/CTMA 054—2022）制作，最后由张总手工压制。

11：30要与绿春县何阳书记会面，所以我们不得不早走一步，临走前又叮嘱张总，这款茶不仅要有好的外形，更要突出茶多糖含量和香气特点，它得代表绿春茶叶的最高水平。张总痛快地答应了。（补记：张总解释建厂伊始特别忙，且需要特制设备制作，所以最终未完成茶样制作。我后来见张总多次，未再提及）

离开茶厂，我们驱车返回县城。车窗外茶园连绵起伏，翠绿的茶树在阳光下闪烁光芒。蜿蜒的山路上，我在脑海中梳理着要向何书记汇报的内容。到了县政府大楼，我快步走向会议室，推开门时，何书记已经等在那里了。

"汪老师，路上辛苦了。"何阳书记起身相迎，笑容亲切。他说由于我昨天发言有所保留，很多问题只是点到为止，所以希望我今天详细阐述。实际上，很多建议我已多次提出，希望这次能够引起领导足够的重视，为绿春茶产业的发展提供有益参考。

一是，针对县农科局等与茶叶产业相关的单位，县委组织部应开展线上和线下的"我为绿春茶产业做贡献调研"。在其位就要谋其政，否则应考虑减编减岗。

二是，设立茶叶产业发展特聘岗位，招聘能干事创业的技术人员。鉴于事业编收入低于公务员这一现状短期内难以改变，可以通过灵活的激励机制，让在茶叶产业领域表现出色的人员获得与其付出相匹配的收入，从而激发人才的积极性和创造力。

谈到特聘岗位的设想时，何书记眉头微蹙。我虽理解他的难处，但茶叶产业要发展，人才是关键。这些年，我见过太多好苗子因为待遇问题离开了，实在可惜。

人才是事业发展的生命线之一，而另一条生命线是食品安全。目前茶园分散，管理监控难度大，难以确保农药按要求使用，因此建立农药销售备案制度很有必要。

"还应建立茶叶生产销售工作指导站，加强在线指导……"我汇报得越来越深入，从人才培养到品牌建设，从标准化生产到市场推广。何书记不时提出实际问题，我则给出专业而具体的建议。

时间过得飞快，转眼就到了下午"绿春茶叶深加工技术"培训会的时间。会议室里已经坐满了人，除了高县长、陈副局长等，还有各企业的负责人。特别值得一提的是，临沧市茶叶研究院的李崇兴院长也专程赶来参加。

培训会开始后，我首先介绍了绿春茶叶产业发展的优势和不足，然后重点讲解了茶叶深加工技术。我尽量语言平实，把复杂的工艺原理讲得通俗易懂。台下听众频频点头。

李院长能够出席特别难得，所以我邀请他为我们指点一二。他结合云南省茶叶产业情况，详细介绍了茶叶生产中应注意的关键问题。最后，李院长再次对绿春县高质量的高香白茶赞不绝口，并对各位企业老总说："致富了可不要忘记提供发明专利技术的汪老师。喝水可不能忘了挖井人！"会场里爆发出一阵笑声和热烈的掌声。我不好意思地摆摆手，脸上露出欣慰的笑容。其实该说吃水不忘挖井人的人是我，能在这片土地上做些实事，是我人生一大幸事。

培训会接近尾声时，中国海大元素"代言人及使用人"李桂荣上台发言。他介绍了此次来绿春的目的以及与企业交流的情况，表示一定会全力支持绿春茶叶的推广工作，力争从青岛到山东，再到全国，要让更多人知道绿春茶、爱上绿春茶！这是李总对中国海大在绿春帮扶工作的最大支持。谢谢！

走出会议室，夕阳已经西沉。我站在县政府大楼前，望着远处起伏的茶山。如今，绿春县茶叶产品的质量标准有了，公用商标也有了。接下来，关键在于严格落实标准，不断提高产品质量，通过有效的市场推广，做大做强公用商标，提升绿春茶叶的知名度，让绿春茶在乡村振兴的道路上发挥更大的作用。改变不会一蹴而就，但只要坚持下去，绿春的茶叶产业一定会越来越好，茶农们的日子也会越来越红火。

暮色中已有星星闪烁。明天，又将是一个为绿春茶叶产业发展奔波的日子。

2023 年 3 月 7 日

昨天可把我累得够呛！早上 8：30，我们就踏上行程，一路颠簸，赶到牛孔镇。

车子刚驶入牛孔镇，我就看到一个身影站在路边冲我们招手。正是学校驻村第一书记胡博凯！曹少鹏和李文庆圆满结束了为期两年的挂职帮扶任务，如今，学校又将优秀的青年干部高翔与胡博凯选派到绿春，接过了这根承载着使命的接力棒，继续奉献"海大力量"。

山路颠簸

一见到他，我便关心地询问他的工作和生活状况，还有茶叶生产的进展情况。茶叶产业关系着乡亲们的生计，马虎不得。他告诉我，自从上次我去指导过，镇上的茶叶加工水平突飞猛进。我听着高兴，但更想亲眼看看。我俩商量好，他带我们去几家茶企转转，看看能不能帮着出出主意、指导一下生产。

从牛孔镇出来，我们直奔大黑山乡。因在前天的会议上，我提到大黑山乡茶叶生产是全县的标杆，建议全县茶企学习，所以县委何书记特别重视，就安排了相关乡镇领导到大黑山乡观摩学习。

当车子驶入大黑山乡时，乡政府门口已经聚集了很多各乡镇前来学习的干部。我整理了一下衬衫，精神抖擞地走下车。我对大家说，这里的有机茶转型、生态建设和茶叶加工品质都走在全县前列，今天我们就实地学习他们的先进经验。在大黑山乡磨盘山茶厂的加工车间，我拿起刚出炉的玛玉茶烘青，仔细品鉴后赞叹，这品质完全可以媲美江浙名茶，带头买了1000元的茶叶。

茶厂李总连忙摆手，说我是他们的贵客，这些茶叶送给我品尝。我态度坚决地拒绝了——我是教了一辈子茶叶生产的老师，最清楚茶农的辛苦。我告诉李总，要是他不收钱，我就不要茶了，在这里选购茶叶是方便宣传，也是回单位后分给同事们尝尝。来绿春多次，好多企业都知道我的习惯，不收钱的茶叶我坚决不要。

从大黑山乡出来，又是四个多小时的车程。车子在暮色中穿行，我再也支撑不住，靠在座椅上沉沉睡去。

"汪老师！汪老师？"高翔副县长轻声的呼唤将我从睡梦中叫醒。我迷迷糊糊地睁开眼，脑袋还是昏昏沉沉的，发现已经到目的地了。高县长后来还打趣我，说我睡得可香了。

我不好意思地笑笑，拖着疲惫的身体走进宾馆。高翔副县长知道我睡眠很浅，特意给我安排了最安静的房间。可到了夜深人静的时候，不知道从哪儿传来的嘈杂声，清晨又有洗漱放水的声音，让我一夜都没合眼。

今天一早，我就顶着黑眼圈起床了，打起精神，紧赶慢赶到了悠仰茶业有限公司、玛玉茶厂和双财茶厂，指导茶叶生产。走进这些茶厂，看到多数茶厂在茶叶加工技术上有了很大进步，我是打心底里感到高兴。更让人欣慰的是，乡领导和企业负责人都特别热情，盼着我能在企业多留些时间，多给他们一些指导。

中午简单扒拉了几口饭，我们一行人又赶往彤瑞茶叶有限公司和讯来茶叶有限公司。四个多小时的山路颠得我头晕目眩，但一走进茶厂，看到工人们期待的眼神，我立刻打起精神，开始细致地检查每一道工序。天色渐暗，走访完最后一家茶厂时，我已经累得说不出话来。

晚上得早点休息，好好补补能量，恢复体力。明天还有企业等着我去指导，还有很多工作要做呢。

在茶园指导生产

昨天上午，应大水沟乡政府的邀请，我们特地来到大水沟乡茶叶初制所指导。这个 2021 年建成投产的茶叶初制所，去年我还来做过技术培训，如鲜叶采摘的标准，进厂如何摊放，红茶、绿茶的制作技术要求，还有白茶加工示范等，如今却是一片混乱景象。

之前李乡长跟我约好上午到厂，可我们到了之后，却不见人。我叹了口气，走进厂房。地面上摊放着昨天采摘的鲜叶，大小不一，部分已经发红，下面还积着水。我蹲下身，轻轻拨开茶叶，手指沾上了黏腻的汁液。

多好的原料啊……采摘不合理，摊放不及时，加工不达标，最后只能低价贱卖。一斤优质茶叶能卖上百元，现在这样处理，连十几元都卖不到。原料就这么白白浪费了！我不知苦口婆心地讲了多少次，可他们还是这么"任性"，唉！

离开大水沟乡时已近中午，我们去了牛孔镇，因为大前天就和学校派驻的胡书记约定好要来指导茶叶生产工作。牛孔镇有 3.7 万亩茶园、3.6 万人口，但一直是"户户种茶、家家冒烟"，没有在县里有点名气的茶产品，所以无法找到能起到示范作用的企业。李涛镇长和我交流过，去年 6 月新建的绿春鑫普生态茶叶厂投入了 300 万元帮扶资金，是改变这一局面的希望所在。

车子驶入茶厂时，我眼前一亮。在"地无三尺平"的绿春，这个绿春鑫普生态茶叶厂竟有如此平整开阔的厂区，实属难得。

茶厂施说进老总是个中年汉子，皮肤黝黑。他在外做生意赚了些钱，看到绿春茶叶有发展前景，便返乡创业，投资 80 多万元购置设备。然而，因为没人指导，规划和设备选型都不太合理。参观完车间，我们一行人又去看了施总流转及购置的 100 亩茶园。

老茶树长势衰弱，产量低下，有些已经半死不活。我告诉他，这些茶树大多是 20 世纪六七十年代种的，早该更新了。要么台刈复壮，要么重新种植，否则产量上不去，还占用了茶园。

施总问我："台刈是啥意思？"我这才意识到，这位回乡创业的老板对茶叶知识几乎一无所知。我一口气给他推荐了三本专业书——《茶树栽培学》《茶叶加工学》《茶叶审评》，让他先把这三本书读透，若有不懂的可以随时打电话问我。我还跟他半开玩笑地说，明年见面时可要考考他。

施总郑重地说："您放心，我一定好好学习！"

夕阳西下时，我们才结束了对绿春鑫普生态茶叶厂的指导。临别前，我帮施总重新规划了生产线布局，还列了一份设备改造清单。按这个方案调整，生产效率能至少提高 15%，茶叶品质也会明显改善。

回县城的路上，我收到一条消息：宋林继老师来绿春了，他是来帮着拍摄学校帮扶情况的。校领导很重视，将宋老师的简历发给我了。点开宋老师的简历，我不禁咋舌。这位摄影大师非常厉害——中国摄影家协会会员、《人民日报》十佳图片摄影师、多所高校兼职教授……作品被国家级展馆收藏，获奖无数。

我得为学校负责，安排好宋老师的拍摄任务。可我不是绿春县的负责人呀，只能联系相关企业做好对接。企业是否热心接待？我心里也没底。为此，我把宋老师的简历分别发给了高县长、陈副局长，让他们帮忙想想办法。

暮色中的茶山连绵起伏，我想起了大水沟乡浪费的鲜叶，想起了施总渴求知识的眼神……乡村振兴路上总有需要面对的挑战，而我们要做的，就是逢山开路、遇水搭桥，帮助这片土地上的茶农们，把绿叶变成金叶。

今天将陪同王剑敏副校长来绿春县参加座谈会。会议日程是：

（1）举行中国海洋大学绿春县乡村振兴基地揭牌仪式（王剑敏副校长、何阳书记、王琪院长、严磊部长共同揭牌）。

（2）举行中国海洋大学"行远"奖助学金捐赠仪式。

（3）副县长张云汇报中国海洋大学定点帮扶工作情况。

（4）观看中国海大"乡约有我"——山海茶缘短片。

（5）汪东风教授汇报绿春县茶产业调研情况。

（6）参加座谈会的领导发言。

（7）中国海大党委常委、副校长王剑敏讲话。

我的发言内容主要包括以下内容。

近 10 天先后到了大兴镇、大黑山镇、骑马坝乡、大水沟乡、牛孔镇和戈奎乡 6 个乡镇共 13 家茶叶企业指导生产。这 13 家茶企是全县的代表，茶园面积规模大多是 500 亩左右，产值约千万元。全县基本上是家家种茶、户户冒烟状态。总体感受如下。

（1）在茶叶开采节代表中国海大将"东仰云海"公共区域品牌授予绿春县茶叶协会时，希望在全国各大城市看到此品牌产品。

（2）各茶厂普遍欢迎我们的到来，极力挽留我在企业多待几天，原计划是到 6 家茶叶技术示范企业和产品生产定点单位，结果超计划了，到了 13 家茶叶企业。

（3）所到茶企都把高香白茶生产视为增值的抓手，盼望有摇青增香设备（原计划 26 台）和技术。

无畏艰难：从实验室到茶园车间

（4）"东仰云海"是公共区域品牌，如何使用不清楚，要加大宣传推动，形成真正的有知名度的品牌。

（5）保质量、重信誉不够。

（6）随着加工技术的推广，茶园管理问题凸显。

最后，我将向县领导提五点建议：质量、品牌、标准、升值和其他。

窗外的小雨和云雾交织成了一张细密的网，将整个绿春县城笼罩其中。雨雾模糊了窗外的景色。县政府会议室内却暖意融融，长条会议桌两侧坐满了人。

王剑敏副校长率领财务处等处室领导，许志昂、董士军、王琪、张丽、刘日霞等处长／书记一行九人，与山东省威海市政府原副秘书长宋林继、城阳街道东田社区书记孙丕竹，以及县委书记何阳、李晓忠、严磊等县领导就中国海大帮扶工作举行例会。何阳书记主持会议。

张副县长首先发言，他特别提到，非常感谢我在昌宁红茶业集团有限公司入驻绿春过程中发挥的关键作用。我不仅向县领导推荐这个公司，详细介绍公司的情况，还直接与公司的田总沟通对接，促成了这一重要合作。我没想到这件事会被专门提及，欣慰地笑了。

严磊部长接过话题介绍了乡村振兴的工作方向。组织部今年的工作重点是"守底线、抓发展、促振兴"，计划实施"万名能人培训"，在大兴镇建设培训基地。希望中国海大能安排师资来乡村振兴培训基地授课，组织干部培训，开展相关课题研究，并在中试基地设立博士工作站。

我注意到，王剑敏副校长正在笔记本上快速记录，不时与身旁的财务处处长低声交流。

李晓忠常务副县长的发言充满感情，他十分感谢中国海大在资金帮扶、培训支教等方面给予了巨大支持，尤其是消费帮扶对绿春有格外重要的作用。我的敬业精神令人敬佩。还有高翔副县长，常年驻守绿春，为当地发展呕心沥血。高翔副县长闻言连连摆手，脸上露出不好意思的笑容，也介绍了自己来到绿春后的工作情况。

中国海大王琪院长介绍了国际事务与公共管理学院的情况，还介绍了学校少数民族人才培养方面的成果，并表示在乡村振兴方面可开展理论专题宣讲、社会调研和干部教育培训。刘日霞书记就工程学院的科研帮扶上表态，学院将致力于自动化渥堆熟茶机械的研发，从帮扶角度和绩效出发，努力为该设备的完善贡献力量。

张丽书记此次是为助力销售帮扶，特意陪同青岛市城阳区东田社区孙书记前来。孙书记介绍了城阳街道东田社区的情况，他对绿春高香白茶慕名已久，非常希望在社区开展绿春茶叶的促销活动。会议室里响起热烈的掌声。我看着这位远道而来的社区书记，心里暖暖的。茶叶就是这样神奇的东西，能将山海相连，让素不相识的人为了共同的目标坐在一起。

王剑敏副校长的总结发言沉稳有力，作为主管定点帮扶工作的领导，他先后来绿春三次。他对驻村驻县的帮扶同志表达了感谢，也对绿春县给予帮扶同志的支持和生活关怀表示感激。他说，今年开学第一周就对 2023 年帮扶工作做出安排。这次，我们组织近 10 名相关单位领导前来，就是要将帮扶工作做实做细。经过三年努力，学校的帮扶工作已取得显著成效。特别是汪教授，身体力行，主动从田间到车间，从品牌设计到市场开拓，为绿春茶产业提供了全链条技术支持，真正传技术给茶农看、做标准帮行业旺、跑市场促茶农富。我没想到，自己的工作会得到如此高的评价。

最后，何阳书记对王剑敏副校长三次来绿春深入乡镇指导工作表达了衷心感谢，随后提出六点请求：一是加大中小学教育帮扶力度；二是在干部培训上注重专业能力，尤其是针对绿春"一县一业"茶叶产业，提升干部业务能力；三是希望我能长驻绿春，并承诺提供最好的生活保障，同时表达了对我身体的关心；四是期望中国海大作为综合性大学，选择合适的新技术在绿春转化生产；五是在招商引资方面给予大力支持；六是绿春70%的收入来源于劳务输出，青岛就业需求大，希望中国海大帮助解决绿春大量富余劳动力的就业问题。

众方寄望情殷，吾辈任重道远。窗外，一缕阳光穿透云层，照在远处翠绿的茶山上，闪着希望的光。

2023 年 3 月 21 日

15 日那天，我接到了王剑敏副校长的电话。原来是绿春县彤瑞茶叶有限公司尚总为感谢学校在技术上的帮扶支持，打算送茶致谢。他们公司的高香白茶，在学校的帮助下，品质提升不少，受到了普遍好评。尚总给中国海大一行八人准备了三个茶饼，一个 375 克的，两个 200 克的。

王校长郑重地跟我说，得折合钱给尚总，否则不能要，还问我给多少钱合适。我琢磨着，按成本价吧，150 元就差不多了。

微信提示音紧接着响起，转账通知赫然在目——一人 200 元，共1600 元。王校长这雷厉风行的作风我早已习惯，这次也非常"霸道"。

我把这事儿告诉尚总。尚总在微信里回复，言语间满是不好意思，本意是为了感谢中国海大领导及师生们的帮助，没想到让老师们为难了，收钱了却感觉像强买强卖似的，心里过意不去。

我向尚总耐心解释，心意我们领了，把高香白茶做成"滇白"的标杆就是最大的感谢了。茶叶品质这么好，我们更应该购买以示支持。

在绿春这段时间，我深深感受到，哈尼族老百姓非常实在，也非常热情。要是他们邀请你去家里吃饭，那是真把你当贵客，看得起你；要是不去，反倒显得不礼貌。说到要茶叶样品，也特别有趣。他们不会主动给，你得直接说，不然真拿不到。就像审定"高香白茶"标准的时候，专家需要茶样，我跟绿春县茶叶办公室说，让他们组织相关茶企，选有代表性的样品，分别寄给五位专家和大会秘书，当时我没提让他们给我寄一份。结果评审会上，专家问我茶样质量方面问题时，我一说自己没收到样品，专家们都一脸惊讶，不太相信。

手机又振动起来，是尚总发来的微信："那我收下了，请汪老师一定转达我的谢意！我会按照汪老师的指导，尽自己最大的努力，把高香白茶做到最好。"

咱哈尼族老百姓就是这样实诚！我微笑着回复了一个"好"字。我知道，在绿春这片土地上，有些东西比金钱更珍贵——那就是人与人之间最质朴的情感交流。

2023 年 3 月 22 日

这两天，按教育部人事司的要求，要评审本年度的长江学者，意料之中的是，我又接到不少熟人的电话或微信。他们打听我是否收到评审材料，言下之意就是希望得到关照。

我明白，这是人之常情，大家都渴望在事业上取得更好的发展。但我也清楚，评审工作容不得半点马虎，必须坚守原则。所以，我一般都会回复说自己没有收到评审任务或者并未参与此次评审。这样一来，我就能心无旁骛地开展工作，按照既定的标准和流程，踏踏实实地完成每一个环节的评审。毕竟，多年来我一直秉持诚信公正的原则，决不会因为外界的干扰而违背自己的初心，辜负这份信任。

这几年的长江评审标准中，立德树人等教学方面占了较大比例，体现了高校老师应做的本分。一名高校教师，如果不能做到立德树人，不能坚守教学一线，又怎么能称得上合格的教育工作者呢？这样的教师没有资格参与长江学者的评选。教育改革的方向是正确的，它让教师们重新审视自己的初心，回归教育的本质。只有将心放在课堂上，将精力投入在学生身上，才能真正做到立德树人。这不仅是对学生的负责，也是对自己的交代。

另外，今年的科研要求方面，强调了服务国家需求。应用学科的学者要将科研紧密联系国家的实际需求，如积极投身于新农村建设等领域。这种导向好，必须点赞！科研的最终目的是推动社会的发展和进步，只有将科研与国家需求紧密结合，才能真正发挥科研的价值，为国家和人民创造更大的福祉。每次想到自己的研究有可能为改善农民的生活、推动区域的发展带来实际帮助，我都感到无比振奋。科研的真正价值，不正是在于此吗！

教书育人是高校教师的天职，科学研究是高校教师的使命，二者缺一不可。长江学者作为高等教育领域的最高荣誉，理应树立标杆，既要在学术研究上追求卓越，更要在教书育人上率先垂范。唯有做到教学、科研并重、德才兼备，方能不负为党育人、为国育才的时代重托。

每一份评语，我都写得格外认真，仿佛能透过纸面，看到那些学者在实验室、在讲台、在田间或车间忙碌于科研和教学的身影。其实，评审不仅是对他人的评判，更是对自己初心的叩问。

2023 年 3 月 24 日

今天是党员活动日，我们在学院第二党支部会议室，深入学习中共二十大和学校第十一次党代会精神。

"《关于在全党大兴调查研究的工作方案》指出……"支部书记的声音在会议室里响起。"下面请汪教授谈谈深入学习中共二十大和学校第十一次党代会精神的学习体会。"

支部书记叫到我名字的时候，我正看着材料第九条的内容——牢固树立和践行"绿水青山就是金山银山"理念方面的差距和不足，推进美丽中国建设、保护生态环境和维护生态安全中的主要情况和重点问题。我便结合在绿春的帮扶实践谈了些看法。

正如中央印发的《关于在全党大兴调查研究的工作方案》所强调的那样，调查研究是谋事之基、成事之道，没有调查就没有发言权，没有调查就没有决策权。结合在绿春帮扶的实践以及前不久教育部公布的第七届直属高校精准帮扶和创新试验典型项目推选结果（31 项遴选 16 项，中国海大的项目入选了），我觉得，细致认真的调研是成功的关键。只有通过深入细致的调查研究，才能找准问题的关键，找到解决问题的有效途径，进而推动项目取得成功。

随着我国现代化建设的不断推进，保护生态环境、守住绿水青山已然成为可持续发展的关键，这就是实实在在的金山银山。绿春县领导积极响应上级号召，把发展有机茶园作为重点工作，这种积极的态度值得肯定。在实际工作中，我们需要更加深入地开展调查研究。绿春县有其独特的地理环境、产业基础和发展现状，我们必须根据这些实际情况，在保护生态环境的前提下，努力提高茶园管理水平，提升茶叶产品质量，从而增加产值。

"真正的调查研究，是要扑下身子、沉到一线。"我讲起自己为了了解实际情况，走遍了绿春县大大小小几十个茶园的经历。之前，绿春县的一些茶园里有机茶的牌子挂得到处都是，但茶农们的收入不见明显增长。亩产值约 1800 元，这个数字曾像一根刺，深深扎在我心里。有一部分原因是有些地方把有机茶当成了政治任务，却忽略了当地实际。我去过的一个茶园，那里拿到了有机认证，但因为管理跟不上，茶叶品质不稳定，最后只能把茶叶当毛料卖给其他大企业。这其实反映出在发展过程中缺乏深入的调查研究，没有从实际出发，存在跟风、盲从的问题。

看同志们听得认真，我又说起了一次在绿春县茶叶发展研讨会上发言的场景。当时我提出，对于绿春县而言，有机茶是未来的发展方向。就目前阶段来看，应将重点放在绿色食品、无公害产品的生产以及生态茶园保护和管理上，通过这些举措切实提高产值，为有机茶的长远发展奠定坚实基础，但这个建议引来一些质疑的目光。其实，我不是反对有机茶，而是认为要循序渐进。就像种茶一样，不能拔苗助长。要先打好生态茶园的基础，主要生产绿色食品、无公害产品，提高对茶园的保护和管理水平，等条件成熟了再向有机茶过渡……

喝茶要品其真味，帮扶也要沉下去，不仅要看报表上的数字，更要到田间地头，和茶农一起采茶、制茶，听他们说心里话。这调研的学问，就像这天上的云，看似缥缈，却能化作滋润大地的甘霖。我要继续当好那个"观云识雨"的人。

2023 年 6 月 6 日

即使在疫情等的冲击下，云南茶产业仍表现出了发展定力与韧劲儿。如何贯彻落实好习近平总书记关于茶产业发展的重要指示精神，开启云南茶业发展新征程？我注意到，2023 年春节刚过，《云南省茶叶产业高质量发展三年行动工作方案（2023—2025 年）》即出台。而绿春高香白茶是这个方案中的重点发展品类。为了推动绿春高香白茶走向全国，引领"滇白"的发展，从去年8月份开始，我陆续从企业定做高香白茶饼茶（200克），赠送给江南大学杨瑞金教授、北京工商大学宋焕禄教授等同仁品鉴。

3号上午，电话铃声打破了宁静，是北京工商大学的宋焕禄教授。

他喝到我送给他的高香白茶，对茶叶的香气赞不绝口，在电话里说，他一直在福建进行香气研究，对比后发现，我们做的高香白茶，香气特别高长，还带有花香，口感甘甜爽润。他打算带领博士生开展香气形成机理研究，破解高香白茶香气形成密码。

这是好事呀！一方面，我不能带研究生了，科研经费也有限；另一方面，借助北京工商大学的科研力量，能够扩大绿春高香白茶的声誉。这是双赢之事。但这里也有个问题，博士生做香气机理研究，需要设计完善的试验方案，还得亲自制茶样或者指导工人操作，可宋焕禄教授和博士生都没有这方面的经验，看来我还得到绿春亲自"上阵"。

挂断电话，我打开电脑，找出去年花了很大工夫编制的《玛玉茶》和《绿春县茶园管理技术规程》的资料。屏幕上显示着中国茶叶学会的立项通知，但经费问题仍然悬而未决。张云副县长对渥堆机械化、富含茶多糖的紧压茶的功效成分研究给予了充分肯定，还签字批准了经费。我也安排学生在做了，样品、标准样、相关药品和耗材等都买好了，做好了准备。可是，现在钱还未到账。无奈，我又得从自己结余的科研经费里支出了。

考虑到这些情况，我决定10号前往绿春，16号离开回青。在此之前，我得先向校帮扶办公室汇报相关事宜。一是带北京工商大学孙宝国院士团队的二级教授宋焕禄先生到绿春做高香白茶香气形成机理研究，因团队里有外籍专家，所以要了解清楚前往边境地区需要办理什么手续；二是查看去年年底就安排下去的渥堆自动化、富含茶多糖紧压茶功能成分研究的经费是否拨付到了县农科局，以及是否做到专款专用。毕竟学生们已经研究半年了，各项准备工作也都做好了，就盼着经费能顺利到位以推进研究工作。

昨天，校定点帮扶办公室的马主任给我回了话：其一，带外籍专家前往边境县区，要向当地有关部门申请备案；其二，她考虑到我的出行安全，主动联系其他部门人员，看他们能否与我一道前往绿春，或安排学院年轻老师同往。

思来想去，我们最后决定不带外籍专家，只邀请北京工商大学宋教授去绿春开展高香白茶香气研究。毕竟宋教授和外籍专家都不会制茶，带他们去主要是为了让他们了解加工过程，以便回校分析时能更好地解释香气形成机理。

我看到桌上的邀请函，想起学生孙丽平和庄永亮教授曾多次邀请，希望我能到昆明理工大学食品学院作报告，支持支持他们。确实，我多次到昆明，却总来去匆忙没来得及去。这次正好可以邀请宋教授一道前往昆明理工大学，我们各作一场报告。甚好，甚好。

2023 年 6 月 18 日

2023 年 6 月 10 日至 16 日，我又一次踏上绿春这片土地，同宋焕禄教授一行人到绿春考察，现场做样取样，带回北京分析。今天，我就写写这一周在绿春的帮扶工作情况吧。

车间里，我一边指导工人操作，一边为宋教授讲解，白茶的制作看似简单，但每个环节都要格外用心。萎凋时的温度和湿度、翻动的力度、摇青的时间，都会影响到最后香气的形成。宋教授仔细地记着笔记，不时提出专业问题。我与他一道采集不同工序中的茶叶样本，小心翼翼地装入特制的样品袋中，标注好时间、工序等详细信息。

宋教授为高香白茶点赞

宋教授与白总畅谈高香白茶发展前景

　　接下来的几天，我们辗转于彤瑞茶叶有限公司、八尺山茶厂、鑫普茶厂等多家企业制作茶样，为宋教授带回茶样分析做好前期准备。每到一处，除制作用于分析的茶样外，我还会到车间，尤其是新工厂的车间，结合工艺讲解，开展茶叶加工技术培训，指导斗茶大赛样品的制作。从车间走到地头，我们考察茶叶生产及管理情况，重点关注茶树品种、种植及管理等方面。宋教授则忙着在不同厂区采集茶叶样品，准备带回实验室分析加工工艺、原料等不同因素对香气形成的影响。

在彤瑞茶叶有限公司指导茶叶生产

与宋教授一起考察高香白茶加工

回到县城，我以"绿春县茶叶振兴乡村的几点再建议"为题，向绿春县的领导、部分茶叶企业负责人进行了介绍。我在培训会议上谈到，根据我们的研究，绿春高香白茶具有明显的差异化竞争优势，并结合绿春的实际情况，从质量提升、品牌打造等方面提出了具体的建议。宋教授则介绍了茶叶香气形成及影响因素，为绿春茶叶品质提升提供科学依据。

我们的报告得到了领导的认可。一位县领导给我发了好几次微信，提醒我将讲座 PPT 发给他。高翔副县长高度评价这次的"几点再建议"，也提醒我将讲课 PPT 发给何阳书记、张猛县长等。

说起来，这次绿春之行我收获颇丰。深入工厂、茶田，与领导、相关负责人交流和座谈，在制作茶样中培训高香白茶技术，不仅使不少企

培训现场

业对制茶技术有了更深入的掌握，也为宋教授的研究做好了准备，而且让相关领导对绿春白茶发展的意义有了更深刻的认识。许多问题得到了重视，比如茶园采摘、老茶园改造、高香白茶关键技术。缓付半年之久的两个国家级团队标准评审费用，这次终于解决了。这些可都是未来绿春茶业发展的关键。

每次深入绿春的考察，都让我深刻思考如何在现有基础上实现更大的突破。未来，我期待各方能够持续发力，共同引领滇白茶蓬勃发展，将其打造成为具有全国乃至国际影响力的品牌；致力于改进传统采制工艺中的陋习，通过系统化的技术培训，让每一位茶农都能掌握精湛的采制技艺，从而全面提升绿春茶叶的品质与竞争力；大力推进老茶园的改造工作，通过科学的管理和补缺复壮措施，让每一片茶园都焕发出新的生机，为绿春茶业的可持续发展奠定坚实的基础。

2023 年 6 月 19 日

从昆明往青岛飞的飞机穿过云层，舷窗外是流动的蔚蓝。一下飞机，打开手机，屏幕上是高翔副县长发来的消息——

汪教授，再次感谢您的指导！您的建议反响很好，非常切合绿春的实际，很有必要发给相关领导。

于是，一回青岛，我就赶紧把整理好的建议文件一一发送给相关领导——县委书记、县长和分管农业的副县长。

消息发出后不久，回复陆续传来——

副县长回复："收到！"

县长回复："收到，谢谢！汪老师您辛苦了！！"

县委书记回复："汪教授，您辛苦了，为了绿春茶产业的发展奔波劳碌、殚精竭虑，代表县委、县政府对您表示衷心感谢。"

我看着这三条回复，心里感受颇多。

第一点感受——领导们回复的那些"谢谢"和"辛苦"，不仅仅是对我工作的肯定，更是对我未来继续努力的鼓励。绿春的茶叶产业，从最初的默默无闻，到现在被列入云南省重点发展项目，每一步都凝聚着无数人的心血。而地方领导的认可，让我觉得自己的付出是有价值的，未来也更有动力继续推动下去。

简洁务实，县长的回复热情亲切，而县委书记的回复则带着更高的站位，代表的是县委和县政府的认可。

县委书记对我的肯定，可不单单是对我个人的肯定，也是对咱国家乡村振兴科技特派团的认可。

自 2022 年国家大力倡导推行科技特派员制度以来，我加入国家乡村振兴科技特派团（绿春团）也一年多了。这一制度，恰似一把做好"三农"工作的金钥匙，既是乡村振兴的助推器，也是科技赋能田野的生动实践。科技特派员制度的创新性，在于它精准对接了乡村发展的现实需求。哪里有产业基础亟待夯实，哪里有发展潜能亟待释放，哪里就有特派团专家的身影。作为一名长期深耕田野的老科研人，我深感这一制度的生命力在于"接地气"。科技特派员不是高高在上的技术输出者，而是与农民并肩作战的同行者。我们既要懂技术，更要懂乡土；既要解难题，更要育人才。如今，20 多个国家科技特派团活跃在云南大地上，发挥着技术研发、科技成果转化的作用，助推乡村振兴的发展。

我想着，得把受到县领导欢迎和肯定的情况对特派团的负责人说一说，那就写一个工作汇报吧！

国家乡村振兴重点帮扶县科技特派团绿春团 茶叶产业组合影

国家乡村振兴重点帮扶县科技特派团各位领导：

你们好！

云南白茶（滇白）正在兴起，绿春高香白茶是云南省茶业高质量发展三年行动工作方案中的重点建设内容。高香白茶在食品同行中有很高的口碑，孙宝国院士团队北京工商大学二级教授宋焕禄等高度评价了该茶花香浓郁持久，甘甜爽润。宋焕禄教授说，他正在分析福建福鼎白茶，云南的高香白茶香味馥郁，他要破解该茶的高香分子密码。为此，我特邀请他到绿春考察：（1）分别到森泉茶叶厂、彤瑞茶叶有限公司、八尺山茶厂、鑫普茶厂取茶样。（2）到车间尤其是新工厂培训茶叶加工技术、指导采制斗茶大赛样品。（3）到茶园继续考察茶叶生产及管理情况，尤其是茶树品种、种植及管理等。（4）先后向张猛县长、张云副县长、高翔副县长及组织部赵部长等领导汇报绿春茶叶生产情况。（5）以"绿春县茶叶振兴乡村的几点再建议"（汪东风）和"茶叶香气形成及影响因素"（宋焕禄）为主题，向绿春县相关茶业的部门负责人和部分茶叶企业负责人，进行了介绍。

另外，县委书记何阳同志虽在重庆出差，但他对我们此次活动也很关

在茶厂考察组图

心，并了解了"绿春县茶叶振兴乡村的几点再建议情况"，还特地给我发微信，给予了高度肯定。

在写的过程中，我挺感慨，回顾在绿春的工作历程，许多画面涌上心头。从最初对当地茶叶产业的初步了解，到逐步深入探究产业发展的瓶颈与机遇，这期间我们经历了无数次的实地考察、交流研讨。每一次努力，都在为绿春县茶叶产业找一条可持续发展的道路，助力乡村振兴。为了让"滇白"走向全国，让绿春的茶香飘得更远，未来，继续努力吧！

2023 年 6 月 27 日

云南省德昂族有独特的酸茶制作传统，他们主要居住在德宏州。2021年 5 月 24 日，德宏州德昂族酸茶制作技艺成功入选第五批国家级非物质文化遗产代表性项目。

2022 年 11 月 29 日，我国申报的"中国传统制茶技艺及其相关习俗"通过评审，列入联合国教科文组织人类非物质文化遗产代表作名录。其中，德昂族酸茶制作技艺作为子项目入选，足见这项技艺的独特价值和文化意义。

我了解到，德昂族酸茶的制作工序十分讲究：首先要将新鲜茶叶均匀地洒在木桶里，蒸 20 分钟；接着把蒸熟的茶叶取出来铺在簸箕上，让其充分冷却；随后把茶叶揉搓成团，装进竹筒里，一层一层用力压实；再用新鲜芭蕉叶将竹筒封口，在阴凉处挖个深坑埋起来，让茶叶慢慢发酵，这个过程需要 250～300 天；发酵完成后，挖出竹筒，取出茶叶，放在石臼中舂烂，揉成一团后压成饼状；最后将其暴晒至干，进行包装，酸茶就制作完成了。

然而，这套传统工序制作出来的酸茶质量究竟如何？有没有可以改进的地方？它的市场前景怎样，是否值得推广？这些问题都需要茶叶及食品领域专家，尤其是食品微生物学者前往实地调研。巧的是，我夫人正是食品微生物方面的教授。我们已经定好了一起前往昆明，并且邀请昆明理工大学食品科学与工程学院副院长和曾经做过酸茶的教授一同前往德宏。

我们几人在昆明会合之后，没多耽搁，直接包了辆车赶往芒市。车子又在盘山公路上颠簸了好几个小时，到达德昂族乡时已近黄昏。夕阳给竹楼镀上一层金边，空气中飘着炊烟和茶叶混合的气息。

我们像寻宝的探险家，挨家挨户地走访制茶人家，仔细对比不同匠人做出来的酸茶，和他们聊天，了解制作细节。为了后续回青岛进行相关分析和试验，我们还买了不少茶样，不过在茶农家买东西没发票，所以挑选的时候，格外注重茶样的代表性，虽然花了些时间，但特别值得。我们发现，虽然每家都遵循祖传的酸茶制作流程，但细节处各有千秋。

这是今年第三次到云南，我要利用留给我的不多的时间，为云南茶叶产业发展尽自己的绵薄之力！夫人对我的想法越来越支持，正如清华大学王希勤校长对毕业生的寄语那样：坚持人民至上，胸怀"国之大者"，责任面前上一步，利益面前退一步，在服务国家、服务人民的事业中绽放青春光彩。这既是王希勤校长对青年学子的谆谆教诲，也是我们这代人应有的担当。

2023 年 6 月 28 日

第二天回到芒市，我们去了云南德凤茶业有限公司，这是采用改进酸茶工艺制作茶叶的龙头企业。从宣传材料中，我们了解了这家公司的加工工艺、产品品质和市场营销情况，还买了些他们的酸茶，供回青岛分析和试验用。

最惊喜的莫过于偶遇刘仲华院士！云南省科技厅邀请了两位院士来德凤茶业有限公司调研酸茶，为酸茶产业发展支招，其中就有刘仲华院士。刘仲华院士作为中国工程院院士，研究茶叶加工多年，长期从事茶叶加工与资源高效利用研究，是妥妥的茶界权威。

刘仲华院士题词

机会难得，我赶紧备好纸墨，请刘院士为高香白茶题词。没想到，刘院士说他喝过高香白茶，还很欣赏。他大笔一挥，写下了题词。这对我们高香白茶来说，是多大的肯定和鼓励啊！谢谢刘院士！

墨迹未干时，我已经想好要把这幅字挂在实验室最显眼的位置。

另外，今天根据云南省的相关文件要求，就组建云南省绿春高香白茶和高香红茶专家工作站这一议题，我先后与绿春县彤瑞茶叶有限公司和森泉茶叶厂沟通了意见，在绿春期间还准备了一部分专家工作站申报材料。

2023 年 7 月 15 日

今天是个大喜的日子。我要去参加汪明明博士的婚礼。

红包封面上烫金的"囍"字在晨光中微微发亮。这信封里装的何止是礼金？它承载的是我对汪明明的感谢。他工作认真细心，业务能力全面又扎实。我多次请他陪我到绿春，他从来都是二话不说，不计较个人得失，这么多年来给了我太多的支持和帮助。同时，这也是我对他新生活的支持，希望他和爱人在未来的日子里，和和美美、甜甜蜜蜜。

实验室青年科研人员的每一场婚礼，我都亲往见证，既是为新人送上诚挚祝福，更是想与他们共享人生重要时刻的欢欣。对学生若水，待朋友似海，视家庭如天，为事业襄命——这是我的行事原则和生活态度。

2023 年 8 月 1 日

今天是建军节，祝贺现役和退役的军人！没有他们保家卫国，哪有咱们老百姓安稳的日子，国家又怎么能稳稳当当发展？真心感谢他们！

绿春县森泉茶叶厂白总给我打了个电话，和我聊起高香白茶的销售情况，说是高香白茶市场销路很好，有一家上市公司要代销高香白茶。她很高兴，我也很自豪。为了更清楚地给那家上市公司介绍白茶，她请我帮忙写一份简要介绍。这事儿肯定得全力支持，毕竟这也是为了让高香白茶能发展得更好。

挂了电话，我就赶紧翻出之前收集的资料，琢磨着怎么把高香白茶的特点和优势都写明白。琢磨了半天，我这《高香白茶简介》就写好了。

高香白茶简介

白茶以不炒不揉的传统工艺和保留纯真天然的风味品质而风靡世界，因独特的品质特点和保健功效被越来越多的人认知、重视和追捧，是茶叶市场最受欢迎的品类。但传统白茶加工仅有萎凋和干燥两道工序，使其与其他茶类相比，香气、滋味均淡薄，需通过常温长期贮存方式促进茶叶的"熟化"，使滋味更加浓醇，并提高其养身保健的功效。这也是民谚将白茶形容为"一年茶，三年药，七年宝"的原因。因此，如何创新白茶传统工艺，以增强白茶风味，满足消费者日益增长的对白茶味道既有白茶传统风味，又有高香味浓之特性的需求，就成为我们需要解决的问题。所以，我们在工艺上不断创新，扬长避短，突出特性，规避弱点，创新白茶新工艺。

产自云南绿春的高香白茶（High Aroma White Tea）是以云抗 10 号和勐海种等云南大叶种茶树的芽、叶、嫩茎等为原料，经过萎凋、做青、干燥等工艺加工而成的一种新工艺白茶。

1. 高香白茶原料讲究

该茶的鲜叶原料必须用云抗 10 号和勐海种等云南大叶种茶树的芽、叶和嫩茎为原料，而且要上午采、上午送回车间，下午采、下午送回车间；送回车间的茶鲜叶要立即摊放在洁净的阴凉处，慢慢水解，产生甜味。

2. 高香白茶产地讲究

绿春县属亚热带山地季风气候，常年青山绿水，四季如春，恰如它的县名，不仅常"绿"，而且常"春"。绿春县山清水秀，森林覆盖率高达 76.02%，大部分区域位于黄连山国家级自然保护区。绿春县不仅雨水多，而且土地肥沃，非常适宜茶树生长，茶芽叶肥厚，内含物丰富，是新工艺白茶的最佳原料。

3. 高香白茶工艺讲究

新工艺白茶是由国家"万人计划"专家、中国海大二级教授、青岛市茶叶学会理事长汪东风领衔的研究团队多年的研究成果，结合绿春县茶树特点创制的产品。汪东风教授的国家发明专利（一种富含茶多糖茶饼的制备工艺，CN 202010556294.1；一种高香白茶的加工工艺，CN 201710002927.2；澳大利亚 PN：2020103110）已授权在绿春县森泉茶叶厂使用，并严格按高香白茶发明专利的工序——鲜叶→萎凋→做青→干燥——进行加工。

4. 高香白茶品质独特

高香白茶品质已被中国茶叶流通协会制定了标准（T/CTMA 048—2022），制作高香白茶的鲜叶要求是：特级为单芽～一芽 1 叶初展（≥90%）、一级为一芽 1 叶～一芽 2 叶（≥90%）和二级为一芽 2 叶～一芽 3 叶（≥90%）。高香白茶特级感官品质要求是外形芽头肥壮、白毫满披、匀整，香气有花香或毫香，滋味是鲜醇甘爽；一级感官品质要求是芽叶肥壮、较舒展、尚匀整，香气有花香带毫香，滋味是醇厚、较甘爽；二级感官品质要求是芽叶较肥壮、尚舒展，香气有清香尚高，有微花香，滋味较甘醇、尚厚。

喝当年散装高香白茶，享受花香甜味！

品成年饼状高香白茶，得到美味保健！

希望这个简介能帮上忙，让这次合作顺顺利利。

2023 年 9 月 22 日

昨天接到一个陌生电话，对方自称是绿春县的马志雄，他热情洋溢地跟我讨论申报院士专家工作站的事，可我完全摸不着头脑——我们素未谋面，他却非常熟络地说自己是县农科局的，觉得我肯定知道申报这事儿。可实际上，我申报过云南省绿春高香白茶和高香红茶专家工作站，但对申报院士专家工作站完全不清楚，也没见过相关文件（可能在云南省政务网上）。

即使是一头雾水，为了不耽误相关事情，我赶紧主动给驻绿春县的高翔副县长打了电话。他告诉我，刚刚打电话的是马志雄副局长，而且很快把《关于印发云南省院士专家工作站管理办法的通知》通过微信发给我了，并特地摘出了通知里的第九条。

我仔细研读后发现，这第九条主要讲的是对申请建站的单位应具备的条件，如具备较强的研发能力，拥有专门的研发机构，研发团队结构合理，能为院士专家及其团队进站工作提供必要的科研、生活条件及其他后勤保障；申请建站的企业，应生产经营状况良好，且上年度科研经费投入不少于销售收入的 2% 等。若申报成功，院士工作站每年给予 60 万元，专家工作站每年给予 30 万元。

下午，我反复斟酌这件事。对照文件想了一下，给高翔副县长回了信。按这些要求来看，这种申报成功率很低，很有可能是白忙一场。但想到在绿春调研时茶农们期盼的眼神，又觉得应该试一试。几十万的资助对当地茶产业来说，确实能解决不少实际问题。

由于我还是在职，申报也需要单位同意才行，明天我得再仔细研究一下申报细则，也许该给学校科研处打个电话咨询。这事儿虽然挺难，但也许值得一试。

2023 年 9 月 26 日

今天夫人突然问："你还要到绿春去吗？哪天去？"她说前天听我打电话与校定点帮扶办公室马主任谈到今年第四次到绿春一事。

我对她说，可能 10 月底，都是为了帮扶工作，多去几次就有多去几次的效果。夫人听了很是理解，不过马上就开始操心起来，让我提前做好准备。现在我们要到新校区上班，一去就是一天，孩子怎么办？所以需要我们早早安排好，得保证 7：00 前在家，18：00 后能回到家。确实，现在去新校区上班，路途太远，实在有些不方便，可工作又不能耽误，家庭这边也得兼顾好。

我们初步打算在 10 月底去绿春，不过具体时间还得再等等，等两件事确定下来。

第一件是校庆 LOGO 的事。这个可不能马虎，得等确定好了，才好"带"它去绿春。我琢磨着，可以找当地企业商量商量，看看能不能用这个 LOGO 做些校庆礼品。这既能为校庆添彩，又能帮着绿春的老乡们卖卖特产，带动绿春产业发展，一举两得。

第二件是要等校领导确定去绿春的时间。学校每年都会有两位校级领导去绿春考察，安排学校在绿春具体要做的帮扶工作。所以，我们需要根据领导们的行程安排具体的出行计划。

等这两件事都落实了，行程才能最终定下来。

2023 年 10 月 10 日

最近几天，关于绿春的事情一桩接着一桩。

头一件就是渥堆自动化发酵机的事儿。去年开始，我们就与工程学院刘贵杰副院长讨论了多次。刘院长很支持，说经费一到位，1 ~ 2 个月就能把设备研制出来。可我这心里总不踏实——经费 5 月底才到位，时间这么紧，能行吗？

这次正巧高翔副县长回青岛，特邀请他一道去拜会了刘院长，当面敲定了 10 月底交样机的事宜。等样机出来后，我们就要购买茶叶进行工艺试验。这就涉及微生物、温度、翻动、时间等。先做单因子试验，再优化

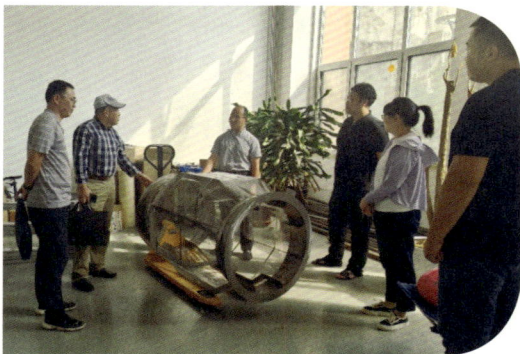
和高翔副县长到校工程学院了解渥堆发酵机研制进展

设计，一步一个脚印来，争取明年拿到企业去中试推广。

第二件事就是专家工作站申报的事。绿春县农科局马志雄副局长在 9 月 21 日来电说要申报专家工作站。我请示学校后，跟高翔副县长商量后就答应下来，还特意叮嘱他，把要我填的东西发给我。中秋节那会儿，森泉茶叶厂白总寄来石榴，又发来红河州院士专家工作站申请书，要我填写，说是时间紧。我抓紧完成后，昨天就把材料发给她了。

国庆节和家人一起吃着白总寄来的蒙自石榴，我就想起绿春县新品种扩繁的事儿，借着感谢她的机会，跟她聊了不少细节。结果白总顺口一提，上个月急急忙忙申报的红河州院士专家工作站，时间不对，早过期了。折腾好几天，全白忙活了！实在没辙，我问高翔副县长是否有解决的办法，他说县委组织部会安排专人跟进，请我再等一等。

那我就耐心等等吧。

2023 年 10 月 14 日

上周四接到校帮扶办马主任的电话时，我正在整理绿春茶叶的样本。电话那头，马主任的声音透着几分欣喜："汪教授啊，您关心的两件事都有进展了。"

我一听，心里踏实不少。头一件事是自动化渥堆设备。这设备对提升绿春茶叶品质和生产效率太重要了，我们为它费了不少心思。这个月样机就能做好，紧接着就可以确定研究参数和操作工艺。考虑到设备体积较大，又是样机，绿春那边大概率会派人来学校参观，所以需要一间专门的实验室，暂时用来进行茶叶产品及设备的研制，60平方米左右就够。我了解到西海岸食工楼有闲置的空间，便向马主任提出申请。好在王剑敏副校长已经批示，这事儿由食品学院来协调解决。前几天，我和汪明明老师一起对茶叶实验室进行了设计，从设备摆放、操作空间到安全通道，反复琢磨每个细节，打算后天提交给食品学院办公室的徐主任，希望能顺利解决临时用房的问题，别影响后续工作。

第二件事是校庆伴手礼的推荐。我想着，选用绿春高香白茶做伴手礼，再加上刘院士的题词，既能展示学校定点帮扶的成果，还能帮绿春茶业打开销路。马主任也给出了很实用的建议：把刘院士的题词用在包装上确实非常好，但校园文化用品已有公司承担，而且刘院士的题词是我求得的，关于如何使用，最好由我来决定，得选择我认为质量过硬的企业，有偿使用题词，这样才能保证不会在无质量保障的情况下应用刘院士题词。这确实是个关键问题，不能让刘院士的名誉受到影响。我琢磨着，在茶叶包装上印上学校百年校庆标识和刘院士题词，肯定能促进茶叶销售，打算下个月去绿春，把这事落实好，选个靠谱的企业，定制一批校庆茶，也算是为校庆出份力。

评审现场

今天去青岛市海青镇参加手工制茶大赛，为了能在9点按时赶到，我昨晚就提前到西海岸校区，住在留学生公寓。这次来到海青，评茶只是一方面，更重要的是借此机会和青岛职业技术学院的张续周教授见面。因为他刚从绿春做茶树品种保护和扩繁工作回来，我想了解一下工作进展和他今后的想法，这样下个月去绿春和当地领导、企业沟通的时候，心里更有底，也能把工作干得更扎实。

现在每一项工作都紧密相连，每一个环节都不容有失，希望一切都能顺利推进吧。

2023 年 10 月 15 日

昨天，正在绿春县挂职的高翔副县长给我打来电话。电话那头，他语气笃定地说，之前与绿春县委组织部赵部长就申报云南省绿春专家工作站一事进行了深入沟通。按照既定安排，赵部长应该会安排负责人才工作的余主任与我对接。末了，高县长还特意问我，余主任有没有和我取得联系。

说起申报云南省绿春专家工作站一事，这几年由绿春县企业牵头，花费了不少精力，却始终没有获批。根据《云南省科技厅关于进一步加强专家工作站建设的实施意见》，申报单位必须具备"稳定的研发团队和基本的科研条件"。问题是不是就出在这里？申报工作站这事，表面看是个程序问题，实则关乎科技帮扶的根基啊。我琢磨着，问题关键在于科研人才的匮乏与基础研发支撑的缺乏。就拿企业的人才队伍来说，连一个大专毕业学历的专业人才都稀缺，更不要说茶叶专业的本科人才了。

最近，森泉茶叶厂的白总接连打了好几次电话，催着组织申报材料。其实，我心里也着急，可现实难题横亘眼前——在缺乏专业人才与基础研发支撑的情况下，申报材料的筹备举步维艰，每一项数据、每一段论述，都难以找到有力的依据。

真是不好整呀！

2023 年 11 月 8 日

　　昨天，我搭乘班车，从西海岸校区返回市区。在转乘公交时，我习惯性地让一位女同志先上车——这在我们那个年代，不过是再平常不过的举动。殊不知，这引出了一段意外的对话。

　　"汪老师，您好！您可能不认识我，我是材料学院的小吴。"一个年轻而充满敬意的声音在我身后响起。

　　说来惭愧，教了 40 多年书，学生太多，记性跟不上了。"对不起，年纪大了，记性不好，一时想不起来了。"我略带歉意地回应。

　　"您上回作的'四有好老师'报告让我受益匪浅！刚才看您让座，就觉得国家级名师的风范就是不一样！"

　　这话说得我心头一暖。现在的年轻人啊，比我们那会儿更落落大方。和她简单交流几句后，我不禁回忆起前天的事。那天，我让助教汪明明买了几斤海参。12 日我要到绿春县，打算带上这些海参，感谢茶叶企业老总的盛情接待。尤其是之前因山体塌方，被困在骑马坝乡玛玉茶厂，当时没办法去镇上买菜，没想到，他们竟杀了自家小狗来招待我们。这份质朴而炽热的情谊，太令人感动了。我告诉汪明明博士，人与人之间，讲究礼尚往来。

　　这两件看似不起眼的事，让我想起孔子说的一段话："人不敬我，是我无才；我不敬人，是我无德；人不容我，是我无能；我不容人，是我无量；人不助我，是我无为；我不助人，是我无善！"

　　从教 43 年，我时时事事以学生为中心，把学生当作我的亲人，毕业的学生在国内外为行业发展做出了较好的成绩。我受到学生们的欢迎和同行的肯定，获得了诸多荣誉。

在绿春县帮扶的这三四年间，我先后十余次到云南，深入绿春县各乡镇、田间地头指导，走进工厂车间进行技术示范，不仅将国家发明技术专利无偿捐赠，还亲手传授技术，甚至将出差补贴也默默捐赠给绿春县的初中学校。看到绿春茶业因为我的努力有了发展，听到茶农和茶企的称赞，我这心里啊，舒坦！

记得当初把茶叶发明专利无偿交给绿春当地企业时，不少人还嘀咕："这技术就这么白送出去，值不值？"可我这把年纪了，早看明白了——知识啊，就得用在刀刃上。攥在手里，不过是几页纸；撒出去，却能造福一方百姓。凡事有益时不妨退一步，凡事有难时则要更进一步。我们要感恩生命中遇到的每一个人，并以实际行动予以报答，如此才能问心无愧，赢得他人的尊重。做一个对社会有益的人是值得的，也是有意义的。

这辈子，我最引以为傲的，不是陈列在橱窗里的奖杯，而是走在校园里，突然有年轻人走上前说："老师，我父亲托我谢谢您传授的制茶技艺。"这些质朴的感谢，是对付出的最好认可。忽然想起下午小吴姑娘说的，那报告里最打动人的，是说好老师该像茶——经得起揉捻，耐得住烘焙，奉献出醇甘。这话啊，等开春去茶山讲给绿春的乡亲们听听。

2023 年 11 月 10 日

这些年，我们海大人一趟趟往绿春跑，手把手教他们新技术，看着那些茶农从愁眉苦脸到笑逐颜开，看着一片片茶园从粗放管理到精细运作，一切都值了。如今，绿春的茶叶有了名气，咱们学校在绿春县的帮扶工作有了实实在在的成果。一些企业出于对中国海大无偿捐赠茶叶发明专利以及我多年来辛苦指导的感激之情，打算捐赠中国海大百年校庆纪念茶。这是好事啊，既能让学校的帮扶成果被更多人看见，又能让企业借机宣传，可不就是两全其美？

不过啊，这纪念茶要想出彩，包装上可得下功夫。

为了让校庆纪念茶以最好的面貌呈现，要与相关企业就包装进行统一设计，需要与企业和校庆办进行细致沟通。我这几天琢磨来琢磨去，觉得这事儿非得请高翔副县长牵头不可。他在绿春挂职，对当地情况门儿清，办事又利索，有他协调，准能事半功倍。

可光靠他一个人还不够，我特意梳理了包装需要注意的关键要素，希望他能留意。第一，帮扶成果得亮出来。包装上必须印上"教育部直属高校精准帮扶创新试验典型项目产品"这几个字。这是要让所有人知道——咱们中国海大是真真切切为老百姓做了实事的！这些年，学校投了多少人力物力财力，领导们、专家们跑了多少山路，学生们做了多少调研，这些心血，值得被看见。第二，刘仲华院士的题词不能少。他那笔力遒劲的"高香白茶"，是对技术的"背书"，更是对绿春茶叶的肯定。它会让喝茶的人一拿起来，就能感受到这份沉甸甸的分量。院士尚且如此重视产业帮扶，我们更该把这份责任扛在肩上。第三，校庆的喜庆劲儿得烘托出来。"祝贺中国海洋大学建校 100 周年"的字样，必须醒目大气！这 100 年，海大风雨兼程，育才无数，如今这份来自边疆的礼物，正是对学校最好的献礼。

2023 年 11 月 15 日

12 日，晨曦微露，我便根据学校安排，又一次踏上前往绿春帮扶的旅程。数了数，这已经是我第 14 次到云南，其中 12 次深入绿春乡镇，1

次前往云南省农科院，1次到德宏州调研非遗产品酸茶，期间还请刘仲华院士为高香白茶题了词。

到绿春时已经很晚了，县城主街都亮着灯。考虑到从青岛机场出发后，只在飞机上吃了一点东西，我便让汪明明老师带点水果回宾馆，以防肚子饿。可汪明明老师告诉我，晚上县里两位副县长以及农科局领导已经等了好几个小时。尽管身体疲惫不堪，丝毫没有食欲，但出于礼节，我还是打起精神去见了大家。这天晚宴上，大家提议喝点酒解解乏。正好上海来帮扶的黄副县长是上海医科专家，我便借此机会与他就研发功能性普洱茶展开了探讨，一直聊到10点晚宴结束。

第二天一早，窗外的鸟鸣声唤醒了我。高翔副县长告知我，县委何书记要来一起吃早餐。对于县领导的这份盛情，以及何书记对我们帮扶工作的肯定，我深为感激。他们都很忙，还要特地来宾馆一同吃早餐，我实在过意不去。高翔副县长说，这是县委、县政府的重视和感谢。但是由于当天一早要到最偏远、路况最差的骑马坝乡玛玉村，还要结账，我们就谢过高县长和何书记，婉拒了早餐邀请。下午3点多，我们抵达骑马坝乡玛玉茶厂，立即与村干部和企业人员，就东仰云海公用品牌应用、标准实施问题，以及今年秋季生产的茶叶情况和明年的茶叶生产计划进行了交流。对于两家企业提出的问题，我结合现场实际情况进行了解答。

14日清晨，我们驱车前往大黑山乡磨盘山茶厂。这次走访是应村第一书记冉书记的特别邀请而来。这位从云南省财政厅下派来的干部，已经在村里扎根两年，用真心换来了百姓的爱戴，任期届满时被村民集体挽留。这样的好干部，实在令人钦佩！在茶厂，我们见到了企业负责人李文清。阳光透过茶厂的玻璃窗，洒在我们品鉴的茶样上，泛起温润的光泽。我们一边细细品味着新茶的滋味，一边就生产工艺、品质把控等问题进行深入交流。随后，我跟随李总走进车间，结合现场生产情况，对关键工序

在玛玉村指导玛玉茶生产

与乡领导讨论东仰云海品牌

进行了具体指导。说起这位李总，他原本从事其他行业，因看到茶叶产业的致富潜力后改行经营茶叶。他虽然只有三年不到的制茶经验，但愿意学习。他说每次汪教授来现场指导，都对他帮助很大，尤其是在提香工艺方面。看着他的技艺日渐精进，尤其是这绿茶，银毫显露，香气清高持久，我这个老茶人发自内心地为他高兴。为表谢意，他执意要寄些茶叶请我品鉴。我门下茶学弟子众多，家中茶叶储备充足，更重要的是职业操守不应随意收受赠"礼"，我便通过微信委婉表示：这份心意领了，若执意要寄，就请收下茶款，否则实在不便接受。

这次到绿春，我们已经连续跑了三个乡镇的五个茶厂，下午想早点赶回县城，好有时间洗个澡、换身衣服。原以为从大水沟乡回县城只需要四个小时，虽然知道路况不好，但没想到四年多过去了，219国道高速路的修建依旧遥遥无期，回县城的道路坑洼不平。一路颠簸到宾馆，感觉全身的骨头都快散架了，胃也难受得厉害，晚上实在没力气出去吃东西，只能直接休息了。

高翔副县长打了好几个电话来问情况。我知道他是好意，可我这把老骨头就是累着了，睡一觉就好，劝他不要太担心。他越关心我反倒越睡不着。

明天还有培训任务呢，我得养足精神才行。

2023 年 11 月 16 日

这次到绿春，正巧赶上哈尼族过年。农户家要杀猪，热情邀请客人去家里做客、言欢问好。我从青岛带来的几盒海参，可算是派上了用场。大家收到这份礼物都特别感激，纷纷表示只是听说过海参，却从未见过，也不知道该怎么吃。好在汪明明老师考虑周到，提前备好了食用说明。

按惯例，在绿春之行中，县主要领导会和我有一次会面，届时会问一些茶叶产业发展中存在的问题和建议。为此，我做了一些思考。

我常常在想，提升农业全面竞争力，既要充分挖掘并利用农村丰富的自然资源，又要高效、绿色地利用，这就要利用科技形成新业态、新动能，着力发展，只有这样，才能为农业发展注入源源不断的活力，带动农民走上致富之路，让他们真正从农业中获得满足感和幸福感，乐于通过农业实现致富梦想。

国家对农业发展和农民致富的重视程度不言而喻，一系列政策的出台和资源的倾斜，都彰显了这一点。而作为高校的一员，我们在这场农业振兴的浪潮中，究竟该扮演怎样的角色，又该如何作为呢？高校拥有丰富的科研资源、先进的技术成果以及专业的人才队伍，这些都是推动农业发展的强大动力。然而，如何将这些优势转化为实实在在的农业生产力，实现科研成果与农业振兴的有效对接？

这是我们亟待解决的问题，也是我在绿春帮扶工作中一边思考和行动，一边总结的课题。

这段时间以来，在同行的帮助和大家的共同努力下，我们成功拿下一个公用品牌商标和两个新产品标准，分别由国家商标总局和中国茶叶流通协会批准颁布，但企业对这些成果的使用率并不高，不能形成稳定的产品品质，也难以提升绿春的影响力。接下来，需要各级领导，尤其是县农科局茶叶站加大宣传力度，并且告诉大家，使用我们制定的标准和公用品牌是不需要花钱的。

在这次调研过程中发现，农药化肥使用不合规定的问题依旧比较突出，含硫化肥、草苷膦还在被使用，这对茶叶产品质量和后续产业发展都会产生不良影响。早在 2021 年，绿春县第十三届县委常委会第八次（扩大）会议就研究同意了一系列茶产业发展方案，像《绿春县茶产业发展行动方案》《绿春县茶叶投入品管控整治实施方案》《绿春县茶产业发展十条奖补措施（试行）（2021—2025 年）》里面对茶叶产业发展规划得很详细，还明确了牵头单位、责任单位和实施期限，如建立肥药购销台账，每年至少三次抽查全县茶叶农残情况。执行情况如何？似乎只有文件，没有真正落实。建议县委、县政府检查落实情况，让相关责任方说明未落实原因。可参考青岛市崂山区和浙江省松阳县的做法，实行茶叶"肥药两制"补贴政策。同时，加强监督检查，确保政策落地见效。

最后，老生常谈，必须强调"在其位，谋其政"，对不作为的岗位要精简优化，建立以实绩为导向的考核评价体系。建议在年终工作汇报时，由县委、县政府根据单位和个人的工作职责、服务对象和实绩进行打分，连续两年不合格，就进行降级、调配或待岗处理。

令人欣慰的是，茶叶产业发展势头强劲。不少茶企都在扩大规模，如玛玉村茶厂、讯来茶叶有限公司、森泉茶叶厂、绿鑫生态茶业有限公司；也有不少外出打工者或在外地经营者回到家乡新建茶厂，有效带动当地经济发展。在绿春哈尼十月年长街古宴文化旅游节茶文化系列活动场所，我品鉴了全县多数茶叶展点的产品，明显感觉到茶叶质量有了大幅提升，甚至出现不少单价 2000 多元 / 千克的高香白茶，这在前几年是不曾见的。此外，绿春茶体验馆的建成，展现了绿春县茶叶产业的发展历程及现状，给很多人一个了解绿春茶的窗口。值得一提的是，茶叶采工每日的报酬也有较大增长，以前每天最高只有百元左右，现在是 250 元左右，实实在在地增加了当地农民的收入。这都是近几年县委、县政府大力抓茶叶产业发展的成果，使万亩茶山变"金山"，片片绿叶成"金叶"。这些变化，不正是"绿水青山就是金山银山"的发展理念正在绿春落地生根的样子吗？

2023 年 11 月 17 日

这几天是哈尼族十月年，过年的喜庆氛围感染着每一个人。这几天也放假了，制作酸茶所需的鲜叶采摘工作受到影响，我们只好暂时等待。原本计划好的行程被打乱，只能等到 20 号再去戈奎乡，21 号晚上抵达昆明，22 号晚上或者上午才能返回青岛。这期间，我们就在大兴镇协助茶展相关工作。

不过这样也好，让我们有机会好好感受哈尼族的十月年。寨子里飘着米酒的香气，人们穿着节日盛装，围着火塘唱歌跳舞。老人们讲着祖辈传下来的故事，孩子们在人群中嬉戏打闹。这样的热闹，这样的烟火气，也是茶叶文化中别样的味道。

原本打算等省农业农村厅办公室吴伟弘副主任在哈尼十月年当面讨论"滇白"发展事宜，农科局陈副局长告诉我，吴主任有事来不了绿春参加哈尼十月年了。现在看来，就先写一份报告发过去吧！

吴主任：

您好！

我是汪东风。近四年多次到云南，对该省茶叶生产也有一些了解，特别是在紧压茶（普洱茶饼）和白茶方面，由于参与申报中国茶叶流通协会团体标准，了解多些。目前，普洱茶饼及月光白茶销路不好，茶企又在惯性生产，积压严重，需要适用且便捷的新技术转型升级。为此，我建议成立"滇白发展指导工作组"，供参考。

1. "滇白"发展简况

目前，云南茶叶机构为云南白茶制定有《高香白茶》《云南大叶种白茶标准》《勐海茶白茶》《景谷大白茶》标准，方可编著《云南白茶：高端白茶价值体系解构》等相关基础资料。高香白茶自绿春县首创后，市场评价高。月光白茶生产基础较好，也有一定的生产量。正如中国茶叶流通协会会长王庆在2022年10月指出的那样，"当前，云南白茶还处于发展前期，从生产技术的规范到标准的建立，再到品牌的打造、市场的拓展，都还有很长的路要走"。

2. "滇白"发展内容

首先，要加强对滇白的宣传力度，形成"七彩云南、三色茶"的广告效应。三色茶指的就是黑茶（普洱）、红茶（滇红）和白茶（滇白）。其次，针对茶树特点和市场定位，对高香白茶和月光白茶的生产技术进行培训，提高产品标准。最后，强化质量管理，注重品牌效应。

3. 滇白发展组织

建议成立由省农业农村厅、相关专家和主要产地企业组成的指导组。

该指导组负责"滇白"工艺的优化、品牌的打造与推广等关键工作，全方位推动"滇白"产业的健康发展。

…………

我坐在临时借用的办公室里整理资料，窗外的欢笑声一阵阵传来，而电脑屏幕上一行行地罗列着的建议、规划等此刻显得格外有意义——新的一年，承载着这片土地上哈尼族同胞新的希望。

2023 年 11 月 20 日

昨天，在滇南群山环抱的绿春县城，我有幸见证了哈尼十月年长街宴的盛况——4065 张长桌如游龙般蜿蜒排开，约 10 万人共同参与一系列热闹的活动。桌连着桌，凳挨着凳，长街铺成席，宾朋聚拢来。这场哈尼十月年长街宴，将民族团结的宏大叙事，化作了餐桌上升腾的烟火气。

与绿春县农科局陈副局长在长街宴上

与绿春县张副县长等在长街宴上

举行长街古宴是哈尼族十月年的习俗，当地群众通过长街古宴庆祝丰收，祈福纳祥。按照哈尼族历法"天干地支"的计年方式，哈尼族人将每年农历十月第一个"属龙日"作为新年的开始，也就是哈尼族的十月年。现在，已举办了20届的十月年长街古宴文化旅游节已成为展示绿春县民族文化、饮食文化、服饰文化和提升绿春形象的一张亮丽的民族文化名片。

晨光中，红河州绿春县哈尼十月年长街古宴文化旅游节上，长街古宴礼拉开帷幕。先是民俗方队、农耕文化方队、乡村振兴民族文化方队（花车）巡游展演，五彩斑斓的民族服饰在阳光的照耀下如流动的彩虹，令人目不暇接。紧接着是民间舞蹈集中展演及民族文化体验活动。观众纷纷围聚过来，有的跟着节奏轻轻摇摆，有的拿出手机记录下这精彩的瞬间。到了下午，民族服饰暨民族风情展演继续进行。随后，便是最具特色的长街古宴活动，从17：00到19：00，大家围坐在摆满美食的长桌旁，吃着哈尼蘸水鸡、蘸水魔芋、豆腐圆子、风味咸鸭蛋、糯米血肠、油炸竹虫等，欢声笑语不断。民族团结大联欢篝火晚会（哈尼迪音乐秀）更是将气氛推向了高潮，一直持续到晚上10点。

作为嘉宾，我有幸坐在龙头席，与哈尼族同胞同桌、同饮、同食、同唱，第一次与这么多人共进晚餐，真是其乐无穷！席间，我还与云南省农业农村厅刘副厅长就"滇白"发展进行了交流。随行来绿春做实验的研究生看到后，感慨地说，汪老师时刻想着事业，在这么丰盛的菜肴面前，心里想的还是怎么为云南、为绿春的新农村振兴献计献策。

来绿春多次，我这是第二次与哈尼族同胞过十月年。上次是2020年，受疫情影响没能举办长街宴，大家就在农户家相聚。每家每户都摆出丰盛的菜肴和自酿的小烤酒，大家围坐在一起，同样其乐融融。作为一个上了年纪的人和一名老党员，看着这样的场景，我心里时常会涌出强烈的幸福感。大家安居乐业、幸福美满，这可不就是人生最美好的样子吗？努力实现各民族同胞的和谐美满、安定繁荣、共同幸福，这不正是我们党的宗旨所在吗？

长街宴上跳动的火把，照亮的是各民族守望相助的美好图景。当篝火晚会的音乐响起，各族群众手拉手跳起舞时，我仿佛看到中华民族的团结精神在这里生根发芽。这正是我们帮扶工作的初心——不仅要让群众的腰包鼓起来，更要让民族团结之花常开长盛。

2023 年 11 月 21 日

前几天，我到骑马坝乡玛玉村开展茶叶技术指导工作。在村办公室，我碰到一位看上去像是村干部的人。他身着朴素的衣衫，脸上带着质朴的笑容，眼神中却透着一股认真劲儿。

他走到我跟前，开口问道："汪教授，您知道'两个确立''四个意识''四个自信'和'两个维护'具体内容是什么吗？"

我心里一琢磨，看他那架势像是正在写材料。这些是在政府文件和政论文章里常见的名词，他大概是想确认一下具体内容，于是，我试探性地问他："你是在写材料，想确定下这些内容，对吧？"他听后，忙不迭地点头说："对！对！"

我跟他讲，这些内容咱得清楚理解。"两个确立"是党确立习近平同志党中央的核心、全党的核心地位，确立习近平新时代中国特色社会主义思想的指导地位；"两个维护"是指维护习近平总书记党中央的核心、全党的核心地位，维护党中央权威和集中统一领导；"四个意识"是指政治意识、大局意识、核心意识、看齐意识。

讲完这些，我笑着打趣道："这'四个自信'你能告诉我吗？四个问题我答了三个，你回答一个吧？"

他笑而不语。我这才反应过来，上面四个问题他在支部微课堂上很容易就能找到，估计他也是刚看到，是在考我呢。他大概是想看看，我这个"985"大学的二级教授、国家级名师的水平到底怎么样。茶叶研究水平高没的说，可政治素养又如何？

不要小瞧基层的同志。如今网络信息传播迅速，他们获取知识的渠道多样。有时候他们可能刚看到某些内容，或者有些网上不好找的问题，就会来问你。这也给我提了个醒：其一是要始终保持谦逊的态度，不懂就是不懂，千万不要装懂；其二是山外有山，人外有人，每个人都有值得学习的地方，切不可骄傲自满。

2023 年 12 月 6 日

阔别多年，我终于回到魂牵梦萦的浙大校园。走在那条熟悉的林荫道上，往昔的学生岁月一下子浮现在眼前。

在浙江大学茶叶系成立 70 周年庆典活动上，我见到了许多老同学。光阴荏苒，曾晓雄已经是南京农业大学的二级教授了，史玉荣是浙江长裕茶制品有限公司董事长。我们三个老室友聚在一起，聊起当年在实验室熬夜做实验的日子，恍如昨日。最让我感动的是，虽然大家走上了不同的人生道路，但那份同窗情谊依然如初。交流中，我们一致认为成功的关键在于将宏大的目标细化为一个个切实可行的小目标，通过逐步实现这些小目标，最终达成心中的大目标。

这次机会难得，我有幸与浙江大学原农技推广中心主任、动物科学学院教授鲁兴萌和茶学系教授骆耀平深入交流。鲁教授为浙大更好地服务社会、赢得多项美誉功不可没；骆教授则从 2003 年 4 月开始，兼任浙江省科技特派员，赴温州苍南开展科技帮扶工作，先后被评为省和国家优秀科技特派员。听他们讲述这些年在基层帮扶的经历，我深受启发。他们说，浙江大学要建设成一所一流的大学，那么它对社会的贡献也必须是一流的。学校为社会服务了，在人们的心目中，自然会成为一流的学校。

到云南省绿春县帮扶后，我了解到母校茶学系为云南茶叶产业发展做了大量工作，也一直渴望回到母校，向老师们请教。这次借着回校参加茶学系成立 70 周年庆典的机会，我专程拜访了恩师刘祖生先生。刘祖生先生 1931 年 8 月出生于湖南安化，1953 年毕业于华中农学院并留校任教，1954 年调入浙江农学院，1986 年晋升为教授，1990 年获批成为博士生导师，在茶学界担任过众多重要职务，如国务院学位委员会学科评议组成员、中国茶叶学会副理事长。

九旬高龄的刘先生精神矍铄，与夫人胡老师热情地接待了我。原定半小时的拜访，因相谈甚欢延长至两小时。刘先生获知我在边境山区开展帮

浙江大学茶学教授刘祖生
为玛玉茶题词

到浙江大学茶学教授刘祖生家里请教

扶工作，且计划五年内使茶产值翻倍，八年达到 10 个亿的目标后，关切地询问我是否对政府做出了承诺。我向先生阐述了将大目标分解为小目标逐步推进的计划，包括前期的调研、捐赠茶叶发明专利、培训相关技术人员、制定茶叶标准、培育申报公用品牌以及请精于茶叶研究的院士题词等一系列具体举措。刘先生肯定了我的做法，语重心长地对我说，只要坚持不懈地逐个实现这些小目标，最终就有实现大目标的可能。让我惊喜的是，先生在夫人的搀扶下走到书桌前，挥毫泼墨，写下"玛玉茶"三个苍劲有力的大字，为我"助力"并以示鼓励，笔墨间饱含对云南茶农的牵挂和对我们帮扶工作的期许。

与优秀的人为友，你就慢慢优秀了，诚如"近朱者赤，近墨者黑"所表达的。在浙江大学这几天，邀请聚餐喝茶的同学或朋友很多，毕竟阔别母校已多年，同学间甚感亲切。和几个老同学聚餐时，大家听说我要再去绿春，都表示要全力支持我的帮扶工作。老室友甚至当场承诺要派人去绿春考察，探讨合作可能。这份情谊，让我倍感温暖。在杭州期间，我还询问了浙江大学农技推广中心在云南省景东的帮扶典型案例，邀请老同学胡振长老总等人品鉴绿春茶叶，请师长题词，还咨询了校庆伴手礼等相关事宜，希望能进一步扩大绿春茶叶品牌的知名度。

同学们笑称，老汪到杭州来一趟时刻不停，处处想着帮扶工作，心系绿春县新农村建设。这哪儿是来参加校庆的，分明是来"拉赞助"的！不过这股劲儿，还真像老汪当年读书时的样子——认准了目标就决不回头。

我对同学们说，套用中国足球解说员常说的那句"留给中国队的时间不多了"，留给老汪的能到绿春县帮扶的日子也不多了。这一趟，有师长的支持，有同学的鼓励，都是我继续前行的动力啊。

2023 年 12 月 8 日

昨天下午，我收到中国茶叶学会团队标准委员会秘书刘畅博士的微信，内容是我们申报的《玛玉茶》《绿春县茶园管理规程》标准的专家审定意见。我点开附件，密密麻麻的修订建议跃入眼帘。这两天索性在家办公，逐条梳理反馈意见，逐字修改完善，争取尽快将修订版反馈至绿春县相关企业和管理部门。

2022 年秋天，我们开始准备这两个标准的申报材料。当时，中国茶叶学会的江用文研究员非常支持边疆少数民族地区的发展。说起来很有缘分，他与我妹妹是同学，还是一个镇上的老乡，又毕业于安徽农业大学，论起来既是我的学生，也是校友。他答应帮我们加快评审进度，还给予了优惠政策。我们把标准注册评审费用从中国海大专项帮扶经费里拨给了县农科局，可没想到这笔费用拖到 6 月份才缴齐，这也在一定程度上影响了审定的进度。

好在刘畅博士很负责，她是浙江大学茶学系毕业的，同我是校友关系，有此关系，沟通起来就顺畅了许多。为了让两个标准更完善，她不仅邀请了我推荐的云南省农科院茶叶研究所梁名志作为评审员，而且先后请了国家茶叶流通协会分管标准的副会长匡新，农业农村部茶叶质量监督检验测试中心研究员汪庆华，中国农业科学院茶叶研究所鲁成银、金寿珍和石元值研究员，广东省农科院茶叶研究所副所长操君喜研究员，昆明理工大学食品科学与工程学院副院长庄永亮研究员，浙江大学茶学系陆建良、龚淑英教授，云南省农科院茶叶研究所副所长陈林波研究员，普洱市茶叶科学研究所所长赵远艳，安徽省农业科学院茶叶研究所廖万有研究员，浙江省标准化研究院姚晗珺，安徽农业大学茶与食品科技学院王同和教授，云南省绿色食品发展中心副主任李永平等专家审核。通常情况下，一般标准审核请五到七位专家就够了。刘博士为了不辜负大家的期望，非常认真，足足请了 15 位专家，这对完善标准起到了重要作用。

从 11 月 27 日到今天，我都在对照专家意见修改标准内容。有的专家意见提得很细，比如要求补充玛玉茶的香气描述，有的建议完善茶园管理的具体操作规范。我一条条改，改完还要发给中国海大定点帮扶办公室和绿春县农科局的领导。如果他们没有意见，等中国茶叶学会上会确定后，这两个标准就能发布实施了。

这两个标准的制定很有意义。《玛玉茶》标准的出台将为这一特色农产品建立统一的质量评价体系，让消费者能够通过标准化的指标来辨别真伪优劣，从而提升产品的市场认可度和附加值。大家卖茶时就有了统一的标准，消费者也能更清楚地知道什么是好茶。《绿春县茶园管理技术规程》将规范当地茶园的种植管理，通过科学的技术指导，帮助茶农提高茶叶品质和产量，同时保护当地的生态环境。

其实，我们做这个的初衷很简单，就是想让绿春的好茶卖得更好，让茶农们能多挣点钱。有了标准，茶叶品质稳定了，慢慢就能做出品牌来。绿春县"东仰云海"这个公用品牌从无到有，短短几年，已逐渐在市场上站稳脚跟。每次回绿春，最欣慰的莫过于看到茶农们脸上的笑容比前几年多了——他们开始相信，这片土地上的茶叶真的能变成实实在在的收入。我也知道，光有品牌还不够。茶叶产业要真正振兴，就得让每一片茶园、每一批茶叶都符合标准化生产和加工要求，让科技真正扎根于田间地头和工艺车间。

"授人以鱼，不如授人以渔"是我们团队一直坚持的理念。我们希望通过教会当地茶农和企业的专业技术与管理方法，探索出助力新农村振兴的帮扶道路。国家政策在向农村倾斜，高校的科研资源也在不断下沉，但如何让这些"高大上"的技术和管理方法真正被茶农接受、运用？这是我们在绿春帮扶中最常思考的问题。有时候，一个简单的施肥技术，得手把手教上三五遍；有时候，一套标准化的加工流程，得反复调整才能适应本地条件。但每一次看到茶农们从茫然到掌握，从怀疑到信任，我就知道，这条路没走错。

在这里，我深刻感受到学校层面和国家层面帮扶的双重力量。学校不仅是科研资源的提供者，更是理念和技术的传播者。从实验室的设计到茶园的实地指导，从标准的制定到品牌的推广，学校始终站在帮扶的第一线，用实际行动践行着社会责任。而国家层面的政策支持，则为这一切提供了坚实的保障。无论是乡村振兴战略的顶层设计，还是科研资源向基层的倾斜，这些政策为绿春这样的偏远地区注入了前所未有的发展动力。

待这两个标准颁布后，明年3月份就重点推进培训与实施工作，再到明年底，绿春的茶产业应该就能实现标准化、规模化生产了。那时候，"东仰云海"或许会成为云南茶产业的一张新名片，但这不是终点。我们更希望这片茶香，能真正飘进每一位茶农的生活里，让他们在乡村振兴的道路上，走得更稳、更远。毕竟，只有当技术成为习惯、标准成为共识，这片土地上的每一片茶叶，才能真正承载起乡村振兴的希望。

2023 年 12 月 10 日

明天是个重要的日子。绿春县何阳书记带队的县党政代表团将到学校调研，代表团成员还有县委常委、县委办公室主任李七间，副县长高翔，林业和草原局局长马志祥，投资促进局局长胡帅才，以及农科局副局长李祖文。学校安排我给大家做茶叶帮扶专项进展报告。

这些年，我们中国海大在绿春县开展茶叶产业帮扶，确实走出了一条特色之路。从最初的技术指导到现在形成"中国海大模式"，每一步都凝聚着大家的心血。记得第一次去绿春调研时，看到茶农们守着这么好的茶叶资源却卖不出好价钱，我心里很不是滋味。现在，"东仰云海"品牌慢慢有了知名度，茶农们的收入也有了明显提高，这是我们最欣慰的。这一模式的成功实践，离不开学校的支持和绿春县的积极配合。我们用科技的力量为传统产业注入新活力，用品牌的塑造为乡村振兴注入新动能。

2024 年工作计划是汇报重点，毕竟 2023 年的工作已经完成，成果也有目共睹，而 2024 年的工作规划关系到未来的发展方向。在 2024 年的工作计划中，我提出了几个关键方向——借力聚力，着力打造品牌；创制设备，开发功能普洱；继续发力，引领滇白发展；杜绝陋习，做强绿春茶业；改造茶园，做大绿春茶业——就像王剑敏副校长常跟我们说的，聚焦助力绿春产业振兴、人才振兴、文化振兴、生态振兴、组织振兴的任务目标，稳步推进下一步工作，书写助力乡村振兴的海大答卷。

说实话，这份答卷做起来都不容易。特别是明年我就 68 岁了，虽然在学院里既没有专门的研究室，也没有研究生团队协助，但不管是过去还是现在，抑或将来，学校和绿春县都高度重视和支持。真心希望，每一次的研讨、碰撞都能够凝聚共识，争取更多资源，共同推动绿春茶产业的可持续发展。

参与这样的帮扶工作，我更加坚信，个人的努力只有融入国家的发展大局，才能真正发挥价值。学校的支持让我看到了科研的力量，而国家的政策也让我感受到时代的温度。在这片土地上，每一次技术的落地，每一次理念的传播，都在为乡村振兴添砖加瓦。而其中的这份成就感，比任何学术成果都更加令人动容。

"只提建议是没有用的，需要动手做起来，且事先不要考虑做得不好怎么办，对自己有什么好处。只要对社会、对人民有益，就全力去做，不要患得患失。"

2023 年 12 月 20 日

又到了岁末年初，我整理了一下今年的帮扶材料，完成了教育部教育振兴乡村专项季度汇报。中国海大专项基金——茶叶精深加工技术（绿春）年度总结也在准备中。以下是教育部教育振兴乡村专项季度进展报告的主要内容。

绿春县茶叶精深加工技术集成创新及推广应用
2023 年第四季度进展报告

1. 继续全方位帮扶，促进绿春县茶叶产业发展

在前期相关工作基础上，项目组于 2023 年 11 月初再次奔赴绿春，深入一线茶园和车间，围绕"高香白茶""玛玉茶"等工艺要点、茶园管理标准等对当地茶农和茶企进行技术指导，累计培训 100 余人次。

继续联系相关企业和专家推动《玛玉茶》和《绿春县茶园管理规范规程》团体标准的修订完善，以期早日通过审定和发布。此外，牵头申报的《茶叶及制品中茶多糖总量的测定—分光光度法》行业标准已被纳入 2023 年食品行业标准计划建议清单，正在推进审批过程中。

2. 研制自动化渥堆设备，开发普洱熟茶新工艺

前期委托工程学院设计制造的自动化渥堆发酵设备，经过联合攻关，样机已出，目前正在调试；在学校和学院支持下，拟设立"绿春茶叶研究室"，正在按照要求购置控温控湿机、茶叶杀青机、压饼机、烘干机等，

以期为绿春茶叶产业发展提供新技术。

3. 宣传绿春茶叶，得到领导专家肯定

向教育部相关领导行文汇报进展，得到领导专家肯定，并在相关媒体上宣传介绍；请茶叶界院士刘仲华教授题词"高香白茶"；请浙江大学知名茶叶教授刘祖生老先生题词"玛玉茶"，为绿春茶叶包装宣传提供亮点。

4. 其他方面

邀请香气专家，揭秘高香白茶香气成因。请北京工商大学二级教授宋焕禄博士带领香气研究团队成员到绿春，制备高香白茶，进行香气分析。

调研非遗酸茶，试制绿春酸茶。云南德昂族酸茶制作技艺是国家级非物质文化遗产，在德昂族酸茶传承人调研和分析基础上，结合哈尼族酸茶制作技艺传承，11 月到绿春购置相关设备，进行研制开发（进行中）。

拟定相关建议，为"滇白"发展献计献策。先后多次就绿春县茶叶生产管理和云南省"滇白"发展，向绿春县委、县政府和云南省农业农村厅献计献策。

教育部教育振兴乡村专项 2023 年 12 月

前天，在崂山校区海洋高等研究院 303 室，学校召开了帮扶工作的座谈交流会。学校副校长王剑敏、绿春县委书记何阳在座谈会上都对我们的茶叶专项帮扶工作给予了高度肯定。尤其是何书记，他对我们在绿春所做的工作很熟悉，对我提出的建议也很支持，并将它们一一转发给了县各主管部门。我和何书记也说过成立"绿春茶叶研究室"的想法：如果绿春县确实有此需求，不妨借助这次与学校各级领导座谈的难得机会，正式向学校提出申请，以建立长效合作机制。一旦学校能够同意，那么在今后开展相关工作时将会便利许多。

要让绿春茶叶真正实现价值提升，还有较长的路要继续走。前路漫漫，但只要一步一个脚印地走下去，总会看到希望的。

2023 年 12 月 25 日

今天是圣诞节，我收到几位国外朋友的圣诞问候。今年明显感觉到国内圣诞节的氛围没有前几年那么热烈了，这种变化让我感到欣慰——我们尊重不同文化的节日，但更应当珍视自己的传统。和国外联系密切的朋友们相互问候是一种友好的情感表达，但圣诞节毕竟是西方的传统节日，并非我国的本土节日，我们无须将其当作我国的节日一般大张旗鼓地庆祝。

刚泡好茶，手机又响了。我一看，是彤瑞茶叶有限公司工作人员发给我的"汪东风专家基层工作站"挂牌图片。金色的牌匾闪闪发亮，上面的字格外醒目。这个由云南省委组织部、省财政厅和省人社厅联合审批的院士专家工作站，条件繁多且要求极为严格，申报过程可谓一波三折，经历了无数次的修改与奔波。如今，这个工作站终于正式挂牌成立。这不仅是一块沉甸甸的牌匾，更是对我们多年来在绿春县开展科技扶贫工作的认可。

守住初心，继续扎根基层吧，用科技的力量助力乡村振兴。毕竟，能让老百姓过上好日子，才是最实在的。

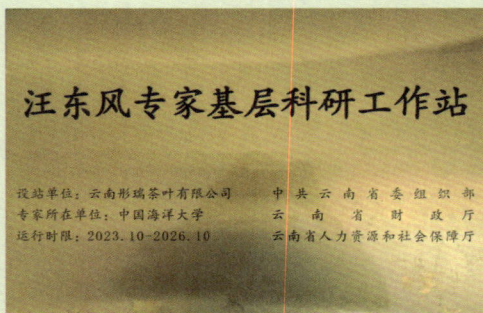

汪东风专家基层科研工作站牌匾

绿春优秀科技人才证书

说来惭愧，平日里忙于教学科研，我很少主动查阅学校各部门的通知动态，今天偶然在公文系统中看到学校定点帮扶办公室发布的通知。这份通知要求对 2023 年度绿春县帮扶工作进行系统总结，并制订 2024 年工作计划。在汪明明博士的协助下，我们完成了这样一份总结与规划。

一、2023 年度工作总结

1. 继续全方位帮扶，促进绿春县茶产业发展

2023 年度项目组先后于 3 月、6 月和 11 月三度奔赴绿春县，深入一线茶园和生产车间，围绕高香白茶、玛玉茶的工艺要点以及茶园管理规范等对当地农户和茶企员工进行现场技术培训和实地指导，累计培训 300 余人次，着力推进绿春县茶叶精深加工技术集成创新，挖掘绿春茶产业发展潜力。

自 2020 年定点帮扶云南省绿春县以来，项目组聚焦绿春茶产业的提质增效，成效显著，助推绿春县获批 2022 年云南省"一县一业"茶叶产业示范创建县，同时 2023 年绿春县的"高香白茶"也被列入云南省重点发展的茶产品之一。此外，"绿春县茶叶精深加工技术集成创新及推广应用"成功被遴选为 2023 年教育部第七届直属高校创新试验典型项目。

2. 推动绿春茶公共品牌建设，协助绿春茶叶的推广应用

为进一步打响绿春茶品牌效应，提高产品的市场竞争力，2023 年 3 月，汪东风教授携青岛山海志合文化艺术产业有限公司总经理李桂荣以及中国摄影家协会会员、《人民日报》十佳图片摄影师宋林继老师等出席绿春县首届早春玛玉茶开采节暨公共区域品牌"东仰云海""绿春四季"的

发布会，并与张云副县长一道为绿春县茶叶协会、绿春县电子商务协会进行"东仰云海""绿春四季"品牌授权，致力于做大、做强绿春县茶叶公用品牌"东仰云海"。

此外，多层面大力宣传绿春茶叶。向教育部相关领导行文汇报进展，得到领导专家的肯定，并在相关媒体上宣传介绍；请茶叶界院士刘仲华教授题词"高香白茶"；请浙江大学知名茶叶教授刘祖生老先生题词"玛玉茶"，为绿春茶叶包装宣传提供亮点。

3. 建立高质量绿春茶生产标准，健全监督机制

为提高绿春茶生产标准，在项目组推动下，联合绿春县多家单位共同起草并申报了多项茶叶团体标准，其中高香白茶团体标准（T/CTMA048—2022）、富含茶多糖紧压茶标准（T/CTMA054—2022）均已获批发布，目前绿春县多家茶企均按照标准生产。

此外，项目组还积极主持并组织绿春县多家茶企业共同推进《玛玉茶品种》的起草和申报，牵头组织《玛玉茶》和《绿春县茶园管理规范规程》两项团体标准的申报工作，上述团体标准已获得立项支持，目前3位专家已反馈初审意见，正在按照专家意见进一步完善修订。此外牵头申报的《茶叶及制品中茶多糖总量的测定—分光光度法》行业标准已被纳入2023年食品行业标准计划建议清单，正在推进审批过程中。

4. 其他

揭秘高香白茶香气成因密码：2023年6月和11月，邀请香气研究专家——北京工商大学二级教授、博士生导师宋焕禄教授及团队成员去绿春县查看当地高香白茶的制备过程，探究并解密高香白茶特征香气的成因。

调研非遗酸茶，试制绿春酸茶：2023年6月底，邀请徐莹教授一行到德宏州德昂族酸茶传承人及相关企业调研非遗酸茶，并结合哈尼族酸茶挖掘在绿春森泉茶叶厂开展绿春酸茶的试制。

为"滇白"发展献计献策：先后多次就绿春县茶叶生产管理和云南省"滇白"发展，向绿春县委、县政府和云南省农业农村厅献计献策。

二、2024 年度工作规划

1. 研制自动化渥堆设备、开发普洱熟茶新工艺

委托工程学院设计制造的自动化渥堆发酵设备，经过联合攻关，第一台样机已制备出小样，目前正与工程学院一道进行调试，2014 年初将在食品学院生物资源中心安装。

在学校和学院的大力支持下，拟在中国海大西海岸校区生物资源中心设立"绿春茶叶研究室"，目前正在按照规划布置场地并购置控温控湿机、茶叶杀青机、压饼机、烘干机等，并将于 2024 年春季完成自动化渥堆设备的安装调试，并与常规人工渥堆进行比较，制出小样。

安排 2 位硕士研究生，严格按食品卫生要求进行普洱茶的自动化渥堆发酵技术研究，完善渥堆菌种鉴定、品质分析；同时研究鲜叶内源酶辅助普洱生茶渥堆发酵新工艺，实现普洱茶的提质增香。在上述研究基础上，拟申请 1 ～ 2 项技术发明专利。

2. 继续推进团体标准的审定发布工作

联合绿春县农科局、青岛职业技术大学张续周教授等继续推进"玛玉茶"品种资源在农业农村部的审查和批准。

根据专家反馈意见和建议，完善和修订《玛玉茶》和《绿春县茶园管理技术规程》两项团体标准的内容，组织专家审评，争取团体标准早日获中国茶叶学会的审定和发布。

继续推进《茶叶及制品中茶多糖总量的测定—分光光度法》行业标准的审批进程。

3. 继续发力，引领"滇白"发展

联合北京工商大学宋焕禄教授团队继续探究高香白茶的"风味密码"，

解析其花香、蜜香等风味的形成机制及调控策略。在此基础上，进一步在绿春县推广，引领绿春县高香白茶的发展，协力助推2024年"高香白茶"申报云南省重点发展茶产品。

拟于2024年春季专程到云南省农业农村厅邀请云南省茶叶组组长王兴原、办公室副主任吴伟弘等到绿春实地考察"高香白茶"发展情况，制定云南白茶发展建议，引领"滇白"发展，贡献绿春力量。

4.其他

帮助学校相关部门、校友会及其他单位，进行校庆茶样定制工作；高香白茶、富含茶多糖茶饼、玛玉茶等标准培训和推广，茶园管理规范条例宣讲及技术培训等；教育部及学校帮扶办公室等其他工作安排等。

"茶叶精深加工技术"项目组

2023年12月

2024年1月3日

今天，阳光轻柔地洒下，驱散了连日的寒意，气温回升到零上。然而，由于前几天较冷，加上新校区房子装修，跑上跑下选材料，一番折腾下来，全家人都感冒了。

夫人逛超市时，看到青岛市市南区在超市建了安定区消费帮扶体验馆，听说效益很好。她一下子就联想到绿春县，建议在中国海大宿舍区建一个"中国海洋大学绿春县消费帮扶体验馆"。她真是和我想到一起去了，之前在西海岸校区看房子的时候，我就思考过这个问题。绿春县盛产高原特色农产品，那些农产品品质独特，绿色又安全。但是，消费者往往需要亲身体验才能真正了解产品的品质。如果有了这个具有"超级链接者"角色的体验馆，把绿春的特色产品与青岛做一个链接，让大家不仅可以直观感受产品，还能将其作为参照物，增加线上销售的诚信度，减少很多不必要的销售麻烦。

借着新春问候的契机，我将青岛市市南区的做法用微信信息的方式发给了绿春县有前瞻意识的白总。这位在当地商界以敏锐嗅觉著称的企业家，想必能从中捕捉到新的商机。同时，我也将其发给了绿春县的何阳书记。他是一位特别尽职、想法超前的书记。我特别期待他们收到信息后会对这件事做出合理的安排。

2024 年 1 月 10 日

在申报"富含茶多糖紧压茶"标准时，专家提出了一些十分严谨的问题："用什么检测方法确定茶多糖含量？""汪老师是茶多糖研究专家，请问您用的现行的多糖检测方法能正确指示其含量吗？"

从行业层面来看，目前没有茶叶及制品中茶多糖总量的测定方法标准。去年 3 月份左右，我与中国食品工业标准化技术委员会副主任委员曾教授交流时，曾听他说，可向中华人民共和国工业和信息化部申请标准制定起草，还提供了具体的联系人。这给了我极大的帮助。经过近一年的努力，现已形成草稿，正在安排研究生进行实际应用测试。

说到标准，昨天我接到中国茶叶学会的通知，本周四下午将进行《玛玉茶》和《绿春县茶园管理技术规程》两项团体标准的线上审核会议，需要我就标准内容进行说明，并针对专家们提出的修改建议做出清晰、合理的解释。

我琢磨着，在对专家们的修改建议进行说明前，我得首先代表绿春县及国家乡村振兴重点帮扶绿春县科技特派组，向中国茶叶学会标准化工作委员会及各位外审专家们的关心和支持表示真挚的感谢。正是各位专家的严格把关和专业指导，才让我们的标准更加完善、更具可操作性。另外，我还得就标准的编制背景做一点补充：2020 年初，中国海大受教育部指派对口帮扶云南绿春县脱贫攻坚。面对当时这个少数民族边境县 25 万亩生态茶园亩产值仅 1500 元的困境，为实现脱贫攻坚，我们启动了茶叶精深加工项目，其中一项重要工作便是制定茶园基本管理技术标准。克服了重重困难，我作为科技特派员坚持十余次深入绿春县调研，完成了《玛玉茶》《绿春县茶园管理技术规程》团体标准的制定工作。

后续的汇报，我看由于时间关系，可以只围绕没有采纳的建议或者不确定因素展开，其他已经根据专家建议修改的，可以请专家们阅读修改模式文本，就不在视频汇报时赘述了。

如果今年《富含茶多糖紧压茶》标准审定通过，再加上《玛玉茶》和《绿春县茶园管理技术规程》标准审定通过，那近四年，我们中国海大的帮扶团队就完成了一系列具有里程碑意义的标准化建设成果，包括一个国家级茶叶生产管理技术规程团体标准、一个国家级茶叶标准、一个茶制品中茶多糖行业检测标准，以及一个绿春县公用品牌商标（"东仰云海"）。其实，标准制定就像制茶一样，需要反复揉捻、精心打磨。虽然过程辛苦，但想到以后茶农们参照这些标准就能种出好茶，再累也值得啊。这些标准的制定与实施，不仅将为绿春县茶产业的高质量发展奠定坚实基础，更会为中国茶叶行业的规范化、标准化建设注入活力，为推动整个茶叶产业转型升级贡献一份力量。

希望周四的线上审核会议顺顺利利的。

上周，我接到绿春彤瑞茶叶有限公司尚总的电话。电话那头，尚总热情洋溢地告诉我她已抵达昆明，次日将飞赴青岛。此次专程来访，既是为了表达对我多年来指导绿春茶叶产业的感激之情，也希望能拜访中国海大工会曹主席和青岛晓阳春有机茶有限公司的匡总。

考虑到尚总千里迢迢来青岛实在不容易，我立即着手联系相关人员，并制定了尚总的行程安排：18 日到青岛，下午在中国海大西海岸校区与食品学院相关老师交流；19 日上午前往中国海大崂山校区与工会曹主席等领导交流，下午到晓阳春有机茶有限公司与匡总等进行交流学习；20 日到中山公园、老茶园等地参观。绿春县彤瑞公司尚总一行来青非常顺利，不仅按照计划和大家做了充分的交流，而且去了栈桥等景点。尚总后来跟我交流，说最难忘的是青岛的标志性景点之一栈桥，站在栈桥回澜阁前，看海天一色，鸥鸟翔集，惬意极了。尚总和同行者的青岛之行特别开心，看到他们如此尽兴，我深感欣慰。这也算是为他们在青岛的行程留下了美好的回忆。

今天下午，天气较冷，风又大，我在家准备明天的会议。这次会议一方面是向老师和校友们介绍学院发展情况，另一方面是祝贺薛长湖院长荣升中国工程院院士。会议设有研讨交流环节，为做好两分钟的发言，我反复斟酌字句，想起这些年与学院共同成长的点点滴滴。

2001 年 5 月，我结束在日本东京大学的研修回到中国海大。那时，我有幸在管华诗院士麾下开展多糖配合物化学及应用研究。尽管当时研究空间很紧张，管院士还是在药物所给我安排了实验室和办公室。两年后，我正式来到食品科学与工程系，在林洪主任领导下负责教学工作。当时，食品科学与工程系的工作空间相对较小，不到 1000 平方米，人员也相对较少，不足 20 人。我们这支队伍在管院士举起的大旗下，迸发出惊人的能量，同心同德、团结协作、创新争先，在学科建设、专业水平、人才队伍和社会服务等方面取得了令人惊喜的跨越式进步，被誉为"食品学院现象"。如今，长湖院士吹起了冲锋号。我们相信在管院士的大旗下，在薛院士的号角下，"食品学院现象"定能走出中国海大，成为全国高校学习的榜样。

我想，"食品学院现象"靠的正是这种代代相传的接力：管院士扛起大旗，薛院士吹响号角，而我们每个人，都在用自己的方式传递火把。如今条件好了，但那份"同心同德"的劲儿，始终未变。期待明日会议圆满成功，愿各位同仁都能在交流中有所收获，共同为学院的未来发展出谋划策。

从尚总一行人在栈桥的欢笑声，到明日即将见证的薛院士荣膺殊荣的盛会，再到 20 多年前初回国时药物所那间狭小却温暖的实验室……这些片段像海浪一样层层叠叠涌来，让我忍不住感慨：人生的丰盈，就藏在这些看似平凡的连接与坚守中。

2024 年 1 月 23 日

今天接到绿春县高翔副县长的电话，说自然资源部来考察定点帮扶工作。考察结束后，部里领导高度肯定了学校在绿春开展的精准帮扶和产业致富工作，称赞这不愧是教育部第七届直属高校创新试验的典型项目。听到这个消息，我内心久久不能平静。

这些年，我们中国海大帮扶团队与绿春的乡亲们并肩奋斗的场景历历在目——从最初的调研走访，到因地制宜发展特色产业，再到如今乡亲们的日子越过越红火。正如学校制作的《心在绿春》里唱的那样："跨越山海播种希望，传递爱的奉献。心在绿春，不因山海远，不忘初心，不怕困难与艰险。心在绿春，路遥情谊坚，情思绵长牵，乐作庆梦圆。"是啊，只要心系这片土地，再远的距离也阻隔不了真情，再难的路也挡不住前行的脚步。

我们中国海大从 2020 年定点帮扶云南绿春县以来，结合绿春县的实际需求，发挥学校自身的学科优势，将茶叶作为中国海大帮扶绿春县产业振兴的着力点，科技处特设茶叶精深加工项目，写好绿春茶文化、茶产业、茶科技乡村振兴篇章，持续深入推进教育、产业、消费、智力、文化等各个方面的帮扶工作，真真正正为绿春县决胜全面建成小康社会、决战脱贫攻坚提供海大智慧、贡献海大力量，让绿叶变金叶，让茶叶变茶业。

中国海大联合绿春县注册的公共区域品牌商标"东仰云海"，如今已成为绿春茶农最骄傲的名片。"东仰"是哈尼语地名，指绿春；"云"指云南；"海"指中国海大。三者的巧妙组合，不仅道出了两地携手的情谊，更让每一片绿春茶叶都承载着云海相连的故事。为了让这个品牌"活起来"，我们下足了功夫：联合设计具有地域特色的品牌 LOGO，助力品牌标识形象化；联合中国海大文创团队和茶叶龙头企业，设计商品包装，上市系列产品，入选"红河九红"县市品牌产品；原创《心在绿春》歌曲，推出《心系山海皆可平》舞台剧，讲好中国海大帮扶绿春故事；参与举办首届早春玛玉茶开采节暨公共区域品牌"东仰云海""绿春四季"发布会、斗茶大赛、全国大学生"智营销"大赛等活动，协助打造绿春茶体验馆、展示厅、消费专区等，不断扩大绿春茶影响力；邀请茶叶界泰斗刘仲华院士、刘祖生老先生为"高香白茶""玛玉茶"题词，助推绿春茶文化建设。

这个由校地共建的绿春茶叶品牌，正成为绿春茶文化传播的新窗口，让"养在深闺"的绿春茶香飘万里。

在绿春县的茶山上，我们见证了一片叶子如何托起一个产业的振兴梦想。我们学校立足当地实际，创新实施"全要素投入、全过程提质、全链条指导、全方位服务"的"四全帮扶"策略，提供"品种保护、种植管理、精深加工、品牌打造、精准营销"全产业链协助。为助力绿春县由云南省茶叶大县向茶叶强县转变，学校一直在努力——持续打造 7 家茶叶精深加工示范基地，指导 6 家省、州级龙头茶叶企业生产，带动茶农 3673 户，覆盖茶园面积 30448 亩，高香白茶产量 608.96 吨，产值 9134.4 万元；2023 年每亩增收 400 元以上，白茶价格增长 114%。截至 2023 年 12 月，全县茶叶种植面积 25.25 万亩，预计产量 2.57 万吨，实现产值 5.31 亿元，相比 2019 年的 2.95 亿元，增长 80%。这些数字背后，是一个个家庭生活的切实改善。这些成绩的取得，离不开多方位的帮扶措施：举办校园定点帮扶产品展销会；积极指导茶叶企业参加南博会等；发挥"党组织＋校友""高校联盟＋营销比赛"等助销作用。学校师生连续两年在全国 832 平台个人消费采购份额位列教育部直属高校第一名，获评 2022 年度"政府采购突出贡献奖"；我的绿春帮扶事迹获评山东省"创新榜样""感动青岛"道德模范和绿春优秀人才等荣誉称号。这些沉甸甸的荣誉是对我们帮扶工作最好的肯定。

要让茶产业真正振兴，必须把论文写在茶园里，把技术送到绿春。正因为我们深知这个道理，所以无偿捐赠相关茶叶发明专利技术，并先后 10 多次组团赴绿春县开展现场专利技术培训、示范企业打造、产品质量检测、茶叶标准制定等工作，并协助推进公共品牌创建、线上营销、线下专卖、消费助农、引入大型茶企等。我们走遍了全县四镇四乡茶园、茶企和相关市场茶店，培训相关人员 1000 余人次。为了让科技帮扶真正落地生根，保障捐赠培训的核心技术及相关产品可持续有效实施，我们主持制定了多项行业标准：《高香白茶》《富含茶多糖紧压茶》等团体标准的出台，让绿春茶叶有了品质的标杆；正在审核的《绿春县茶园管理技术规程》《玛玉茶》等团体标准和《茶多糖总量快速测定》行业标准，将为茶叶深加工提供技术规范和科学依据。更令人期待的是，新型熟茶渥堆发酵技术及自动化设备的研发、普洱熟茶渥堆车的筹建、企业无偿捐赠海藻有机化肥的引进，正在为有机茶园的打造注入新的科技活力。

这片土地，正在书写着海大助力乡村振兴的新故事。期待这个故事可以为后续帮扶工作提供经验参考，也给更多致力于乡村振兴的后来者带来有益的启示。

2024 年 1 月 30 日

尚总刚从青岛离开不久，绿春县森泉茶叶厂的白总便风尘仆仆地赶来青岛考察了几天。今天一大早，手机铃声响起，屏幕上显示着白总的名字。接起电话，她温婉的声音从听筒里传来，告诉我她已在回云南的路上，特意来电感谢我们在她青岛之行期间的款待。她言辞恳切，说这次来青岛，本是专程看望我，想当面表达对我为绿春县和企业无私奉献的感激之情，却觉得给我添了不少麻烦。哪里是添麻烦呢？能为他们做点事，本就是我的荣幸。

山东是孔孟之乡，历来好客。白总他们不远万里从云南绿春来到青岛，只为当面道一声"谢谢"，这情谊实在太重，让我深感温暖又有些过意不去。为表心意，我特地邀请了关心绿春县帮扶工作且为之提供过帮助的人，像食品学院原党委书记辛华龙、青岛山海志合文化艺术产业有限公

白总来青时合影

司老总李桂荣，还有在食品科学与工程学院做酸茶等方面研究的教授徐莹，大家齐聚中国海大学术交流中心地中海厅。我拿出了 10 多年前的五粮液，还有 2023 年产的明前龙井茶，盛情招待远方的客人，也算是礼尚往来。

当天下午，我带着白总等人参观了食品科学与工程学院和我的办公室——国家级名师工作室。晚上，李桂荣老总又热情地做东请客。真是一岁年龄一岁人啊！我这把年纪，早已习惯了清淡饮食，中午睡一小时、晚上一碗粥的规律生活。这下连着主陪大餐，身体还真有点吃不消！其实对于我们这些老师来说，能把工作做好，真正让绿春县的人们受益，有机会听到他们说一声"感谢中国海大，感谢汪教授"就知足了。这让我知道，我们的付出没有白费，我们的努力，真的在改变着一些人的生活。这，就是身为教师最大的幸福。

由我主持并实施的帮扶项目——"绿春县茶叶精深加工技术集成创新及推广应用"，成功入选教育部直属高校精准帮扶创新试验项目行列，自 2021 年起获得每年 2.5 万元的专项资金支持。尽管项目经费有限，只够出差 2 次，远无法与咱们工科的纵向或横向企业经费相比，并且经费报销比较麻烦，但我们始终合理规划资金使用，确保每一分钱都切实服务于乡村振兴事业。项目年度总结报告的撰写是成果凝练和经验梳理的重要环节。为了如实呈现项目的进展与成果，每年撰写年度总结报告时，我们都要投入大量的时间和精力。

这份给教育部的"2023 教育振兴乡村专项"支出绩效评价报告，便是在助教汪明明博士精心撰写的初稿基础上，经过反复打磨、修改完善而来的，力求全面、客观地呈现项目进展与成效，为后续乡村振兴工作提供可借鉴的经验。

"2023 教育振兴乡村专项"绿春县茶叶精深加工技术集成创新及推广应用项目的支出绩效评价报告

一、基本情况

云南省绿春县是我国少数民族县、边境县、山区县，也是茶叶县。截至 2019 年底，该县茶园面积约 25 万亩，茶叶种植覆盖 4.6 万户农户，占全县农业户的 82%，实现年产值 2.9 亿余元。但是由于茶叶专业技术人员留不住，茶叶加工技术落后，茶叶品质较差，价位很低，如晒青绿茶年产约万吨，单价为 12 元/千克，仅作为低价原料外售。

为促进绿春茶产业发展，有效实施"一县一业（茶叶）"，在前期汪东风教授调研帮扶的基础上，本项目继续推进绿春县茶叶精深加工技术集成创新及推广应用，2023年度主要内容包括：完成《高香白茶》和《富含茶多糖紧压茶》两项国家级团体标准的完善、审定及批准发布；培训绿春当地茶企员工、茶农，推广实施高香白茶、富含茶多糖茶饼等工艺技术等；开展玛玉茶种质资源保护工作，考察分析当地茶园生产管理现状，制定并实施绿春县茶园管理技术标准等。本项目基于汪东风教授团队在茶叶精深加工领域的优势，结合绿春县茶叶发展实际需求，推广高香白茶、富含茶多糖茶饼等制备技术，助力绿春县基于茶产业的乡村振兴建设并带动当地茶农的增收。

2023年，"2023教育振兴乡村专项"为本项目投入资金2.5万元，全年执行数为24486.93元，执行率达到98%。

二、绩效评价工作开展情况

本项目2023年度的绩效指标包括三部分，分别为产出指标、效益指标和满意度指标。为全面、科学地考察项目设定的绩效指标，对项目支出的经济性、效率性、效益性和公平性进行客观、公正的分析和评判，特开展本项目的绩效评价。

本项目绩效指标及完成情况如下表所示。

	一级指标	二级指标	三级指标	年度指标值	全年完成情况
绩效指标	产出指标	数量指标	国家级团体标准（富含茶多糖茶饼标准、高香白茶标准）	=2个	2
			参与培训人次	≥110人次	300余人次
	效益指标	社会效益指标	促进茶产业尤其是云南白茶发展，因茶留人，因茶致富	有效	有效
	满意度指标	服务对象满意度指标	服务对象满意度	≥90%	90%

（1）产出指标：为提高绿春茶生产标准，在项目组推动下，联合绿春县多家单位共同起草并申报了多项茶叶团体标准，其中高香白茶团体标准（T/CTMA048—2022）、富含茶多糖紧压茶标准（T/CTMA054—2022），经过不断与相关专家沟通交流，完善了标准，成功通过审定，现均已获批发布，目前绿春县多家茶企均按照标准生产。项目组还积极主持并组织绿春县多家茶企共同推进《玛玉茶品种》的起草和申报，牵头组织《玛玉茶》和《绿春县茶园管理技术规程》两项团体标准的申报工作，上述团体标准已获得立项支持，目前正在按照专家意见进一步完善修订。此外，牵头申报的《茶叶及制品中茶多糖总量的测定—分光光度法》国家行业标准已被纳入 2023 年食品行业标准计划建议清单，正在推进审批过程中。

2023 年度项目组先后于 3 月、6 月和 11 月三度奔赴绿春县，深入一线茶园和生产车间，围绕"高香白茶""玛玉茶""富含茶多糖紧压茶"等的工艺要点以及茶园管理规范等对当地农户和茶企员工进行现场技术培训和实地指导，累计培训 300 余人次，着力推进绿春县茶叶精深加工技术集成创新，挖掘绿春茶产业发展潜力。

（2）效益指标和满意度指标：自定点帮扶云南省绿春县以来，项目组聚焦绿春茶产业的提质增效，成效显著，助推绿春县获批 2022 年云南省"一县一业"茶叶产业示范创建县，同时 2023 年绿春县的"高香白茶"也被列入云南省重点发展的茶产品。此外，"绿春县茶叶精深加工技术集成创新及推广应用"成功被遴选为 2023 年教育部第七届直属高校创新试验典型项目。

为进一步打响绿春茶品牌效应，提高产品的市场竞争力，项目组从多层面大力宣传绿春茶叶。2023 年 3 月，汪东风教授携青岛山海志合文化艺术产业有限公司总经理李桂荣以及中国摄影家协会会员、《人民日报》十佳图片摄影师宋林继老师等出席绿春县首届早春玛玉茶开采节暨公共区域品牌"东仰云海""绿春四季"的发布会，为绿春县茶叶协会、绿春县电子商务协会进行品牌授权，致力于做大做强绿春县茶叶公用品牌"东仰云海"。为请茶叶界院士刘仲华教授题词"高香白茶"，汪教授一行特到云南德宏一边调研酸茶，一边等候刘院士，向刘院士汇报"高香白茶"情况，并求得刘院士墨宝；听说浙江大学知名茶叶教授刘祖生老先生在20世纪80年代评审支持过"玛玉茶"，特到杭州上门拜访了刘教授，请他品鉴该茶，提出指导意见，并请刘祖生老先生题词"玛玉茶"，为绿春茶叶生产和品牌宣传提供亮点。

三、存在的问题和原因分析

本项目顺利完成各项绩效指标。但是因为项目经费启用较晚，因此1～7月本项目的经费执行率为0.00%，8～12月完成了98%的经费执行率。主要原因在于经费拨款到学校后，项目组成员不熟悉相关经费启用程序，导致了一定的延误。

四、下一步改进措施建议

基于2023年度项目经费启用较晚的情况，2024年度项目组将及时启用项目年度经费，科学合理地加以使用。

进一步细化2024年度项目绩效指标，在前期基础上，继续坚持茶叶精深加工技术的本地化，培训当地技术人员，做实做优"创新茶叶加工助推茶乡致富"的帮扶模式，发挥接地气的帮扶作用。此外，以2024年度中国海大百年校庆为契机，开展绿春茶叶在线销售、校园专卖等，协助绿春茶叶走出绿春，达到显著的经济效益。

昨天，我收到中国茶叶学会标准化工作委员会发送的中茶学会〔2024〕7 号文，《玛玉茶》和《绿春县茶园管理技术规程》的国家团体标准已审议通过了，真是振奋人心！

我们学校在绿春县相关部门支持下，通过近五年的不懈努力，成功完成了《玛玉茶》《绿春县茶园管理技术规程》《高香白茶》《富含茶多糖紧压茶》四项国家团体标准的制定，以及一个公用品牌商标的调研和申报，相关成果已陆续公开。这将为绿春茶产业的持续发展提供坚实的保障，毕竟好茶需要好标准，好产业更需要好规矩。

回顾五年前，上海市为深化沪滇扶贫协作，曾组织长宁区市场监管局、上海茶叶行业协会及龙头企业专家团队赴绿春县开展专项调研。当时专家组明确指出，当地茶产业存在科技支撑薄弱、精深加工欠缺、品牌建

《玛玉茶》团体标准

《绿春县茶园管理技术规程》团体标准

众人拾柴：为乡村振兴贡献「海大智慧」

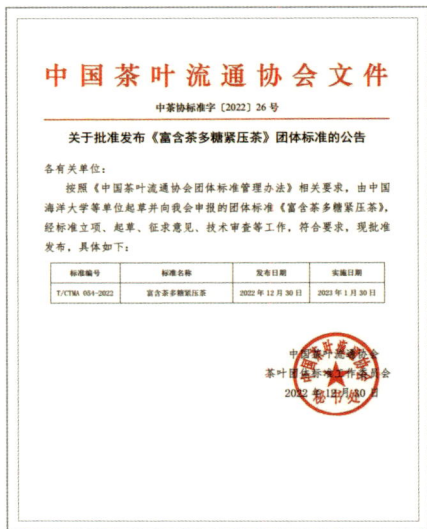

中国茶叶学会团体标准发布公告

设滞后等关键问题，并建议走精制茶发展路线，整合企业资源建立团体标准和公共品牌。同期，重庆大学和云南省农科院等机构也提出了类似建议。长宁区更计划投入5000多万元财政帮扶资金予以支持。

说实话，建议易提，落实艰难。绿春县虽知发展方向，却苦于缺乏具体执行力量。如制定团体标准和打造公共品牌，只提建议是没有用的，需要动手做起来，且事先不要考虑做得不好怎么办，对自己有什么好处。只要对社会、对人民有益，就全力去做，不要患得患失。

我现在更理解"产业振兴不仅需要顶层设计，更需要脚踏实地的执行者"这句话的意义了。

2024年3月12日

今天下午，在学校行远楼第三会议室，副校长王剑敏召集了相关部门负责人就定点帮扶工作进行研讨。我也参加了会议，并且结合自己的工作，谈了一些看法。说起来，我们学校参与脱贫帮扶工作的时间不算早，但在校领导的大力支持下，近两年来，确实取得了不少成绩：连续获得教育部直属高校定点帮扶成效显著单位等荣誉称号，在博士生招生、基础建设等方面获得奖励。这些成绩的取得着实来之不易，是学校上下共同努力的结果。基于目前的情况，我在会上提出以下两点建议。

一是建议系统总结我们学校在帮扶工作中的经验做法。学校在 2023年 2 月召开的第十一次党代会上提出，要打造"人才培养的中国海大模式、科学研究的中国海大学派、服务社会的中国海大经验、文化传承的中国海大精神、开放合作的中国海大格局"。其中，"服务社会的中国海大经验"的具体内容尚待明确。我觉得，在我们的帮扶工作方面，可以组织专门力量进行总结梳理。这不仅有助于更好地回顾和反思过往的帮扶工作，还能将其打造成为校庆的亮点之一，进一步提升学校的社会影响力。

其二是关于和云南省的合作。云南省与中国海大在 2022 年签署了省校战略合作协议。截至目前，我们已与省农业农村厅就"滇白"发展展开合作，致力于推广高香白茶，助力形成云南省的黑、红和白三色茶产业格局。此外，我们还通过薛院士与云南省科技厅探讨茶食品科学与工程的发展方向。这些合作不仅有助于推动云南省的乡村振兴，也为中国海大再次获评定点帮扶成效显著单位奠定了良好基础。为了更好地推进这些合作项目，我建议，学校在服务社会岗位设置上进行优化与配套，进一步加强相关工作力量，确保合作能够取得更为丰硕的成果。

会议开得很实在，大家提的建议都很具体。作为参与帮扶工作的一员，看到学校一如既往地重视这项工作，我更有干劲了。

2024 年 3 月 21 日

昨天早上 5：00，闹钟划破寂静。匆匆洗漱后，我就赶着去搭乘 5：56的地铁，向着机场进发。地铁站里零星几个乘客打着哈欠，我却异常清醒——今天要飞往云南，继续为茶叶产业帮扶项目奔走。

抵达昆明已是午后，我们下午 3∶40 终于安顿下来，还没来得及好好休息一下，就马不停蹄地前往云南省农业农村厅。

农业农村厅的走廊里飘着若有若无的茶香。茶香氤氲中，我与王平华副厅长原本计划一小时的会谈不知不觉延长到两小时。今年年初，云南省印发的《云南省茶叶产业高质量发展三年行动工作方案（2023—2025 年）》提出，云南省将努力实现由"茶业大省"向"茶业强省"转变。全省上下都在思考下一步如何落地。我们的话题由此开始，讨论到白茶、茶多糖茶饼相关工艺和品牌建设方案等，渐渐深入茶农们的困境。谈及产业发展的关键环节时，王副厅长不禁击节称叹——"这个思路好！"，让我真切感受到当地政府对茶产业发展的热切期盼。临别之际，王副厅长特别嘱托我将会议要点系统梳理一下。这正与我的想法不谋而合！

在云南省农村农业厅交流

云南是名副其实的茶业大省——截至 2022 年，全省茶叶种植面积达 749 万亩，产量为 51.5 万吨，均居全国首位。然而，综合茶叶全产业链产值约 1380 亿元，与庞大的种植规模和产量相比，仍有较大提升空间。根据《云南省茶叶产业高质量发展三年行动工作方案（2023—2025 年）》，到 2025 年，云南茶叶全产业链产值要力争达到 2500 亿元，实现产值翻番的目标。这个目标如何实现？结合我们之前在绿春县的调研和帮扶工作，我想，可以从两个方面找到突破口。

其一，推广高香白茶技术，推进"滇白"发展。近几年，云南白茶发展迅速，预计 2024 年将突破 15000 吨，但目前云南省生产的月光白茶没有充分利用云南大叶种的品质特点，存在产品香气不高、加工技术简单的问题。正如中国茶叶流通协会会长王庆所说，当前，云南白茶还处于发展前期，从生产技术的规范到标准的建立，再到品牌的打造、市场的拓展，都还有很长的路要走。我们团队在绿春县四年来的高香白茶生产销售实践表明，用云南大叶种生产的高香白茶品质优异，市场认可度高。该茶的生产工艺是在云南现有月光白茶工艺基础上改造创新，其工艺技术的国家发明专利，已由中国海大捐赠给云南，现也获中国茶叶流通协会团体标准（T/CTMA 048—2022），连刘仲华院士也题词予以肯定，完全可以推广使用。所以，我建议成立"滇白发展指导工作组"，专项推广应用高香白茶技术，并加大对"滇白"的宣传力度，形成"七彩云南、三色茶（黑茶、红茶和白茶）"的广告效应，为做优绿春茶、做强云南茶提供新途径。

其二，应用富含茶多糖茶饼技术，提升云南茶饼销售。茶多糖有多种保健功能，我们团队的"茶多糖化学及功能性"研究成果荣获中国茶叶学会科技奖一等奖，富含茶多糖茶饼技术及产品先后获国际发明专利和中国茶叶流通协会团体标准（T/CTMA 054—2022）。目前，云南普洱茶积压严重，影响云茶发展。如果能应用富含茶多糖茶饼的发明技术，可将用贡眉或寿眉的白茶原料压制的白茶饼中茶多糖含量提高 30% 左右，将用晒青茶毛料制作的普洱茶中茶多糖含量提高 35% 左右，从而使云南的白茶饼及普洱茶饼保健价值更高。白茶饼具有"一年茶、三年药、七年宝"的贮藏增值特性，推广富含茶多糖茶饼技术具有广阔的商业前景。所以，我建议：一方面立项开展富含茶多糖茶饼保健功能研究，申报保健食品及特医食品；另一方面应用富含茶多糖茶饼技术，增加茶多糖含量，提升云南饼茶的销售量。

云南茶产业要升级，光靠产量不行，得在品质、品牌、深加工上下功夫。推广高香白茶技术和富含茶多糖茶饼技术，既能帮茶农和茶企赚更多钱，又能提升产品竞争力。这两项技术都是现成的，只要政府、企业、科研机构一起推动，云南茶业的"翻番"目标的实现就会很有希望！

2024 年 3 月 23 日

今天一早，我与荆莹处长、于德华书记、刘贵杰副院长在云梯酒店会合，驱车前往茶叶交易市场。步入市场，首先映入眼帘的是精心布置的茶主题展览区，各类特色茶产品琳琅满目。我们细细观摩每一件展品，体验传统茶事活动，品鉴来自不同产区的特色茶品。随后，我们又马不停蹄地签订了开发合作协议，并参加了绿春茶产业发展专家座谈会，共同探讨茶叶产业振兴之路。

正午时分，骄阳似火，金色的阳光洒满茶山。我们与范其伟副校长一行会合后，一同前往大兴镇迷克村茶山参加开采节开幕式。沿途茶香四溢，梯田层叠，一派生机盎然的景象。记不清这是校领导第几次深入绿春调研了——这份坚持，正是学校定点帮扶工作的生动写照！

在开幕式上，随着"绿春茶行业团体标准"的正式发布，全场响起经

在开采节活动现场

久不息的掌声。随后，在众人期待的目光中，红绸缓缓落下，"专家工作站"的铜牌在阳光下熠熠生辉。这一刻，我仿佛听到了绿春茶产业迈向新征程的足音。从标准制定到专家驻站，从技术支撑到品牌打造，一幅茶叶产业振兴的画卷正在这片土地上展开。

在开采节活动现场，一段特别的对话让我印象深刻。活动正进行得如火如荼时，一位记者笑着走到我面前，开口道："尊敬的汪老师您好！您是茶叶科班出身，有较高的茶学造诣。您开发的高香白茶深受消费者喜爱，成为绿春县茶产业亮丽的名片。我想就白茶方面请教几个小问题：福建中小叶种白茶与咱云南大叶种白茶在品质上有哪些不同？同样是大叶种原料生产的高香白茶与月光白茶有什么不同？下一步如何持续推动高香白茶的发展？"不得不说，这位记者的问题提得很有水平。于是，我耐心地向他解释。云南白茶是近年来发展的新品种，但势头强劲，发展潜力巨大。大叶种白茶外形没有中小种白茶挺秀，汤色显黄，香气也没有中小种白茶高长，但大叶种白茶滋味浓厚，回

开采节讲座现场

味甘爽。咱绿春县产的高香白茶还带有清香，更重要的是大叶种白茶更具有"一年茶、三年药、七年宝"的耐藏增值特性。不同品种的白茶各有优点，可根据个人喜好选择。谈及高香白茶与月光白白茶的差异及高香白茶的发展方向问题，我解释道，我们通过增加独特的增香工艺，让高香白茶不仅保留了大叶种白茶原本的醇厚滋味与回甘特点，还赋予了它更为持久的花香，品饮过后，口中留香，令人陶醉。目前，高香白茶在绿春县已生

产三年多了，产品得到消费者高度赞誉，也获得了中国茶叶流通协会发布的质量标准。下一步就是执行标准，稳固绿春高香白茶的品牌地位，将其做强；加大高香白茶的推广力度，将其做大。助力云南白茶产业迈向新高度，全力打造更加璀璨的"七彩云南、三色茶"品牌形象。

明天上午范其伟副校长就要回青岛了，我们计划与县委何书记交流一下相关工作，还涉及捐赠支持教学及茶叶专项相关事宜。估计到时候还要请我说几句，我得准备一下。

我就先汇报一下 20 日下午到省农业农村厅与王副厅长就云南茶叶发展交流的情况吧。王副厅长对中国海大给予绿春茶叶发展尤其是高香白茶的创新开发给予了高度肯定。确实，当前云南茶叶产业的发展似乎已触及瓶颈，而中国海大在绿春开展的茶叶专项实践，为云南茶叶产业的突破提供了成功范例。王副厅长请我们准备下海大经验的简要介绍，以便于省厅考虑将其纳入茶叶发展项目。学校在绿春的帮扶工作已经持续四五年，在茶叶项目上，从调研到研发，再到成果应用、品牌塑造及标准制定，构建起一套较为完善的生产技术体系。这一成绩的取得实属不易，就拿《高香白茶》标准来说，我们创新性地在标准的题目中突出"高香"特色；又如，从最初企业提出制定《绿春玛玉茶》，到后来去除"绿春"二字，成功颁布《玛玉茶》标准。这一步步走来充满艰辛，每一个环节都凝聚着众多人的智慧与努力。

如果明天的会上还有时间，我就再提出两点建议与大家探讨。其一是那个老生常谈的建议——把落实茶叶标准情况纳入相关部门年度考核和晋升的要点内容；其二，建议县委、县政府继续向中国海大寻求茶叶专项支持，如在学校食品学院成立绿春县茶叶研究室，在《高香白茶》和《玛玉茶》标准宣传和产品促销等方面给予支持，以及保证茶叶专项经费专项使用。

　　昨天下午，在范其伟副校长启程返回青岛前，我们专程前往森泉茶叶厂进行考察。步入茶厂，缕缕茶香扑面而来，企业负责人热情地为我们准备了不同年份、采用不同工艺制作的茶叶样品。在品鉴过程中，随行的各部门领导们对茶叶品质赞不绝口。当茶汤在杯中流转，茶香在室内氤氲，不少领导都忍不住询问价格，更有甚者当即表示要购买。企业负责人介绍道："得益于工艺改良和品牌提升，如今我们的茶叶价格较四年前已实现近 10 倍的增长。比如这款白毫银针，厂内价已达 1600 元 / 千克，寿眉也卖到 260 元 / 千克。"

　　听到这个数字，我的内心涌起一阵欣慰。这可不仅意味着企业效益的

指导茶叶生产

提升，也是绿春茶产业转型升级的一个侧影。从以前的"原料输出"到如今的"品牌输出"，从"论斤卖"到"论克卖"，这一价格飞跃的背后，有着太多人的支持和努力。

送别范校长一行后，我和孙逊老师继续留在绿春县开展后续工作。接下来一周的行程安排得满满当当：25日一早去彤瑞茶叶有限公司查看高香白茶标准执行情况，并布置专家工作站的相关事宜；26日继续在彤瑞茶叶有限公司品鉴高香白茶，下午转赴讯来茶叶有限公司检查标准执行情况；27日在讯来茶叶有限公司完成品鉴交流后，返程途中顺道走访绿鑫生态茶业有限公司。28日全天在绿鑫生态茶业有限公司开展标准研讨，下午还将前往松东考察。特别值得一提的是29日的三猛乡之行，几位返乡创业的茶企老板多次联系，迫切希望得到高香白茶生产的技术指导。这正是推广标准化生产的好机会。30日我们还计划与森泉茶叶厂白总一同前往临沧市考察并推广高香白茶生产。这一周的工作既是对前期成果的检验，更是推动高香白茶产业持续发展的重要节点。

品鉴高香白茶

夜已深，我得赶紧睡了，明日还要早起。

2024年4月1日

最近在绿春县的工作暂告一段落，回顾这四年多的奋斗历程，我满是感慨。作为乡村振兴战略践行者队伍中的一员，我围绕如何让绿春县实现乡村振兴、农民致富，和绿春县的几任县领导以及学校定点帮扶办公室的同人多次交流过我的想法。如今再看，四年前的想法和自己这四年多努力的目标基本都实现了。

产业立县是我一直坚持的首要理念。把绿春县的茶叶产业这个特色产业发展起来，让万亩茶园成为老百姓的"绿色银行"，让"小茶叶"真正变成"大产业"。为此，我捐赠茶叶专利技术，开展技术培训，在企业进行演示，主持工艺及产品标准的制定与实施，协助申报公用品牌，还请院士教授题词，帮忙搭建网上销售渠道。这一步步走来满是艰辛，但看到如今绿春茶产业蓬勃发展，一切都值了。大批在外打工创业的绿春籍人士返乡开办茶厂、公司和茶店、茶馆，据不完全统计，从东莞、深圳和昆明等地回来创办有一定规模企业的就有 30 多家。他们的归来，不仅推动了茶叶产业的发展升级，还创造了大量就业机会，让当地年轻人不用再背井离乡，而是可以和家人团聚，幸福生活。

数字兴县这一想法也在逐步落地。绿春县交通不便，特色农产品走出去困难重重。通过搭建数字平台，将绿春与沿海及主要茶叶销售区连接起来，打造县级及企业级电商服务平台／点，让绿春的产品走向更广阔的市场，老百姓的钱包也越来越鼓。

乡村振兴是实现中华民族伟大复兴的重要基础。习近平总书记深刻指出："幸福都是奋斗出来的。"在绿春的实践探索中，我越来越深刻地体会到：只有让农民真正成为乡村振兴的实践主体、受益主体

在茶园

和价值主体，才能充分激发他们的内生动力和创新活力。通过培育特色产业、强化技能培训、完善利益联结机制，我们帮助农民群众实现了从"要我发展"到"我要发展"的思想转变，从"被动输血"到"主动造血"的能力提升，从"单打独斗"到"抱团发展"的模式创新；同时，通过构建政府引导、市场运作、社会协同的多元参与机制，形成全社会共同推进乡村振兴的强大合力。乡村振兴是国家现代化的根基工程。当千千万万个乡村都实现了产业兴旺、生态宜居、乡风文明、治理有效、生活富裕的美好愿景时，当亿万农民都过上了更有尊严、更加体面、更具获得感的美好生活时，中华民族伟大复兴就拥有了最广泛的社会基础和最深厚的群众根基。

当前，乡村振兴战略正在为全面建设社会主义现代化国家注入强劲动力，为实现全体人民共同富裕开辟现实路径。国家千千万万的帮扶主体，需要继续以更大的决心、更实的举措推进乡村振兴，让农业成为有奔头的产业，让农民成为有吸引力的职业，让农村成为安居乐业的美丽家园，为实现中华民族伟大复兴的中国梦筑牢坚实根基。

乡村振兴，国家强盛！

2024 年 5 月 26 日

昨天下午，绿春县委常委、县委组织部部长、县委县直机关工委书记赵国辉，在高翔副县长陪同下，专程驱车到学校西海岸校区食品科学与工程学院看望我。从崂山校区到西海岸的新校区路途可不近，单程就得耗费半天时间，他们一路奔波赶来，这份诚意让人动容。赵部长一见到我，便紧紧握住我的手，诚挚地说代表绿春县感谢我多年来的无私奉献。那一刻，我心里满是感动，所有的付出都在这一句感谢中得到了最好的回应。是啊，真心实意的帮扶，群众都看在眼里、记在心里。这值了，真的值了！

赵部长此次是带队参加绿春县党政干部乡村振兴专题培训班（第七期）。为办好这个培训班，学校党委高度重视，秉持"应绿春所需，尽学校所能"的工作原则，围绕产业帮扶、教育帮扶、消费帮扶、智力帮扶、文化帮扶等方面精心设计培训课程内容，扎实、用心地推进定点帮扶绿春县的各项工作，特地邀请了青岛市委党校、中国海大、青岛农业大学的知名教授，以及农业科技公司的管理人员组成强大师资团队，为学员开展专题讲座。目的就是希望能让参训学员在思想上实现再充电，在能力上得到切实的提升，为绿春乡村振兴培养骨干力量。

乡村振兴是一场漫长而艰巨的征程，需要每一个人持续不断地努力。能参与其中，为绿春县的发展贡献自己的一份力量，我常常觉得很是荣幸。

2024 年 6 月 12 日

高香白茶的发展态势真是喜人，从绿春县出发，影响力不断扩散，已经辐射到云南省其他县市了。

最近这些日子，我陆续收到多家知名茶企的盛情邀请。云南省黄氏功夫茶业股份有限公司诚邀我申报云南省专家工作站。这家公司实力雄厚，仅在临沧市就拥有 5000 多亩优质茶园。无独有偶，勐海糯茗缘茶叶有限公司李军总经理也找到了我，邀请我到云南省西双版纳傣族自治州勐海县格朗和乡南糯山村委会向阳寨，指导他们高香白茶生产工作。李总还贴心地规划了行程路线：可乘 8：50 青岛胶东国际机场航班经成都中转，于 16：05 抵达嘎洒国际机场，届时将亲自接机，非常方便。勐海县茶叶与绿色食品产业发展中心主任林松，更是多次诚挚邀请，希望我能为当地高香白茶产业发展提供专业指导。

云南各县市都希望发展高香白茶，这是对我们创新产品的肯定，也是助力乡村振兴的重要机遇。他们需要发展茶产业，那我就准备去帮扶吧。我跟夫人提起要独自前往云南时，她很是担心。我心里也清楚，自己年龄大了，身体状况也大不如前，长途奔波确实存在风险。这可怎么办呢？

我再想想吧，肯定能找到一个两全其美的办法的。

2024 年 6 月 26 日

早晨 7：50，手机闹钟响起。我匆匆洗漱后，泡了杯浓茶提神，打开电脑调试线上会议设备。屏幕右下角弹出通知："国家乡村振兴重点帮扶县科技特派团座谈会即将开始。"

这次的会议由绿春县的县委常委、组织部部长赵国辉同志主持，并通过"线上＋线下"方式同步进行。参会人员有绿春县委常委、县委组织部部长赵国，科技特派团顾问、团长、各产业组组长，县委组织部、县农科局、县林草局、县科协、县产业链专班相关领导及科室负责人。会上，每个产业组组长围绕前期工作开展情况、工作亮点、存在问题和下一步打算等作工作汇报，大家结合本单位本部门职能职责和相关要求作交流发言。另外，云南省农业科学院副院长、科技特派团绿春团团长李小林代表特派团做总结并安排下一步工作。

我虽并不是产业组组长，但也在线上有幸被特邀发言。云南省茶叶有三个"第一"：茶园面积 795.5 万亩全国第一，产量 53.4 万吨全国第一，绿色有机茶园 244.7 万亩全国第一。近年来，云南省围绕"三茶"统筹发展，坚持以绿色发展为引领、以市场为导向，从政策激励、主体培育、品牌打造、科技创新、茶旅融合发展等方面发力，全方位构建茶文化、茶产业、茶科技和茶生态协调发展的现代云茶产业体系。绿春茶作为其中的重要组成部分，完全有潜力让绿春从"茶叶大县"迈向"茶业强县"，对此，我提出了几点建议：一是做强"东仰云海"公用品牌。统一品牌能减少企业间的恶性竞争，让消费者更容易识别，像高香白茶、黄连鸡、玛玉茶等都能借助这个品牌扩大影响力。二是实施《高香白茶》等团体标准。《高香白茶》《玛玉茶》等四个国家级团体标准的获批颁布，是绿春县茶叶发展的重要标志性成果。特别是高香白茶，在原月光白工艺上创新，还有国家级创新性专利，品质和价格都更胜一筹，得到了刘仲华院士的题词肯定，非常值得在全县乃至全省推广。三是致力于研发功能普洱茶。当前普洱茶饼滞销严重，而绿春县普洱生茶占比大，还多以卖原料为主，均价才12 元左右。若能通过科技研发出功能性普洱茶饼，均价有望提升到 100 元左右，全县茶叶综合效益可达 35 亿元，这对产业发展来说将是巨大的飞跃。四是利用电商服务做强公共品牌。绿春县远离沿海及主要茶叶销区，可利用在线方式打造"东仰云海"县级及企业级电商服务中心 / 点，在主要销区建设"东仰云海"品牌产品体验馆 / 室，共享品牌"东仰云海"。五是引进茶叶人才。全县 25 万亩茶园，农科局却没有一位茶叶专业人才，这在云南省乃至全国都是少见。建议设茶叶专岗，给出有竞争性的待遇，以引进人才。六是支持回乡创业人员办加工厂。就我在乡下了解，近三年有 30 多位能人回乡办茶厂，给予他们一定奖励，能更好地引导他们为家乡产业发展贡献力量。

　　发言结束时，我看大家频频点头。绿春茶产业发展虽面临挑战，但也充满机遇，只要各方齐心协力，定能让绿春茶产业更上一层楼。

2024 年 6 月 30 日

　　前些日子，我接到了学校定点帮扶办公室张主任的电话。学校张峻峰校长预计会在 7 月 8 日至 11 日前往云南省绿春县考察。张主任询问我能否随行。回想学校自启动帮扶工作伊始，就成立了由书记和校长亲自挂帅的领导小组，可见学校对这项工作的高度重视。此次张校长亲赴一线考察，既是学校党委坚决贯彻落实习近平总书记关于乡村振兴重要指示精神的具体行动，也是对我们帮扶工作成效的一次全面检验。我当时就决定提前赶赴绿春，做好选点和行程规划，务必让这次考察顺利且富有成效。

　　考虑到任务繁重，我请孙老师协助我规划行程、沟通联系：7 月 3 日至 5 日，计划到勐海及临沧，需要提前联系茶叶与绿色食品产业发展中心党支部书记、主任林松，以及勐海县格朗和乡南糯山村委会向阳寨勐海糯茗缘茶叶有限公司的李军，还有临沧市云县茶房乡桥街村 86 号云南黄氏功夫茶茶业有限公司的宋云辉；6 日从勐海县到绿春县完善酸茶的制作工艺，指导加工一批高香红茶和高香白茶产品；7 日在彤瑞茶叶有限公司，为附近茶农开展高香白茶技术培训；8 日在森泉茶叶厂，指导酸茶、高香红茶、高香白茶加工；9 日至 10 日，陪同张校长考察，具体行程同高翔副县长仔细商量；11 日返程。

　　很多回复很快到来，简短而肯定。这让我松了口气，至少第一步已经迈出。昨天下午，我给绿春县张云副县长发了一条微信，请其协助联系州农业农村局。消息发出后，屏幕久久没有新消息提示，我转而联系绿春县农科局的李永德高级农艺师，很快获得了红河州分管茶叶的副站长李戈及主管茶叶技干卢孙全的联系方式。

翻阅往年的微信记录，我找到了红河州农业农村局副局长邵洸和李全顺的联系方式，并给邵副局长发了微信。

邵副局长：

我是云南省委组织部、省财政厅、省人社厅授牌的"汪东风专家基层科研工作站"专家，近几年在绿春县研发的高香白茶发展较好，获批《高香白茶》标准，刘仲华院士题词鼓励。7月8日至11日，我将陪同中国海大张峻峰校长到绿春，其后准备到绿春县相关新建企业和周边邻县茶企，培训实施高香白茶标准，指导高香白茶生产。红河州哪些县企业需要请告知，我们可以去培训指导，若达标（《高香白茶》标准），可促进白茶生产。

谢谢！

很快，邵洸局长就给我回复了，不过他告知我他已调任，建议联系现任局长。我随即致电森泉茶叶厂负责人白秀芳，顺利获得了赵珑林局长的联系方式，并决定在上班时间再联系。我继续完善行程细节，根据地图仔细测算各考察点之间的车程。

高香白茶在绿春县发展的这几年，实践已经证明它在绿春周边县的生产中也很受欢迎。我一心想着促进白茶生产，助力乡村振兴，不仅要手把手地教他们技术，还想方设法地帮他们打开销路。虽然有的工作超出了我的职责范围，也没有人要求我这么做，企业也无须投入额外成本，但有时候推进之路比想象中艰难，但转念一想，乡村振兴本就是一场持久战，哪能指望一蹴而就？只要方向是对的，哪怕步子慢一点，终会抵达目的地的。

2024 年 7 月 6 日

昨天一早从青岛出发，因航班延误，我们抵达昆明时已是深夜，但想到即将开展的帮扶工作，疲惫中又带着几分期待。今天抵达绿春县时，阳光正好，如今再次踏上这片土地，我有一种"回家"的亲切感。

下午，我们一行人乘车前往绿春县托牛村森泉茶叶厂展示厅。此次调研行程紧凑，平时难得有机会向校领导专题汇报帮扶工作，所以我特意申请调换车辆，因为张校长特别忙，我利用行车时间向张校长详细汇报了绿春县茶叶定点帮扶专项工作的进展与成果。从技术指导、品牌打造到校企合作，我结合具体案例介绍了团队如何助力当地茶产业提质增效。张校长全程专注倾听，不时询问细节，对帮扶工作给予高度评价："你们扎根一线，将学校的科研优势转化为乡村振兴的实际成效，这种'把论文写在田野上'的精神值得推广！"张校长的殷切勉励，字字千钧，激荡着我的科研初心。回首来路，无数个伏案疾书的深夜，那些跋山涉水的足迹，都在这一刻被赋予了沉甸甸的价值。

向中国海大校长张峻峰介绍高香白茶

到了在绿春县托牛村森泉茶叶厂展示厅，熟悉的茶香扑面而来，我特地介绍起绿春茶叶产品，和大家一起品鉴茶叶质量，交流茶文化以及茶产业帮扶情况。之后，彤瑞茶叶有限公司和森泉茶叶厂向学校捐赠了校庆纪念茶。彤瑞茶叶有限公司作为云南省委组织部设置的汪东风专家科研工作站单位，在技术研发等方面我们一直紧密合作；森泉茶厂从最初的默默无闻到如今的规模发展，每一步都倾注

高翔副县长向张峻峰校长介绍茶叶项目情况

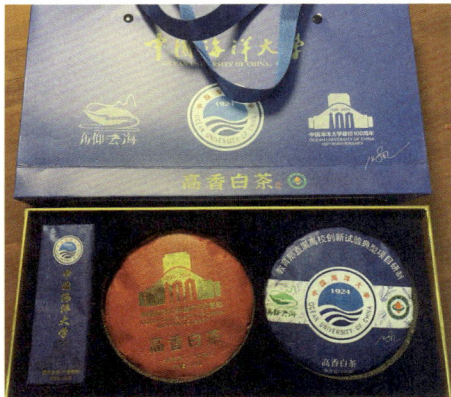
校庆纪念茶

了我们大量的精力。看着企业负责人脸上真诚的笑容，听着他们讲述这几年的发展变化，我心中的成就感油然而生。这两家企业多次表达过对我的感谢，还说要寄些茶给我。但我觉得，为了促进企业更好地发展，也为了体现中国海大的帮扶成效，我们帮企业设计百年校庆纪念茶，借校长到企业考察的机会宣传产品、扩大影响，远比寄茶给我更有意义。

2024 年 7 月 7 日

张校长等领导行程紧凑，今天一早便前往绿春县图书馆和海洋科普馆，去慰问学校研究生支教团。"在这里还适应吗？""教学过程中有什么困难？"一句句暖心的话语，让支教团的研究生们倍感温暖。我随行其中，看到有个戴眼镜的女生在给孩子们展示海洋生物标本，心中感叹——知识火种的传递，不分山海远近。

随后，张校长一行人又急赶慢赶，前往县行政中心参加中国海大—绿春县定点帮扶工作座谈会。中国海大这边由张校长带队，校党委常委、党委办公室和校长办公室林主任等一同参会。绿春县这边，县委书记何阳，县委副书记严磊，县委常委、县委组织部部长赵国辉，县委常委、县委宣传部部长白用明等主要领导悉数到场。还有中国海大研究生支教团，研究生挂职锻炼实践团，以及县林草局工作人员朱思睿（校友）等也参与其中。

座谈会上，我听着张校长谈起学校这些年的帮扶工作，作为一名见证者，往事历历在目：学校始终高度重视定点帮扶工作，与绿春县广大干部群众一道持续巩固拓展脱贫攻坚成果，发挥智力资源优势，助力绿春茶叶全产业链建设。他还提到我们团队开展的"绿春茶叶精深加工项目"——多次组团赴绿春县开展调研及专业技术培训，无偿捐赠相关茶叶发明专利技术，帮助绿春茶叶申报国家标准，为绿春茶叶产业发展做出了突出贡献。谈到未来帮扶计划，张校长眼神坚定，表示：下一步学校将坚持帮扶思路和举措不动摇，把握定点帮扶新形势新要求，立足绿春县经济蜕变，提质发展新环境，围绕乡村振兴五大领域，持续巩固扩大帮扶成果；将进一步发挥自身优势，聚焦深化产业帮扶、消费帮扶、教育帮扶、智力帮扶、文化帮扶和人才帮扶，打造具有海大特色的帮扶模式。

张校长强调的"围绕乡村振兴五大领域，持续巩固扩大帮扶成果"，正是对国家"巩固拓展脱贫攻坚成果同乡村振兴有效衔接"决策的精准落实。咱们学校将高校的智力资源转化为绿春茶叶产业链提质增效的核心动能。这种"授人以渔"的产业帮扶模式，不仅为当地培育了可持续发展的特色产业，更探索出高校科技赋能乡村产业振兴的有效路径。

座谈会后，中国海大调研组启程返回青岛，而我与孙逊副教授则前往绿春县彤瑞茶叶有限公司，开展专家工作站相关工作。结束一天的忙碌后，我们晚上住在大水沟乡招待所。床板很硬，我却睡得异常安稳。半梦半醒间，我仿佛又看见了长年驻点的青年才俊高翔副县长、胡博凯村第一书记、支教研究生们的身影，与张校长的身影以及无数在这片土地上奋斗的人的身影重叠在一起。山海虽远，心却相近。明天太阳升起时，我们又将在各自的位置上，继续这平凡而伟大的工作。

张校长发言

2024 年 7 月 9 日

昨天，天边才泛起一抹鱼肚白，我们便已收拾妥当，动身前往骑马坝乡。路途虽不远，但路况着实糟糕，道路坑洼不平，车轮不时陷入凹坑，又猛地弹起，车身剧烈摇晃，让人五脏六腑都跟着翻腾，直到下午 1：00 左右才到。在这里，我们的主要工作是对绿春县玛玉茶厂开展具体工作，调研新厂建设和现场指导生产，为接下来指导夏茶生产做准备。

在从玛玉茶厂回县城的途中，我来到绿春县沁灵茶业公司，远远就看见公司老总李军站在厂门口翘首以盼。他三步并作两步迎上来，用粗糙的双手紧紧握住我的手，说："汪老师，路途这么远、路况这么差您都过来了，真是太感谢了！"李总边走边向我说起他的创业故事。

原来，他是一次偶然的机会参加了我的技术培训，了解到家乡发展白茶产业的独特优势，考察并认准高香白茶良好的市场前景后，才毅然返乡办厂。之后，在政府的大力支持和自身的努力投入下，他购置了先进的设备，兴建了现代化的厂房。现在想想，在一定程度上说，那堂课真是改变了他的人生轨迹。如今，公司已经拥有三个基地，不仅带动了当地农村富

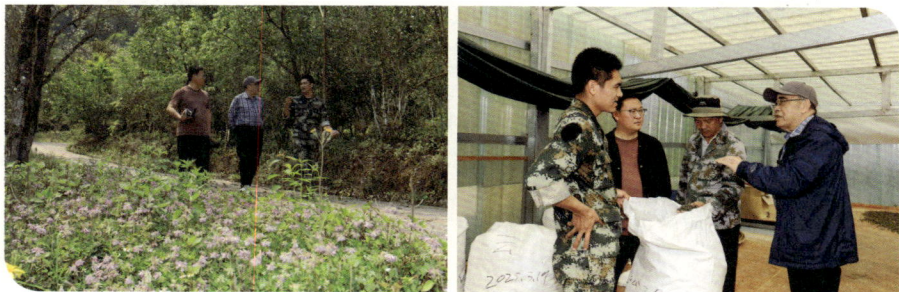

与李总畅聊

余劳动力就近就业，还为乡村经济发展注入了新的活力。现在，公司生产的高端白茶市场需求旺盛，供不应求。

听到李总自豪地讲述他因茶回乡、因茶致富的故事，我特别高兴！看着一个个像李总这样的返乡创业者在我们的帮助下实现梦想，带动更多人走向富裕，就是我坚持帮扶工作的最大动力啊！

2024 年 7 月 11 日

想要做出好茶，首先得有好的原料。而好的原料，关键就在于采摘技术要科学规范。这几年，县里特别重视茶叶品质的提升，把推广标准化采摘技术作为产业升级的重点工作来抓。

昨天，县委党校的会议室里挤满了人。这是县委组织部专门组织的2024 年"竹背篓"绿春县采茶工第一期培训班。县人大常委会王文华主任和县农科局、市监局的工作人员，还有各家茶企的代表一起参加培训。我在台上给大家讲解"绿春茶叶团体标准"的具体应用，尽量讲得通俗易懂；普洱市农业科学研究所正高级农艺师郑文忠则用实际例子，给大家讲清楚了鲜叶采摘和茶叶品质的关系。看得出来，大家都听得很认真，不少人都在记笔记。下午，我们又去了大兴镇苦么山示范企业绿鑫生态茶业有限公司，在茶园里手把手教大家怎么结合绿春茶团体标准应用规范管理茶园、怎么科学采茶。

今天更热闹，在昨天培训的基础上，我们在绿鑫生态茶业有限公司开展了采茶比赛。比赛分成 2 组，每组限时 30 分钟。现场气氛十分热烈，参赛选手个个干劲儿十足，都想把昨天学到的新技术展示出来。比赛结束后，经过认真评比，我们给表现最好的几位颁了奖。

采茶培训

颁奖仪式现场

　　说起来，咱们绿春县虽然是产茶大县和传统茶产业大县，但以前的采摘技术确实比较落后，不少茶农不知什么是鱼叶、对荚叶等，采茶时常不分标准地粗放乱采。通过一次又一次的培训，大家收获很大，不仅学会了标准化的采摘方法，更重要的是明白了技术升级对提高茶叶品质和收入的重要性。这对绿春县茶叶产业的发展，可是打好基础的好事。

2024 年 7 月 13 日

　　昨天，车轮碾过崎岖的山路，我在晨光中开始了勐海之行——先乘车来到元江，然后坐上高铁，历经两个小时到景洪，随后坐了一小时汽车，来到勐海。此行承蒙勐海县农林发展中心林松主任的热情邀请，推广"高香白茶"生产，期望能将高香白茶做强做大，让它像普洱茶和"滇红"一样，成为云南茶产业中的亮丽名片，形成"七彩云南三色茶——黑、红、白"的产业新图景。

到达后,我与大益集团副总裁曾新生进行了交流,知道了这位 2002 届安徽农业大学机械制茶本科毕业生的故事。我们还探讨了富含茶多糖茶饼的研发情况。大益普洱茶作为传统产品,若要对其风味或成分含量进行改变,研发成新产品,确实需要广泛调研和深入研究。就目前情况来看,富含茶多糖茶饼的研发暂时不太好推进,不过在交流过程中碰撞出了不少关于茶业创新的新思路。

午后大益集团的茶厂笼罩在普洱特有的陈香里。在曾副总的安排下,2017 届安徽农业大学的毕业生小李引领我穿行于现代化的生产线之间。我真是切实感受到了国内"茶界一哥"的强大技术实力——设备先进、生产流程严谨。这家肇始于 1940 年的老字号,是中国著名的普洱茶生产商,生产的普洱茶口感醇厚,品质优良,深受消费者喜爱。最令我惊叹的是他们的创新产品线。公司根据市场需求,又以普洱茶为原料,经过水提、浓缩冰干,再按鲜花饼和酥饼做法,创新开发出口感融合了鲜花饼的香甜与普洱茶的韵味的普洱鲜花酥,一经推出便备受青睐。同时,我也关注到,他们开发的普洱茶在口感提升上有很大潜力。此外,普洱熟茶传统渥堆工艺存在工作量大、卫生和品质难控制的问题,而大益集团在 2016 年开发出的微生物制茶法和自动化渥堆发酵罐,极大地创新了渥堆工艺。这为普洱茶生产带来一定的变革。

今天一早,在林松主任的带领下,我们特地到班章村考察。班章村由五个村寨组成,分别是老班章、新班章、老曼峨、坝卡囡和坝卡竜。老班章位于西双版纳勐海县布朗山乡古茶区班章村委会,所产普洱茶条索粗壮、芽头肥厚多绒毛,有着强烈的山野气韵,苦涩味瞬间化开,茶气浓强,香气沉稳,有"茶王"的美誉;新班章在老班章附近,平均海拔1600 米,这里的茶与老班章的一脉相承,口感韵致相似又略有不同,香

应勐海县农林发展中心林松
主任邀请调研老班章

应勐海众享茶业有限公司李军先生邀请到南糯山茶园调研

气更为清新高扬；老曼峨是古老的布朗族村寨，海拔略低，1300～1400米，其茶叶以苦闻名，却有着出色的回甘；坝卡囡是拉祜族村寨，平均海拔 1650 米，茶树树龄多超 200 年，其茶多为甜茶，口感以冰糖清甜、细腻滑口为主；坝卡竜同样是拉祜族村寨，平均海拔 1800 米，生态环境优越，雨量充沛、温湿适宜、云雾缭绕，其茶叶内质极佳，茶气强烈，韵致悠远。

行走在寨子的青石板路上，看着茶农们正在采摘茶梢，一个念头突然闪过我的脑海：若

在勐海的茶厂指导高香白茶生产

是将我的高香白茶工艺与这片土地的古树茶相结合，会产出怎样独特的味道？这个想法让我兴奋不已。在新班章，我来到昆明七彩云南庆沣祥茶业股份有限公司，开始着手指导高香白茶生产，紧锣密鼓地试制之后，15号晚上能得到第一批试制样品。

新班章的阳光、云雾、土壤，遇上高香白茶工艺，这或许就是天作之合。如果试制品效果理想，打造一个"新班章高香白茶"品牌也不在话下吧？

2024 年 7 月 14 日

在云南省西双版纳傣族自治州勐海县格朗和哈尼族乡南糯山村委会半坡老寨竹林小组 34 号，我有幸应勐海众享茶业有限公司李军总经理之邀，前往指导高香白茶的生产技术。这里群山环抱，古茶树与老茶树错落有致地生长在苍翠的山间，得天独厚的自然环境孕育出了品质出众的茶叶。

今年 6 月在青岛国际斗茶大赛期间，李总就曾向我请教过高香白茶的制作工艺。回公司后他按照我传授的技术进行尝试，可惜在发酵环节把控不当，导致成品品质未达预期。此次专程前来，就是要通过实地考察和技术指导，帮助他攻克这一技术难题。

李总先是带我品鉴了企业的产品。他们家做的红茶，一入口便能感受到醇厚的口感，韵味悠长。但可惜的是，产品在外形方面确实存在提升空间——条索不够紧实、匀整。这在一定程度上影响了产品的整体品相和市场竞争力。我现场提出了改进建议，相信通过后续调整，产品品质将得到显著提升。

作为一名做茶人，有茶企需要，咱就要无私帮助；身为一名老党员，有茶农需要，咱就要倾心奉献。

2024 年 7 月 20 日

前几天，清晨的景洪站，我拖着略显疲惫的身躯登上了开往昆明的高铁。窗外，滇南的青山绿水在晨雾中若隐若现，宛如一幅水墨丹青。转乘至红河州的路上，我的思绪早已飞向即将开展的高香白茶推广工作。在红河州农业农村局的会议室里，我与多经站副站长李戈正高级农艺师促膝而谈，相谈甚欢。这位扎根红河多年的农业专家，和我一样，对高香白茶在红河州的推广前景充满信心。17 日，李副站长一早便找到我，非要请我去吃正宗的云南过桥米线。我本想着在附近随便吃点早餐就好，毕竟到了我这个年纪，对吃的东西早已没有太多的讲究，更注重工作和身体的舒适。可李副站长却坚持说，我作为大教授，平日里只图方便，昨晚住的条件不好还没有早餐，一定要请我品尝正宗的过桥米线。他的热情让我无法推辞。于是，我们来到了当地颇有名气的"过桥米线第一店"。店里的米线确实丰富，各种配菜和鲜美的汤头，一看就知道是精心制作而成。

然而，可能是因为长期出差，身体本就有些疲惫和不适，这顿油水较重的过桥米线下肚后，我的肚子开始"闹起了别扭"。在蒙自市期路白乡石母底村的茶园里，我强忍着不适坚持工作。但到了下午，我实在是难受得厉害，只能无奈地选择休息；晚上也毫无食欲，一口东西都没吃，继续躺在床上休息。在外地生病实在是一件让人头疼的事，我心里不停地祈祷，千万不能在这个关键时刻出状况，还有那么多关于高香白茶推广的工作等着我去完成。希望好好休息一晚后，明天身体能恢复过来，继续投入工作。

考虑再三，基于大家对高香白茶的生产技术的需求，我强打精神，给省农业农村厅办公室吴副主任发了一条微信：

吴主任：

　　您好！

　　近年来随着白茶的畅销和普洱的滞销，高香白茶除在绿春县强势应用生产外，勐海县、临沧、红河等地茶企还请我现场指导示范，已显较好效果。由于云南山区交通不便，加之年龄大，我的身体状况难以满足茶农和茶企的需要，深感遗憾。若能组织集中指导示范，我会更好地服务大家。盼吴主任支持指导。

　　发完微信，我心里头稍感宽慰，希望吴主任能重视此事，也盼望着自己身体能尽快好起来。

2024 年 7 月 18 日

　　今天，在红河州农业农村局多经站李戈正高级农艺师安排下，我乘车三个多小时，到达金平苗族瑶族傣族自治县马鞍底乡古树茶专业合作社，进行制茶培训指导。

　　初到茶厂时，县里的古树茶协会会长苏元辉热情相迎。然而，当得知我来自中国海大，并非传统茶叶科班出身的"专家"时，他的眼神中闪过一丝疑虑。席间，他为我斟上一杯自产的古树茶。我直言不讳地指出了茶叶工艺上的不足，这让他觉得我根本不了解鸡窝村寨茶叶的实际情况。

　　我不与他争论，面对当地经验丰富的"专家"老板，唯有靠真本事才能赢得他们的认可与尊重。到了车间，我结合现场的设备，一一指出存在的问题，并给出切实可行的提高技术水准的措施。这一番操作后，他对我的态度来了个一百八十度大转弯，不仅好酒好菜招待，还一再挽留我，拉着我不停地探讨技术问题，甚至把珍存的 1971 年老冰岛普洱茶拿出来请我品尝。

在农村，特别是像制茶这种传统手工业领域，空谈理论无益，唯有真功夫才能赢得认可，说话才有分量，做事才能行得通。这不正应了那句老话，"亲其师，信其道"！

回想起临行前夫人说的话，每次到绿春帮扶，总是着急忙慌，一心想着赶紧完成任务，然后赶着回青岛上班。这次正好赶上暑假，时间相对充裕，那就在这里多留些时间，到处走走。既然之前答应了一些茶企这次来多待几天指导工作，我索性听从夫人的建议，从临沧到勐海，再到红河州的各个茶乡，先后应邀走访了多家企业，登上了一座座茶山。那些历经千年的古茶树，树干粗粝如龙鳞，树冠如巨伞擎天，仿佛岁月的守护者，静静伫立在山间。真的特别感谢勐海县农业农村局的林松主任和红河州农业农村局的李戈，多亏他们的邀请和帮助，我才得以踏入勐海、金平等这些

金平县古树茶协会会长苏元辉介绍千年古茶树

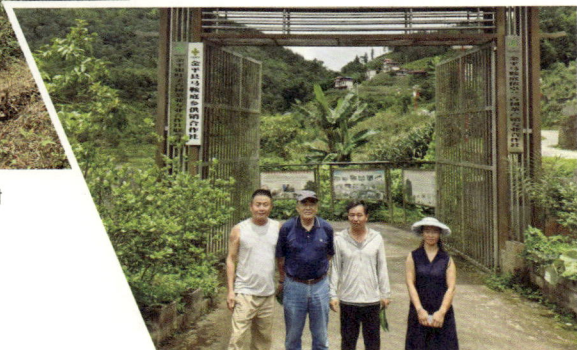

在马鞍底古树茶专业合作社考察

茶界圣地，目睹千年古茶树的风采，品尝到 50 年以上陈普洱的醇厚。这可是圆了我这个茶人多年的梦想啊！值了！茶道亦是慢道，也谢谢夫人的建议！

2024 年 7 月 19 日

清晨，我们驱车前往红河县三村乡。蜿蜒的山路两旁，茶树层层叠叠。此行的目的地是红河滇红茶叶有限公司。该公司茶厂是在上海市长宁区的援建下建成的，仅仅用了三年时间，就拥有了每天可加工上万斤鲜叶的半自动化车间。公司张俊成总经理告诉我们，这个车间的建成，如一场及时雨，极大地解决了周边数千亩茶园鲜叶的加工难题。我们就有机茶种植、加工关键技术进行了讨论，并为该公司的有机茶种植和高香白茶加工，结合茶园和车间现状进行了指导。

张总是一名复员军人党员，举手投足间仍保持着军人的干练。从他每天收购鲜叶的单价以及当天就支付款项的行为可知，他把带动当地茶农致富当成己任。

在与当地茶农交流时，他们也纷纷表示，因为有张总的企业保障，发展茶园让他们的生活有了依靠。有人说，以前鲜叶要攒好几天才能卖一次，现在天天都能拿到现钱，日子踏实多了；有人说，孩子上学的学费有了着落；有人说，翻新了老屋；还有人兴奋地计划着扩大种植规模。这些朴实的话语，比任何数据都更有说服力——产业振兴，正在让这片土地焕发新的生机。一个企业的担当，能改变多少人的生活！因茶致富、靠茶幸福是我们茶人的目标，确实也是新农村尤其是山区乡村振兴的有效途径。

晚上，张总设宴款待我们。在饭桌上，我感慨万千，忍不住有感而

在红河县三村乡红河滇红茶厂指导

指导鲜叶采摘

发："我不是你的领导，但我可作为你的老师，首先要感谢你的盛情接待，更要感谢你用实际行动诠释了一名党员的担当！这种通过党员示范引导强'村'和通过党员示范带动富'农'的行动，真的非常好！我提议，我们共同喝一杯，为张总点赞！"在座的每个人都深有感触，我们在为这份担当，为这份情怀，也为茶产业更美好的明天，共同举杯。临别时，我握着张总的手说："相信在品牌建设和有机茶种植及茶叶加工方面，你一定能带领企业再创佳绩！"

这一程，我看到的不仅是一座现代化茶厂的崛起，更是一个共产党员用实干书写的乡村振兴故事。张俊成和他的茶厂，就像一株扎根红土地的茶树——枝叶向上生长，为茶农遮风挡雨；根系向下延伸，滋养着这片土地的未来。

2024 年 7 月 21 日

我盘算着今天能在绿春云梯宾馆好好整理一下连日来积累的资料，把换洗的衣物好好清洗一番，给自己放半天假——从 5 号早上 5 点离家至今，一路连轴转工作到现在，确实有些疲惫不堪，身体也在隐隐抗议，早就盼着能歇一歇了。

孙老师一直很照顾我，他知道我身体不太好，之前还陪我去绿春第一人民医院做过检查，这几天更是时不时地提醒我注意休息。

可计划赶不上变化快，上午刚准备好好休息，刘杰副县长的电话就打来了。

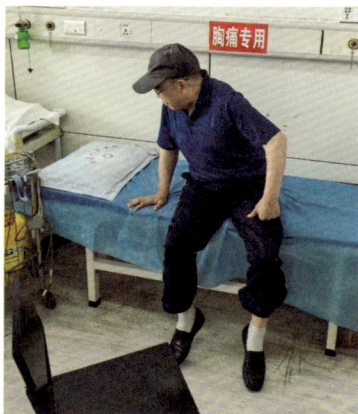

在绿春县帮扶期间就医

电话那头，我们这位中国海大第三批到绿春县挂职的副县长言辞恳切，说是要安排好我在县城的生活，可话里话外，又透着对绿春茶叶专项工作计划的催促。刘副县长当领导多年，说话十分有水平，考虑到我是老教授，没有直接开口催，可那弦外之音，我又怎会听不出来。我非常理解刘副县长的心情。他离退休也就剩四年了，这个时候还远离家乡、奔赴千里之外的边疆来帮扶，令人钦佩。看得出来，他是真心想在退休之前，为国家、为绿春县多做些实实在在的贡献。之前，他就几次三番叮嘱我，一定要制定好近两年的绿春茶叶专项计划。中国海大徐教授那边也需要依据这个计划来安排研究生酸茶工艺及功能、高香白茶形成机理等方面的研究内容，从而配合整个计划的推进，以便茶叶专项计划落实到位。看来今天这假是休不成了，我得赶紧行动起来，起草 2024 年 7 月至 2025 年 6 月绿春茶叶专项帮扶计划和预算。

刘杰副县长挂职绿春县的这两年，茶叶专项任务既明确又艰巨。在这片土地上，我们每个人都肩负着特殊的使命。或许，这就是学校科技帮扶的意义——不是简单的任务交接，而是一份责任的传递、一种担当的延续。

2024 年 7 月 22 日

昨日与徐教授终于完成了 2024—2025 年绿春帮扶茶叶专项计划和预算，紧绷的神经总算可以稍稍放松，我正打算好好休息休息，可农科局李主任的电话打了过来，问我 26 号有没有时间，说是松东春水茶厂的李祖民老总急切地邀请我去指导高香白茶加工技术。李总的茶厂刚成立两年，高香白茶加工技术只是在成立前到附近茶厂学了些皮毛，想请我当面指导一下。

这两次来绿春，我发现越来越多的新建茶叶企业向我发出指导邀请。这既让我看到了绿春茶产业发展的蓬勃生机，也让我想起了一些沉重的画面。三四年前，在大水沟、骑马坝等乡镇，我常看到多数孩子都是留守儿童，照顾他们的只有家中老人。老人们还要忙于农活儿，根本无暇顾及孩子。孩子们只能自己在村子路边或房前玩耍。我出身农村，靠高考走出乡村，深知教育对改变命运的重要性。设身处地想想，如果这些孩子是我自己的孩子，我怎么能忍心？在这样的成长环境中，孩子们很难得到良好的教育和悉心照料。究其根源，是贫穷导致附近镇上和县里没有就业机会。年轻人为了生活，只能外出务工，可即便如此，他们生活依旧艰难。

好在这几年，绿春县有许多在外打拼的能人回乡兴办茶企，涌现出一股返乡创业的热潮。我请县农科局李春霖主任统计了近三年全县新办企业情况，没想到，截至 2023 年底，全县注册登记涉及茶产业的企业有 504 个，2021 年有 31 个，2022 年 47 个，2023 年更是达到了 234 个！这些返乡创业者不仅带回了资金和技术，更为当地创造了大量就业岗位。据原绿春劳务输出公司经理白秋成介绍，近三年来外出务工人数持续下降，连他自己都转行去了茶厂工作。这说明什么？——说明家门口的就业机会多了，很多年轻人不用再背井离乡了。

这让我想起，刚刚在 7 月 18 日胜利闭幕的党的二十届三中全会。会议审议通过的《中共中央关于进一步全面深化改革、推进中国式现代化的决定》强调，"必须统筹新型工业化、新型城镇化和乡村全面振兴"，切实保障和改善民生，要巩固拓展脱贫攻坚成果、促进农民持续增收。这既是"最关心最直接最现实"的问题，更是做好"三农"工作的出发点和落脚点。我回顾近五年在绿春县的茶叶专项定点帮扶实践，更加坚信：乡村振兴是中国式现代化建设的重要组成部分，我们在绿春县发展茶产业，不能就茶叶谈茶叶，而要把它放在全县经济发展的大局中来谋划。立足当地独特的自然资源禀赋，开发优势特色农产品，是推动当地农业发展、保障农民持续增收的有效途径。令人欣喜的是，在政策支持和帮扶团队的精准指导下，返乡创业者们将城市积累的经验和资源带回家乡，与当地特色产业相结合，形成了良性循环的发展模式。茶产业的蓬勃发展不仅留住了本地劳动力，更吸引着越来越多的外出人员返乡创业就业，为乡村振兴注入了

了解当地情况

源源不断的内生动力。我们帮扶工作做得好不好，关键要看农民收入有没有增加，生活有没有改善。在绿春，茶产业发展起来了，年轻人不用外出打工，老人、孩子有人照顾，这就是实实在在的成效。

帮扶之路，任重道远。给企业的指导不仅仅关乎一个企业的技术提升，更关系着几十个、几百个家庭的生计——这份沉甸甸的责任，让我爽快地答应了邀约，那就 26 号松东春水茶厂见吧。

2024 年 7 月 23 日

8：30，我们从云梯酒店启程。219 国道这条被誉为"绿春网红公路"的盘山道，用最真实的方式给了我们一个下马威。三个多小时的车程里，坑洼不平的路面让车子像浪里的小船般颠簸不停，我不得不紧抓扶手，在座位上东倒西歪。这一路下来，我们近 12：30 才抵达彤瑞茶叶有限公司，下车时浑身骨头仿佛都要散架了。那种难受劲儿，真的难以言表。我都自嘲是在这条路上颠不死的"光头汪"了，前前后后在这条路上颠簸了十多次，每次都要遭一回罪。

但所有的疲惫都在看到茶厂景象时一扫而空。按照前日安排采摘的鲜叶被整齐码放，散发着清新的茶香。我立即着手进行了技术安排：按高香白茶标准加工一批白茶，25 日来确定干燥取样。这是徐莹教授团队研究的课题，旨在破解白茶"一年茶，三年药，七年宝"的奥秘。

简单用过午餐后，我们又赶往迅来茶业有限公司。这家拥有古树茶资源的企业让我格外关注。在详细了解情况后，我建议他们尝试古树白茶试制，为后续制定古树白茶标准和产品开发提前做好准备。这里最让我感到欣慰和高兴的是，公司收购鲜叶的价位比较高，一斤一芽三叶的鲜叶能达

在绿春迅来茶业有限公司指导制茶　　　　　在云南彤瑞茶叶有限公司考察

到 10 元的收购价。和前几年相比，现在茶农采摘的茶叶质量提高了，收入也明显增加，有的茶农仅靠每亩茶叶鲜叶的收入就能达到 8000 多元。而且，工厂的厂房规模扩大了不少，年加工能力达到了以前的三倍。从这些变化就能看出来，这几年茶叶产业的发展，实实在在地给茶农和茶企都带来了效益。

这一路的颠簸啊，都值了！

2024 年 7 月 25 日

昨天，在刘杰副县长等人的陪同下，我们应大水沟乡的邀请到云南同尼号茶叶贸易有限公司指导工作。这家投资 2000 多万元的新建茶企，厂房宽敞，设备崭新，处处彰显着绿春茶产业蓬勃发展的新气象。

见到公司老总陈普上以及乡政府钟副书记后，和他们进行了一番交流，我诚恳地提出了两点建议。首先，一定要走出去，到江浙一带或者青岛这些茶产业发达、机械应用先进的地区去考察学习。在机械选型和车间布置方面，这些地方有着丰富的经验和成熟的模式，值得借鉴。只有引进先进的设备和科学布局，才能提高生产效率，保证产品质量。其次，企业定位一定要高，不能再仅仅满足于做茶叶原料供应，而是要向产品深加工转型，打造属于自己的品牌，尤其是要有高端产品。在如今竞争激烈的市场环境下，只有品牌化、高端化的产品才能在市场中脱颖而出，获得更高的利润空间，赢得更大的发展空间。交流过程中，陈总不时记录要点，钟副书记就人才培训、政策支持等具体问题与我深入探讨。看着他们专注的神情，我知道，在政府支持和企业努力下，这家公司定能成为引领绿春茶产业升级的标杆企业，为当地茶产业发展注入新的活力。

今天早上，微风轻拂。吃过早餐，钟副书记便领着我们匆匆赶赴龙普原森茶业有限责任公司，为这里的高香白茶生产进行指导。这家公司成立于2023年。公司老总张文曾在深圳打工多年，敏锐地捕捉到家乡茶产业良好发展势头后回乡建厂。他个人投资100多万元，加上银行贷款40多万元，在短短不到两年的时间内就将公司发展到一定规模。

一到公司，我便对其加工的高香白茶进行品质评审。茶叶的香气扑鼻而来，浓郁且带着花香，凭借经验，我就判断出在加工过程中摇青环节可能有些过度。走进车间查看，我却并未发现摇青机，询问后得知这家企业竟全程采用手工摇青。这可太不容易了，手工摇青不仅耗费大量人力，而且极为辛苦，工人们需要付出成倍的努力。想到茶叶专项帮扶经费中，本就有购置摇青机这部分开支，我也早已选好了合适的机器，款项也早已到位，可不知为何，两年过去了，这摇青机却还未购置并投入茶叶产业生产中。

没有摇青机，就不做高香白茶了？不能等呀！我只好打开手机，播放前几年在森泉茶叶厂培训时的手工摇青视频，并讲解技术要点。

张总在经营方面很有眼光，将老茶树、古茶树的管理经营纳入公司业务，并与周边茶农进行合作，如此一来，既保障了鲜叶的供给，也带动了村民增收致富。

像张总这样在外打拼后回乡的能人，还有复员回乡的青年才俊，正成为绿春茶产业的中坚力量。他们思想开阔，敢于创新，不仅善于抓住机遇，更重要的是他们积极好学，愿意接纳新的理念和技术。这一年来，我将主要精力放在指导这批返乡创业者身上。他们就像星星之火，假以时日，必将形成燎原之势，带动绿春茶叶产业实现质的飞跃。这是绿春茶叶产业的希望所在，也是我最希望看到并全力支持的一股力量。

示范摇青方法

向张厂长介绍高香白茶加工

到茶山寨看古茶树

2024 年 7 月 28 日

我在酒店埋头整理教材出版材料已经两天了。化学工业出版社的编辑发来第三章的修改意见，中国轻工业出版社那边也在催问附录部分的补充内容。对着电脑屏幕连续工作五六个小时后，我的眼睛酸涩得几乎要流下泪来，不得不滴了几滴眼药水缓解。昨天下午，我终于得以出门透气。

应几天前松东春水茶厂李祖民老总的邀请，在刘副县长带领下，我前往该厂指导高香白茶生产工作，探讨古树白茶的研发。刘副县长是个爽朗的中年人，一路上和我探讨茶产业发展的问题。春水茶厂掩映在青翠的茶园中，李总亲自在厂门口迎接，他黝黑的脸上挂着朴实的笑容，手掌粗糙有力。参观生产线时，我注意到他们的高香白茶在萎凋环节存在温度控制不当的问题。在随后的座谈会上，我详细讲解了白茶的特殊加工工艺，又品尝了他们今年新制的几款茶样。我们相谈甚欢。

今天清晨，我被哗啦啦的雨声惊醒，拉开窗帘，只见天地间挂着一道道雨帘，远处的山峦都隐没在雨雾中。县农科局陈副局长发来信息，建议我推迟出发时间："汪教授，雨太大了。您多休息会儿，迟点到公司也行。"原计划我们今天要去 2022 年 4 月成立的绿春县山韵六村甜水塘茶业有限责任公司考察古茶树的生长情况，以便为茶叶的品质分析提供更直观的依据。这场突如其来的大雨彻底打乱了安排——泥泞湿滑的山路根本无法通行，上午 10 时许，陈副局长冒雨来接。甜水塘公司的茶室温暖干燥，公司负责人热情地准备了多款茶样。虽然不能实地考察，但通过品评不同海拔、不同品种的茶叶，我还是收获了不少有价值的信息，并对他们进行了具体指导。

雨一直下到傍晚，茶室里茶香氤氲，大家围坐论茶，倒也别有一番滋味。只是我未能亲眼见到那些古茶树，终究是个遗憾。公司负责人允诺待天晴后一定安排补上这次考察。回到酒店，我将今日品评的茶样特征详细记录下来。窗外雨声依旧，期待明日能放晴。

2024 年 7 月 29 日

昨天，徐莹教授终于带着放暑假的孩子来到了绿春！她在浙江大学攻读博士期间，就专注于发酵食品研究，在食品微生物、发酵食品原理及工艺等领域造诣颇深。

我们经常探讨制茶方法。她了解到哈尼酸茶的传统做法后，便对这种独特的茶产生了浓厚的兴趣。"这种利用天然微生物发酵的制茶工艺太神奇了！"这些年，她不知多少次说要来绿春实地考察，亲自加工酸茶。由于孩子还小，正处于读书的关键时期，需要她的陪伴与照顾，她不得不一次次放弃到绿春的计划。

即便如此，她对发酵茶类的研究热情也从未消退。这几年她一直在带领研究生进行相关研发工作，其中就包括对哈尼酸茶的深入探索。这次暑假之行，她带来了令人惊喜的成果——"新哈尼酸茶"。这款产品融合了

在绿春县哈尼族展览馆看到的制茶图
（装竹筒后可埋入地下或放在火上烤，
或取成型）

德昂酸茶的醇厚与哈尼传统工艺的精华。我细细品味：浅黄透亮的茶汤中，独特的酸香与花果香交织；入口醇厚饱满，回甘持久。更令人称奇的是，用它烹制的酸茶鱼，鱼肉鲜嫩中带着茶香；酸茶馒头更是松软可口，余韵悠长。

森泉茶叶厂的白总在品鉴后，立即展现出商人特有的敏锐："这个产品绝对能打开新市场！"他当即提出要注册"哈尼酸茶"商标。不过，由于这是基于已有商标体系下的新产品，我们只能将其列入已有的商标体系之下。

2024 年 9 月 6 日

昨天，与薛长湖院士的会面让我很是振奋。薛院士很关心云南茶叶产业帮扶工作的最新进展，仔细询问了绿春县茶农的生产状况和面临的技术难题等。

"近期我可能要会见云南省的相关领导，"薛院士对我说，"这是个难得的机会。汪老师扎根基层、心系乡村振兴的精神令人钦佩，我很愿意为云南高原特色农产品的发展尽一份力。"这番话让我心头一热。薛院士建议我准备一份简明扼要的建议书，以便他能更精准地向省领导传达我们对于推动云南高原特色农产品发展的想法和期望。

这个机会确实难得！若能借助院士的影响，促进云南高原特色农产品发展，会为绿春茶业带来新的机遇。会议一结束，我便立即投入工作，将这些年在一线调研积累的数据、发现的痛点以及可行的解决方案逐一梳理。

我反复推敲《云南高原特色茶资源高值化利用关键技术集成应用与创

新》的每一句话，虽不确定它最终能发挥多大作用，但这是一次难得的机会，无论如何都要全力以赴地争取。

云南高原特色茶资源高值化利用关键技术集成应用与创新

云南高原茶资源有其独特的产地优势和品质特点。自党的十八大以来，习近平总书记两次赴云南考察，明确指示云南要充分依托高原资源的独特基础，全力打好高原特色农业这张关键牌，着力做强高原特色现代农业。基于中国海大食品科学与工程学院近五年来在云南省绿春等地积极开展茶叶产品创新工作，并深度参与帮扶农村振兴实践的丰富经验，以及我校与云南省签署的省校战略合作协议，现针对云南高原特色茶资源高值化利用关键技术的集成应用与创新，提出如下具体建议。

一、茶资源高值化利用关键技术集成应用与创新

1.高香白茶

在云南省月光白茶基础上，应用青茶做青技术进行创新，已获较好效果，并获中国茶叶流通协会团队标准，茶叶院士刘仲华教授也题词鼓励，现已在绿春县、红河县、勐海县等应用生产。

2.富含茶多糖茶饼

基于目前普洱茶饼积压严重现状和前期茶多糖功能研究，学院开发的富含茶多糖茶饼已获中国茶叶流通协会团体标准，并在绿春县开发生产。

3.降尿酸酸茶

酸茶是云南非遗产品，根据我们的调查和实验室研究，发现哈尼酸茶有很好的降尿酸功能，现正在绿春县森泉茶叶厂中试生产。

4.新工艺红茶

滇红是云南省高原特色茶产品，通过工艺创新，可在传统工艺基础上开发出有花香的滇红新产品。该工艺已在绿春县森泉茶叶厂生产。

二、现有基础及开发应用

上述技术均由中国海大食品科学与工程学院凭借自身科研实力自主研发，均具有自主产权，根据省校战略合作协议，其知识产权可无偿捐赠。

上述新工艺均不需要增添太多设备，易学好用。

建议将"茶资源高值化利用关键技术集成应用与创新"列入省校战略合作协议，所需经费可由企业和学校支付。

中国海洋大学食品科学与工程学院

汪东风教授

2024 年 9 月 6 日

2024 年 9 月 15 日

今天，中秋节假期就开始了。月光清亮地泼洒在青岛的海面上，我想到绿春的哈尼族同胞，他们不仅过自己民族的传统节日，对国家规定的节假日也同样重视，于是便逐一给绿春的茶企负责人发去节日问候。在寒暄中得知，持续数月的雨季即将结束，茶山上已经开始为秋茶采摘做准备了。

"你啊，光顾着惦记绿春，可别忘了给家里老人问个好。"夫人提醒我。确实，再怎么忙，也不能忘了家中长辈。我赶忙给 93 岁的老丈人打了个电话，听着老人家絮絮叨叨地说些家常，心里涌起阵阵暖意。

这让我回想起学校党委田辉书记在"中国海洋大学名师工作室"授牌仪式上说的话：回望百年办学历程，学校勇立潮头、走在前列，为国家海洋事业兴盛和经济社会发展做出重要贡献，其中关键因素就是学校有一代又一代政治素质过硬、业务能力精湛、育人水平高超的高素质教师队伍。史宏达教授卸任行政职务，一心关注专业发展；李华军院士谢绝校外重聘，倾心海大发展；汪东风教授不顾年高多病，爱心帮扶贫困边疆。最后这句话，不仅是对我多年来帮扶工作的肯定，更是对教育工作者服务社会使命的诠释。

泡上一杯绿春的茶，我思考着国家扶贫工作的深远意义。从革命年代"让人民过上好日子"

田辉书记为汪东风名师工作室授牌

的初心，到新时代共同富裕的追求，我们党始终把消除贫困、乡村振兴作为重要使命。这不仅关乎社会公平正义，更是经济持续健康发展的基础。不同地区、不同民族间的贫富差距不断拉大，必然会引发各种社会矛盾，影响社会的稳定与和谐。

从经济发展层面看，拉动经济主要靠投资、消费和出口这"三驾马车"，过去出口和投资占据主导地位。但近年来，国际环境复杂多变，出口遭遇瓶颈，变得愈发困难。而投资方面，主要依赖基建和房地产，前期大规模投入后，如今市场逐渐萎缩。我国的消费受传统消费习惯等因素影响，一直相对滞后。在当前形势下，促进消费有望成为推动经济发展的关键着力点之一。然而，贫富差距过大却严重阻碍了消费的拉动。富人虽有消费能力，但人数有限；穷人有消费意愿，却缺乏消费能力。要想真正拉动消费，让老百姓过上好日子，扩大中产阶级规模是当务之急。而要实现这一点，控制贫富差距、消除贫困，让老百姓有钱消费，才是最有效的途径。

消除贫困、改善民生、逐步实现共同富裕，是社会主义的本质要求，是我们党的重要使命。那究竟该如何实现脱贫致富呢？中共中央党的十八届五中全会提出"实施脱贫攻坚工程，实施精准扶贫、精准脱贫"，全面打响了脱贫攻坚战，并出台了一系列政策，像东西部协作、教育部直属高校定点帮扶。而打赢脱贫攻坚战、全面建成小康社会后，要进一步巩固拓展脱贫攻坚成果，接续推动脱贫地区发展和乡村全面振兴，实现巩固拓展脱贫攻坚成果同乡村振兴有效衔接。但怎样落实下去，怎样才能真正且长久地帮助贫困地区和交通不便的边疆地区脱贫致富呢？这个问题值得深思。

在脱贫攻坚的初期阶段，国家和定点帮扶单位主要通过发放生活补助、实施福利政策等方式开展扶贫工作。这些措施对于因丧失劳动能力或因病致贫的特殊困难群体确实起到了重要的兜底保障作用。与此同时，基础设施建设（如道路修建）、教育条件改善、致富信息传递以及管理人才培训等配套措施的实施，也为贫困地区的发展奠定了必要基础。然而，经过实践探索，我的体会是"授人以鱼，不如授人以渔"，直接发钱扶贫并非长久之计，更重要的是为他们创造赚钱的机会，让他们通过自身努力实现脱贫，也就是产业扶贫。产业扶贫作为关键路径，通过培育特色产业、创造就业机会，能够有效激发贫困群众的内生动力，使其通过自身劳动实现稳定增收。这才是实现长效脱贫的根本之策。

这五年来，我们海大人聚焦绿春县的茶叶资源优势，充分发挥高校科技和人才优势，开展了一系列卓有成效的产业帮扶工作——无偿转让相关专利技术，开展培训并大力推广，使用学校捐赠经费购置设备，开发茶叶产品，制定产品标准，设计品牌 LOGO，还积极帮助开拓市场，全方位推动绿春茶叶产业提质升级。这一系列举措有效带动了当地的就业，促进了经济发展，提高了老百姓的收入。尽管年事已高（我已不再承担研究生指导工作），但我仍与夫人及研究团队约定：将继续前往绿春县，深入开展茶叶专项开发工作，为绿春县乃至云南省的茶叶发展和致富贡献自己的力量。

想到这儿，我给相关领导及企业写了一封邮件。

刘副县长、各位领导及老总：

你们好！

首先祝大家中秋节快乐！

按各位领导的安排，我同汪明明老师和董帅博士一道，拟在下月6日左右到绿春县进行如下工作。

1.在森泉茶叶厂进行酸茶中试，取样并进行成分分析。

2.在绿鑫生态茶业有限公司进行富含茶多糖的普洱茶中试，取样成分分析，做强有机茶提质增效的示范效应。

3.对绿春县玛玉茶厂、绿春县大水沟龙普原森公司、红河滇红有限公司、金平苗族瑶族傣族自治县古树茶协会、勐海县七彩云南公司等企业（至少选择3家）进行古树白茶样品制备，取样感官品鉴、成分分析及标准准备等，做好茶资源高值标准化及示范工作。

现征求大家意见及方便的时间段（暂拟10月6日），以便我们订票和行程安排。

谢谢！

汪东风

2024年9月15日

抄送：红河州农业农村局李戈站长、绿春县农科局陈钰影局长、绿春县森泉茶叶厂白莠芳老总、绿春县绿鑫生态茶业有限公司白冰秘书长、绿春县玛玉茶厂卢崇兴老总、绿春县大水沟龙普原森公司张文老总、红河县红河滇红有限公司张俊成老总、金平苗族瑶族傣族自治县古树茶协会苏元辉会长和勐海县七彩云南公司林松主任。

10月绿春见！

2024 年 10 月 5 日

天还没亮，我就拖着行李赶往机场。辗转飞机、高铁，一路颠簸了十几个小时，傍晚时分终于在墨江站下了车。我们一行到达彤瑞汪东风专家工作站时，已经是深夜 10 点多。

本以为这么晚了，大家都休息了，没想到推开招待所的门，却看见陈乡长、钟副书记和好几位乡干部都在等着。灯下，他们的脸被疲倦和期待刻出深浅不一的影子。要知道，这可是国庆假期啊！看着他们疲惫却热情的笑容，我心里特别感动。

我深深体会到，大水沟乡的干部们对发展茶叶产业有多上心，对我们这些技术指导有多期盼。这份沉甸甸的期待，让我觉得肩上的担子更重了。

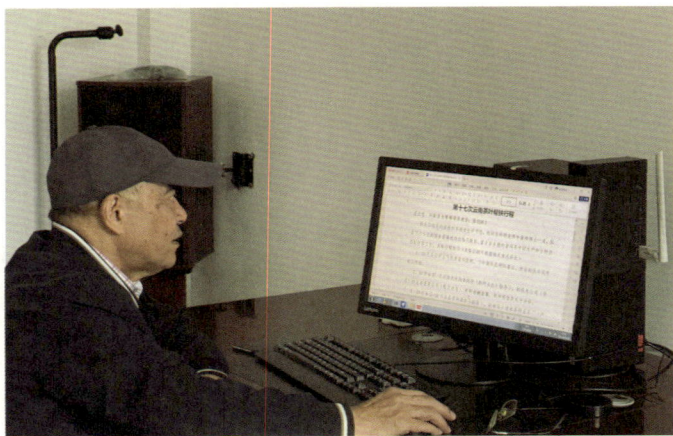

在专家工作站办公

　　这几天，我在大水沟乡政府陈明乡长和乡党委钟杰副书记等人陪同下，先后到彤瑞茶叶公司和绿春迅来茶业有限公司进行技术指导。这两家公司，是这里最早的高香白茶定点示范和定点加工企业。

　　晨雾氤氲中，绿春讯来茶叶有限公司的茶园在朝阳下泛着翡翠般的光泽。几个戴着民族头饰的采茶人，正在田间采摘着嫩芽。他们的身影在晨

指导白茶加工

指导茶叶采摘

与陈乡长在商讨茶叶发展

与汪明明讲师在茶园

众人拾柴：为乡村振兴贡献『海大智慧』

265

光中勾勒出优美的剪影，指尖翻飞间，一片片茶芽便落入竹篓。这些返乡的茶农，曾经为了生计背井离乡，如今在这里找到了新的希望。茶园里，用冰岛甜茶母本嫁接的茶树生机勃勃。叶片油绿发亮，芽尖透着鲜嫩的鹅黄，在微风中轻轻摇曳。这里的茶产量较高，品质较好。据陈乡长介绍，这里最出色的茶农，每亩茶园年收入可达 8000 余元。

10 日之后的这几天，我主要在大兴镇开展工作。在刘杰副县长的带领下，我们先后走访了云南红河道茶业有限公司、绿春县沁灵茶业有限公司和云南林益苏丫茶业有限公司。在红河道茶业有限公司的茶园里，古树盘根错节，苍劲的枝干上爬满了岁月的痕迹。但我在评审过程中发现，用这些古树原料加工而成的红茶（晒干工艺）和白茶，品质尚可，但在加工绿茶时，却未能呈现出其独特的香气。公司的陶总在听取评审意见时频频点头，他热情地邀请我们明年再来，希望一同开发古树白茶或红茶产品，期望借助我们的专业知识，进一步挖掘古树茶原料的潜力，提升公司产品竞争力。

在云南红河道茶业有限公司了解古树白茶

在绿春县沁灵茶业有限公司评审高香白茶

调研间隙，我与刘杰副县长在茶香氤氲中促膝长谈。窗外是连绵的茶山，杯中是新制的春茶，话题自然聚焦到茶多糖这一珍贵成分上。茶多糖在粗老茶中含量颇为丰富，且具有降血糖等诸多功效，极具开发价值。谈及我们团队持续多年的富含茶多糖的茶饼研究，他表现出极大的兴趣。在原有的压饼技术基础上，通过创新工艺，我们成功将白茶饼和普洱熟茶饼中的茶多糖含量分别提升至3%和4%以上。这项看似简单的技术突破，却让茶饼的保健价值得到质的飞跃。然而，近年来茶饼市场销路不佳，导致这项成果的推广面临一定困难。在专项经费的扶持下，我们拟定先由绿鑫生态茶业有限公司进行中试生产，涵盖包装、销售等一系列环节。我们都在期待，这款富含茶多糖的健康茶饮能在刘杰副县长任期内成功上市，为茶农增收、为消费者造福。

　　暮色渐沉，茶汤已凉。但我们都明白，茶的故事，远未讲完。这茶香深处，有科技与传统碰撞的火花，有乡村振兴的希望，有县校合作的硕果，更有万千茶农的期盼。茶在，故事就在。继续并肩前行吧，新的篇章正在徐徐展开……

后 记

2019 年底，教育部指定中国海洋大学（简称"中国海大"）对云南省绿春县进行定点帮扶，旨在助力该县脱贫攻坚。2020 年初，中国海大确立了"应绿春所需、尽学校所能"的帮扶工作原则。在此背景下，我主动申报并承担了茶叶专项的精准帮扶任务。

在绿春县近六年的帮扶岁月里，我习惯将校县相关合作的点滴、茶叶帮扶工作的进展以及边境山区的所见所感随手记录下来。这些零散的记录，在绿春县挂职副县长刘杰同志看来，是记录中国海大定点帮扶绿春县全过程的珍贵资料，建议将其整理出版。起初，我对于将这些随手写下的文字付诸出版心存疑虑，毕竟它们源于工作间隙的即兴创作，与我所擅长的科技论文风格迥异。但刘杰副县长表示，他已请中国海洋大学出版社的刘社长审阅过部分手稿，同样认为其具有出版价值。后来，学校分管定点帮扶工作的范其伟副校长也鼓励和支持我将手稿结集出版。

得知这一消息后，我内心有些压力。一方面，由于记录时较为随意，可能未能全面、详尽地记载所有中国海大与绿春县的相关活动；另一方面，我深知自己的文字功底和政治理论水平尚待提高，担心书中的表述不够严谨或深刻。在此，我恳请读者宽容以待，对于书中的不足之处给予谅解。

本书的顺利出版，离不开中国海大相关部门及三批定点帮扶挂职干部的大力支持与悉心帮助。特别感谢刘邦华、孙逊、汪明明等老师，他们不仅在帮扶工作中兢兢业业，还慷慨提供了宝贵的图片资料，为本书增色不少。在此，我向所有为本书付出过努力和支持过我工作的人表示最诚挚的谢意！

　　回顾这段帮扶历程，我深感责任重大且使命光荣。希望通过这本书，能够让更多人了解中国海大在绿春县的帮扶历程、热情付出和与绿春县哈尼族同胞的深厚情谊，以及我们在茶叶产业帮扶方面所做的努力与取得的成效。同时，我也期待未来能有更多机会继续参与和支持绿春县的茶业发展，为乡村振兴贡献自己的一份力量。

汪东风

2025 年 4 月 6 日

后记

"做茶人，有茶企需要就得无私帮助；老党员，有茶农需要就要倾心奉献。"